中國新聞史研究輯刊

二 編

主編　方 漢 奇

副主編　王潤澤、程曼麗

第 7 冊

「轉型時代」的報刊觀念史略

李 濱 著

花木蘭文化出版社

國家圖書館出版品預行編目資料

「轉型時代」的報刊觀念史略／李濱 著 -- 初版 -- 新北市：花
木蘭文化出版社，2014〔民103〕

序 2+ 目 2+216 面；19×26 公分
（中國新聞史研究輯刊 二編：第 7 冊）
ISBN 978-986-322-814-1（精裝）
1.中國報業史
890.9208　　　　　　　　　　　　　　　103013285

ISBN-978-986-322-814-1

9 789863 228141

中國新聞史研究輯刊
二 編 第七 冊　　　　　　ISBN：978-986-322-814-1

「轉型時代」的報刊觀念史略

作　者　李　濱
主　編　方漢奇
副 主 編　王潤澤、程曼麗
總 編 輯　杜潔祥
出　版　花木蘭文化出版社
發 行 所　花木蘭文化出版社
發 行 人　高小娟
聯絡地址　235 新北市中和區中安街七二號十三樓
　　　　　電話：02-2923-1455／傳真：02-2923-1452
網　址　http://www.huamulan.tw 信箱 hml810518@gmail.com
印　刷　普羅文化出版廣告事業
初　版　2014 年 9 月
定　價　二編 11 冊（精裝）新台幣 22,000 元

「轉型時代」的報刊觀念史略

李　濱　著

作者簡介

李濱，男，湖南雙峰人，中國傳媒大學新聞學博士，美國印第安納大學傳播與文化系訪問學者，現爲湖南師範大學新聞與傳播學院副教授。近年來，在《新聞與傳播研究》、《國際新聞界》、《現代傳播》、《新聞記者》、《中國電視》等雜誌發表論文 30 餘篇，出版專著一部，主持完成省級課題一項。多篇論文先後被《新華文摘》、人大複印資料《新聞與傳播》、《中國新聞年鑒》轉載或摘引觀點，一篇論文獲湖南省新聞獎論文獎一等獎。一篇論文獲中國電視「星光獎」論文獎三等獎。現主持課題有教育部一般項目及湖南省教育廳青年項目各一項。2012 年入選湖南師範大學優秀青年人才支持計劃。

提　　要

　　本書以中國近代社會變遷和中西文化交流爲基本視境，對近代報刊角色觀念的發展和演變進行深入考察。主要內容：第一章爲引言；第二章介紹來華傳教士爲求報刊傳播效果而採取「藉報建言」的方式，積極參與中國的社會和文化改造，對報刊角色進行中國化闡述，突出報刊的教化角色和政情溝通角色；第三章介紹早期維新思想家面對中國的民族危機，在向西師法的呼籲中倡議辦報，強調報刊在中國政治和社會治理中的積極角色；第四章介紹戊戌變法時期改良派在踐行維新的同時積極辦報，除了強調報刊「有益於國事」的積極作用之外，更開始重視報刊的宣傳和啓蒙角色；第五章以梁啓超爲考察焦點，介紹戊戌變法以後改良派一方面繼續重視報刊的啓蒙宣傳角色，另一方面在對報刊角色的分析論述中逐漸融入憲政視野；第六章介紹清末革命派辦報鼓吹革命的機關報理論建構；第七章以章士釗爲考察焦點，介紹民初人們在政黨政治視野下對報刊角色的新思考；第八章介紹民初新聞職業化視野下的報刊角色觀。基本結論：一、近代社會變遷深刻影響報刊論述的主要方向、關切焦點和現實表達，從而一定程度上決定了報刊角色觀念的表現形態；二、中西文化交流是近代報刊角色觀念建構的重要型態；三、隨著近代中國社會的變遷，人們對報刊角色的認知和闡述也逐漸由「中國化」轉向「世界化」。

序

雷躍捷

　　2002 年，在我撰寫《媒介批評》專著時，曾塡過一首詞，詞中有「一部青史寫精神」的句子。這是源於我研究五四新文化運動時期的媒介批評的感發。研究歷史，尤其是研究人類的文明史，人，總是處於歷史的主體地位。也就是說，一切歷史活動都是以人爲中心的。歷史研究更應該是對人的研究。梁啓超在他的《新史學》中呼喚中國的「史學革命」，提出了「歷史者，敘述人群進化之現象，而求得其公理公例者也。」中國史學名著《中國史學史》一書，對我國幾千年來史學的發展亟盡鈎沉耙梳之功，通篇讀來，對史家的研究介紹，占據了該書的大部分篇幅。由此引申，在研究新聞傳播學說史時，加強對新聞人的思想研究，是寫好寫活這類論著的關鍵。閱讀英美等國的新聞史著作，如埃德溫・埃默里（Edwin Emery）和邁克爾・埃默里（Michael Emery）父子等的《美國新聞史》、邁克爾・舒德森（Michael Schudson）的《發掘新聞：美國報業的社會史》、詹姆斯・卡瑞（James Curran）和珍・辛頓（Jean Seaton）的《英國新聞史》等，就無不在歷史敘事的同時，對新聞人的思想、意志的闡述，不惜筆墨鋪陳，從而使「人」與「事」相互映襯，讀之使人神思飛逸，能獲得不少感觸和啓發。臺灣學者賴光臨著《中國新聞傳播史》，主張新聞史「重視人物記述」，認爲「人是一切事業的中心，人的思想作爲，決定一個事業的風格與榮枯。」這一觀點是值得大陸新聞史學界重視的。

　　中國大陸新聞學界在新聞思想史方面的探索存有很大的拓展空間。李濱博士的《「轉型時代」的報刊觀念史略——以「報刊角色觀念」爲焦點的考察》嘗試以新聞傳播思想中的一個重要概念——報刊角色觀念作爲切入點，來探討其在中國近現代社會的演變過程。這一研究視角新穎、單純，作者將「報

刊角色觀念」與中國近代社會變遷結合起來考察，從而對中國近代報刊觀念的階段性發展做了較爲清晰的分析和梳理。這對於認識近代中國人新聞傳播思想甚至近代報刊事業的發展歷程都有一定的啓發意義。大陸新聞學界已有的幾部新聞思想史方面的著作往往都試圖對報人的新聞傳播思想（包括新聞傳播理論與業務）做全面的概括和介紹，這當然也很有價值，但也因此很容易模糊焦點，在近代新聞思想的發展線索分析上缺少深入的學理審視。另外本書的作者也試圖揭示晚清報刊思想方面的西學東漸過程，分析主要包括西方新聞傳播思想在內的西學知識體系在中國近代報刊思想史上的影響，以及國人對之進行的順應中國國情的吸收和闡述過程。這一思路也是較有新意的。因爲近代報刊本來就是西方傳入中國的，而報刊思想的淵源也主要來自西方。只是在近代不同時期，人們的對西方思想的接受又打上了中國近代鮮明的階段性的時代烙印。從這個意義上說，中國近代新聞思想史的發展演變過程，實質上也可以說是中西文化碰撞在近代發展中的政治、經濟和文化情境中不斷演繹，不斷髮展的曲折歷程，是中國近代的先進知識分子爲尋求中國的現代化道路而運用現代報刊媒體開展啓蒙和實踐的歷史。這些激動人心的新聞歷史，這些催人奮發的新聞人的思想，在李濱這些青年學者的筆下，被點點滴滴地滲透在文中的字裏行間，讓我看到了中國新聞史學界新生代的努力和希望。

　　是爲序

中國傳媒大學傳播研究院 院長 教授 中國新聞學研究會常務副會長
雷躍捷
2014 年 4 月 於東京早稻田大學

目次

第一章 引 言

第一節 研究的緣起

　　對於新聞思想史的探討一直是我國新聞學研究的一個薄弱環節。這種局面一方面與新聞學科具有強烈的時代性和現實感，和歷史研究難免存在一定程度的疏離傾向有關，另一方面更與我國新聞學作為晚近學科，相對缺乏對新聞思想的史學反思和對新聞知識的自覺沉澱有關。緊跟政治和社會實踐，服務於現實政治，既是我國新聞工作長期以來的主要特點，也是新聞理論研究的突出取向。然而要使新聞學真正成為一個專業的知識體系，並以其深刻獨特的學理而屹立於學科之林，就不能不對其自身的理論建構有一種歷史眼光，以知其通變，明乎嬗演之道。同時，史學回溯也能夠為新聞學的創新發展提供一種可資信賴的方位感，以及充足的資料來源和思想火花。

　　國內關於新聞思想史方面的研究也並非付諸闕如。甚至早在 1927 年出版的《中國報學史》中，戈公振就對來華傳教士以及近代國人的辦報主張有所介紹。該書並附錄了近代具有重要影響的報刊思想文獻。此後，在幾部比較有代表性的中國新聞史著作中，也有相當的篇幅介紹新聞思想史方面的內容。主要包括曾虛白主編的《中國新聞史》（三民書局 1966 年版）、賴光臨的《中國新聞傳播史》（三民書局 1978 年版）、卓南生的《中國近代報業發展史》（中國社會科學出版社 2002 年版）、方漢奇主編的《中國新聞事業通史》（中國人民大學出版社 1992 年版）等。其中，尤以賴光臨的《中國新聞傳播史》和方漢奇主編的《中國新聞事業通史》值得注意。賴著「重視人物記述」，認為「人是一切事業的中心，人的思想作為，決定一個事業的風格與

榮枯。」〔註1〕故該書對報人的報刊觀念多有分析，與他們的辦報實踐相互印證，條理清晰，線索清楚，頗能給人以啓發和借鑒。方著的一大特色則是資料翔實，考證較爲準確，其有關新聞思想史方面的介紹也體現了這一點。

然而，新聞史尤其是新聞事業史的研究不能代替新聞思想史的探討。二者的分析視野、參照坐標和關注焦點都有區別。自上個世紀八十年代開始，我國在新聞思想史方面的研究漸多（關於這一點，筆者在下文將再做介紹）。對於近代以來新聞傳播思想史的研究，我國大陸學者較爲廣泛採用的是階級分析方法。例如胡太春的《中國近代新聞思想史》主要就是以「資產階級新聞思想」的孕育期、萌發期、發展期、總結期四個階段作爲分析框架來進行探討的，認爲「我們只有把近代中國半封建半殖民地社會蛻變形成的過程搞清楚，把新聞思想賴以存在的土壤——中國資本主義經濟和資產階級產生發展的過程搞清楚，才能把資產階級新聞思想發展變化的最根本的歷史原因揭示出來。另一方面，各種意識形態的發展，都建立在經濟上，但它們在自己之間互相影響著。我們還必須把和新聞思想密不可分的中國近代政治思想搞清楚，把爲這種新聞思想提供理論基礎和方法論的中國近代哲學思潮搞清楚，才能把資產階級新聞思想的階級實質和內容特色揭示出來。」〔註2〕徐培汀等的《中國新聞傳播學說史》同樣以階級分析觀點來研究中國新聞學術思想的發展，作者以代表人物爲線索，重點介紹了資產階級新聞學者徐寶璜、邵飄萍、戈公振、任白濤，由民主主義者向無產階級立場轉變的張友漁、鄒韜奮、范長江，無產階級新聞學者毛澤東、博古、陸定一、胡喬木、薩空了、劉少奇等人的新聞思想。從整體上看，這一類研究以階級定位爲基本前提，將具體作家的新聞傳播思想置之於一定的社會經濟、政治、思想和文化背景之下，以把握新聞傳播思想發展演變的一般規律。階級分析方法視野開闊，立場鮮明。在史料收集和處理、研究的系統性、結論的達成和評價等方面自成體系。運用階級分析方法，此類研究對材料的統率力一般較強，在內容的分析挖掘上也較有深度。但也不是沒有局限。階級分析視角往往將思想者的階級定位作爲研究起點，運用不當容易忽略研究對象的複雜性和豐富性，使研究陷於簡單化、模式化。

〔註1〕 賴光臨：《中國新聞傳播史·自序》，《中國新聞傳播史》，臺北：三民書局1978年版。

〔註2〕 胡太春：《中國近代新聞思想史》，太原：山西人民出版社1987年版，第3頁。

　　另一種視角則較多地集中於對新聞觀念自身演進規律的闡述。如李秀雲的《中國現代新聞思想史》提出了兩個主張：「嘗試改變目前以政治史、革命史的分期來劃分新聞思想史演進階段的研究格局，以新聞思想自身的演進過程中的重大轉變爲標誌，劃分中國現代新聞思想的演變階段」；「嘗試突破傳統的階級分析方法，不再根據思想闡釋者的階級立場的不同將其分割成幾個單元，而將不同立場、不同政治派別的闡釋者融入到不同階段主流新聞思想的分析中，或者融入到不同新聞思想在不同階段的演化進程的剖析中。」〔註3〕單波的《20 世紀中國新聞學與傳播學‧應用新聞學卷》中同樣嘗試不再以階級的區分作爲理論分析視角，而著眼於中國新聞業務觀念演進的內在規律。這一種視角體現了近年來部分新聞學者試圖加強新聞傳播思想史研究專業化的努力，研究結論相對客觀，較少有穿靴戴帽的習氣。但由於常常將研究對象的新聞思想與時代隔離、甚至與研究對象的整體思想隔離，使分析難以深入。

　　在筆者看來，中國近代新聞思想的發展，很大程度上是在近代中國社會的變遷過程中，國人對西方新聞觀念的一個逐漸瞭解、闡釋和接受的過程。而這一過程又受到思想者的現實政治需要、對西方報刊文化的認知水平以及傳播的文化處境等的深刻影響，因而表現出「中國化」趨勢。筆者嘗試以新聞傳播思想中的一個重要概念——報刊角色觀念作爲切入點，以探討其在中國近現代社會的演變過程。同時嘗試以中國近代社會變遷和中西文化交流爲視角，重點探討政治實踐、經濟發展、文化思想以及新聞業格局變換等之於近代報刊思想家對報刊角色認定的影響（在新聞職業化發展之前，政治實踐和政治文化思想於報刊思想家的報刊闡述影響尤著）。筆者欲對報刊角色觀念的演變過程所作的系統考察，並不僅僅是對觀念本身內在邏輯理路的梳理與探討，也重視清理和揭示決定觀念形成的構造性的外部存在環境與現實條件的需要，希望爲進一步揭示這種觀念又實際發揮了什麼樣的現實影響，造就了什麼樣的報刊傳播史提供必要的研究基礎。

　　對近代新聞思想史的探討涉及到多方問題，既有純粹的報刊理論，也有業務思想，線索紛繁。在學術儲備、思維整理皆有所不足的情況下，從單一概念入手將使論述更集中，考察也更爲深入。「報刊角色觀念」主要涉及到「報

〔註3〕李秀雲：《中國現代新聞思想史》，北京：中國社會科學出版社 2007 年版，第17～18 頁。

刊是什麼」的問題，是新聞思想史研究的一個重要起點。故研究視點雖然單一，卻能輻射到新聞思想史研究的全部範圍，並為之提供學理基礎。

第二節　學術史回顧

　　國內對近代新聞思想史的探討，在內容上主要有四種形式。一是新聞傳播思想通史、斷代史型著作。主要有胡太春的《中國近代新聞思想史》（山西人民出版社 1987 年版）、徐培汀等的《中國新聞傳播學說史》（重慶出版社 1994年版）、童兵等的《20 世紀中國新聞學與傳播學・理論新聞學卷》（復旦大學出版社 2001 年版）、李秀雲的《中國新聞學術史》（新華出版社 2004 年版）、金冠軍等主編的《中國傳播思想史》（4 卷本，這裡指近代卷，上海交通大學出版社 2005 年版）等。其中，胡太春的《中國近代新聞思想史》為中國大陸第一部近代新聞思想史專著，對近代中國從鴉片戰爭到「五四」時期新聞思想的發生和發展作了剖析，重點介紹了洪仁玕、王韜、鄭觀應、嚴復、譚嗣同、梁啓超、孫中山、章太炎、黃遠生、史量才、徐寶璜、邵飄萍、戈公振等人的新聞思想。在歷史分期上，主要包括「資產階級新聞思想的孕育期——鴉片戰爭後中國人對近代報刊功能的思索」、「資產階級新聞思想的萌發期——戊戌變法時期維新派關於報刊是耳目喉舌思想的提出」、「資產階級新聞思想的發展期——辛亥革命前資產階級關於報紙是社會輿論機關思想的形成」、「資產階級新聞思想的總結期——『五四』運動前資產階級關於『言論獨立』思想的提出並走向破產和資產階級新聞學專著的出現」四個階段。該書嚴格按階級分析方法把握研究對象的總體思想特色，注重社會背景、研究對象的整體思想分析，以探求他們新聞思想產生的深層原因，具有一定的理論深度。徐培汀等的《中國新聞傳播學說史》較為全面地考察了中國新聞傳播思想與新聞學術發展的歷史，從先秦開始至 1949 年 10 月止，並對各個時期代表人物的思想、新聞學術著作做了介紹。在近代部分，作者分「西方近代新聞思想的最初傳入」、「國人最初的辦報思想」、「維新派政治報刊思想」、「辛亥革命前後的政治報刊思想」、「清末民初的新聞控制思想」、「大眾化報紙業務思想」、「中國新聞學術思想的萌芽期」七章內容。該書重在學術史的探討，以新聞思想、新聞學術發展為主線，以學者為主體，以學派、學著、學刊、學會為具體內容。線索較為清楚、敘述簡潔，在資料的搜集上也較為

全面。由於關注焦點的原因，該書較少有對新聞學術思想發展的社會歷史背景分析。童兵等的《20 世紀中國新聞學與傳播學·理論新聞學卷》主要探討的是 20 世紀中國理論新聞學的發展，對國人報刊思想的產生以及清末民初革命派的新聞思想也有所分析，並介紹了民初人們對大眾化報刊思想的認識。李秀雲的《中國新聞學術史》對近代新聞學的萌芽、建立和初步發展做了介紹。該書的特點是試圖改變以人物及其作品內容介紹作為行文線索的研究格局，而代之以專題研究的形式，對中國近代新聞學的演變過程和各時期新聞學的主要內容等進行探討。具體包括「前新聞學的歷史考察（1834～1917）」、「中國近代新聞學的建立（1918～1935）」、「中國近代新聞學的初步發展（1936～1949）」、「中國近代新聞學學術交流平臺」、「中國近代新聞學的研究主題」五個部分。該書的資料搜集較為豐富，以專題形式梳理學術史的發展歷程也較有新意。該書將新聞學術史從近代社會歷史發展歷程完全剝離出來，試圖探討新聞學術發展的「內在規律」。這既體現了作者建構新聞學術史的專門化努力，但同時也容易使這種史學梳理流於對表面現象的羅列，缺乏對深層原因的探尋。

　　這一方向最新的研究成果則有：徐新平的《維新派新聞思想研究》（湖南人民出版社 2010 年出版）較為全面地分析整理了中國近代維新派新聞思想，該著並沒有按照以人物為單元提煉其思想的敘述模式，而是將整個維新派人物的新聞思想進行綜合考察，形成獨特的研究框架；邵志擇的《近代中國報刊思想的起源與轉折》（2011 年浙江大學出版社）對近代報刊思想發展脈絡進行了較為全面的分析和簡述，主要內容包括：同光之際滬、港報人群及其辦報理念，維新報人群與文人論政辦報模式的形成，從譯報到官報：官紳互動中的權力與報刊，憲政框架下的報刊思想——以梁啟超立憲時期報刊思想的轉折為例等相對來說，新近的研究在資料的搜集，論述的深入，視角選擇的獨特性等方面都有較大進步，體現了國內新聞思想史研究的發展水準。

　　一部分期刊論文也嘗試梳理近代新聞思想的發展歷程。方漢奇的《近代傳播思想的衍變》（《新聞與傳播研究》，1994 年第 2 期）將近代新聞傳播思想氛圍四個階段：鴉片戰爭前夕至 19 世紀 60 年代末為第一階段，西方新聞傳播思想開始進入中國，中國有識之士也開始重視新聞和信息傳播，但還沒有見之於實踐；19 世紀 60 年代末至 90 年代初為第二階段，王韜鄭觀應等人著力鼓吹辦報，並參與了報刊實踐；19 世紀 90 年代初至 20 世紀初為第三階段，

維新派將辦報與變法結合起來，並對報刊的性質和作用進行了論述；20 世紀初至 1912 年為第四階段，革命派辦報宣傳革命，並發表他們對報刊的看法。該文指出，經濟的發展從根本上決定了傳播思想的發展；政治是制約傳播思想發展的另一個要素；近代傳播思想既受西方影響，也有對中國傳統思想的繼承；思想先於實踐。作者是新聞史資深專家，其歷史分期簡明清晰，在分析上也透徹有力，頗具借鑒價值。陳力丹的《論新聞學的啟蒙與創立》則以「世界信息交往理論」為標準，將中國新聞學的早期發展分為啟蒙期和創立期。認為啟蒙期的代表觀點是「報館有益於國事」，梁啟超、嚴復等人紛紛將實現政治抱負的期望寄託於報紙；創立期的基本特徵是以「新聞」為本位，並從政治、經濟和文化等方面分析了新聞學創立的背景和條件〔註4〕。黃旦的《「耳目」與「喉舌」的歷史性變化：中國百年新聞思想主潮論》（《新聞記者》，1998 年第 10 期）則將近代以來的新聞思想分為四個階段：「我報是吾口 覺世為木鐸：『戊戌』『辛亥』期間的新聞思想」、「新聞為天職 社會之耳目：『五四前後的中國新聞思想』」、「集體的宣傳員與組織者：四十年代前後的中國新聞思想」、「黨的機關報又是人民的報紙：一九五六年前後的中國新聞思想」。該文為其博士論文之擷英，以「耳目」、「喉舌」為切入點，對百年新聞思想不同階段的劃分可謂眼光獨到。以「主潮」立論，自然對新聞思想發展的豐富性也有所捨棄。

二是有關近代新聞思想史的個案研究。這一類研究數量較多，主要體現為專著的部分章節、期刊論文和碩博士論文等。如張昆的《中外新聞傳播思想史導論》（復旦大學出版社 2006 年版）中以專章詳細探討了「梁啟超新聞思想體系」；張翔的《報業與現代民族國家的建構——梁啟超報業觀略論》（開放時代，2001 年第 10 期）指出，梁啟超報刊思想的核心是試圖借助精英化的報刊輿論，擴展公共輿論空間，以影響民眾、報業和政府，並將自身及政府納入有組織的民族國家之中。該文以公共輿論和民族國家等現代政治觀念為視境，指出了梁啟超對待報刊的基本態度：視報刊為精英知識分子用以改造國家社會的啟蒙宣傳工具。黃旦的《王韜新聞思想試論》（《新聞大學》，1998年秋季號）對王韜的辦報思想進行較為全面的概括：以「宣揚國威」，「義切勤王」為動機，以「強中攘外，諏遠師長」為目的，以「立言」即發揮報刊「喉舌」作用為重點。總體上看，大多數論文集中在對梁啟超、王韜、鄭觀

〔註4〕參見李秀雲：《中國新聞學術史》，北京：新華出版社2004年版，第8頁。

應等著名報刊思想家的觀點的分析上。內容涉及新聞道德、報刊業務思想、新聞教育等各個方面。也有少量對新聞思想史上的重要概念進行深入探討的論文。如方平的《從「耳目」、「喉舌」到「向導」、「政監」──略論清末報人的辦報理念與公眾輿論的話語倫理》(《學海》，2007年第2期)分析了清末報人對報刊社會角色和功能的看法變化：從「耳目」「喉舌」到「第四種族」「輿論之母」，再到「政監」「向導」。作者力圖通過梳理清末報人辦報理念的變化，以揭示這一時期的話語倫理。作者為歷史學博士，在概念的甄別上較為細緻深入。

三是有關近代某一新聞思潮、流派等發展演變的著作。主要有張育仁的《自由的歷險──中國自由主義新聞思想史》(雲南人民出版社2002年版)。該書對近代以來中國的自由主義新聞思潮進行了梳理，對西方自由主義新聞思想的傳入、早期西方報刊思想的傳播、維新派報刊思想中的自由主義要素、清末民初政治報刊與自由主義思潮、自由主義與新文化運動、自由主義新聞學術及教育體系的確立等過程進行逐一分析，視角單純，論述較為集中，較有新意。

四是新聞史相關著作中涉及到新聞思想史內容。如前文所引的幾部有代表性的中國新聞史著作中，就對中國近代新聞思想的發展有所涉及。在其他相關研究中，趙建國的《分解與重構：清季民初的報界團體》(三聯書店出版社2008年版)在分析近代報界團體的發展演變同時，也對早期報人職業意識的演變進行了介紹；唐海江的《清末政論報刊與民眾動員》(清華大學出版社2007年版)中則分析了清末民初報人的角色意識、業界意識；樊亞平的《中國新聞從業者職業認同研究(1815～1927)》(人民出版社2011年版)引入職業社會學領域的「職業認同」概念，通過對中國近代報刊產生至北洋軍閥統治末期新聞從業者職業認同發育與演變過程的研究，試圖尋找職業社會學意義上的「記者」或「報人」在中國的成長與發展足迹，重點分析了1815年至1927年中國新聞從業者的職業認同歷程：近代報紙產生到1895年甲午戰爭失敗為第一個階段；甲午戰敗至民國成立前為第二個階段；民國成立到北洋軍閥統治末期為第三個階段。作者採用個案研究方法，對不同類別的代表性從業者的從業動機、辦報緣起、職業認知、職業情感、職業價值觀、職業忠誠度等進行考察和呈現，以突顯中國「記者」和「報人」職業發展之路的特色和特殊之處。這些著作往往將對近代新聞思想的分析與對新聞業實踐的考察結合在一起，頗能令人信服，並別具新意。但由於其關注焦點的原因，其關於新聞思想的探討有時難免有碎片化、非系統性的傾向。

　　從以上的文獻梳理看，在對近代新聞思想史研究中，鮮有對某一特定觀念的史學探討。特殊觀念史研究是思想史整體研究的重要基礎。思想的要素是概念或範疇，特定歷史時期的思想狀況就是特定時期思想範疇的狀況，思想的變遷或思想史就是不同歷史時期思想範疇變遷的歷史。儘管在以上研究中往往會觸及到觀念的辨析和歷史對比，但終究難如專題研究那樣集中深入。整體研究涵蓋面大，對資料搜集、內容組織、思維統攝等方面都有較高要求。具體的個案研究固然可以在點上深入開掘、精密考證，卻也往往缺少歷史的縱深感和對事物發展的規律性把握。基於這一點，筆者嘗試以「報刊角色觀念」這一基本概念爲考察對象，以探討近代新聞思想史上人們對報刊角色認知的發展演變。這一思路與上文介紹的以流派、思潮爲考察焦點的研究形式頗有相近之處。不過，這與以新聞思想中基本概念爲焦點的研究畢竟不同。所謂報刊角色，本書主要指的是報刊在與政府、民眾及報人三者之關係中所處的地位和身份。而報刊角色觀念則是指人們對報刊的這種地位和身份的認知。對報刊角色的認知不同，人們對報刊的作用和功能，以及其應該具有怎樣的形態面貌等也會有不同的判斷和評價。而這將進一步影響到人們對報刊的使用。從這個意義上看，報刊角色觀念可以說是新聞思想中一個「元」問題，輻射到人們整體新聞思想的方方面面。

第三節　研究思路和方法

　　對於近代中國史的研究，費正清曾提出過一個「衝擊——反應」的闡釋模式。在費正清看來，西方社會是一個動態的近代社會，而中國社會則是一個長期處於停滯狀態的傳統社會，缺乏自身發展的內在動力，只有經過西方的衝擊，中國傳統社會才有可能擺脫困境，獲得發展。因此，西方的挑戰對近代中國是一種刺激，爲中國提供了一種進步的機遇。西方是中國向近代轉型的推動者，並規定了中國近代史的全部主題。在《中國對西方的反應》一書的序言中，費正清指出：

　　　　既然中國是人口最多的大一統國家，又有著最悠久的綿延不斷的歷史，她在過去百年中遭受西方蹂躪就必然產生連續不斷，洶湧澎湃的思想革命，對這場革命我們至今還看不到盡頭……在充滿「不平等條約」的整整一世紀中，中國這一古代社會和當時居於統治地

位的，不斷擴張的西歐與美國社會接觸日益頻繁。在工業革命的推
動下，這種接觸對古老的中國社會產生了災難深重的影響。在社會
活動的各個領域，一系列複雜的歷史進程——包括政治的、經濟的、
社會的、意識形態的和文化的進程——對古老的秩序進行挑戰，展
開進攻，削弱它的基礎，乃至把它制服。中國國內的這些進程，是
由一個更加強大的外來社會的入侵所推動的。她的龐大的傳統結構
被砸得粉碎……經過三代人的更替，舊秩序已經改變模樣。〔註5〕
中國學者大都對「衝擊——反應」模式持批評態度，批評意見大致可以歸結為
以下幾點：1.「衝擊——反應」模式的思想基礎是「西方中心論」；2.東方社會
現代化是整個世界現代化過程的組成部分，「衝擊——反應」模式把東方社會
的現代化看成被動過程是錯誤的；3.諸文明的碰撞是相互的，「衝擊——反應」
模式是一種西方單相作用論；4.「衝擊——反應」模式忽視了中華文明獨立發
展的內在的規律和自發秩序。作為一種「模式」，費正清的觀點在海外中國研
究中已不再流行，「人們更多關注於歷史的具體性、複雜性、多面性和處於不
停頓的發展變化中的過程性，所以細節的考證和精細的描述似乎較之任何整體
的判斷和一般的綜括都更為重要，也更為真實。」〔註6〕儘管如此，費正清的
研究仍然不失重要的啟發意義。有人指出：「問題在於，用一個典範去囊括一
切固然不可取；但因為這一典範被用得太濫就轉而以為它已可功成身退，恐怕
也未必就恰當。特別是在『西潮』已成為『中國』之一部以後，所謂近代中國
的內在發展，也就包含了一定程度的西方在，而近代中國士人對許多『西潮問
題』（且不說西潮造成的中國問題）的反應多少也可說是對『西潮衝擊』的某
種中國反應。無論如何，研究典範的合用與否是可以辯論的，『西方衝擊——
中國反應』這一重要歷史現象的存在卻是不容置疑的，而且是近代中國歷史研
究不可迴避的一大主題。」他認為，西潮衝擊中國引起的變化，特別是在文化
史、思想史、社會史、學術史等範圍內，中外的研究還可以進一步深入探討。
〔註7〕筆者無意直接引用費正清的「衝擊——反應」模式來觀照中國近代報刊
思想的發展歷程，但是也認同西力衝擊、西潮洶湧對近代報刊思想的影響。中

〔註5〕 Teng and Fairbank, China's response to the west：A Documentary Survey, 1839～
1923（Cambridge：Harvard University Press, 1954）p.1.

〔註6〕 鄭家棟：《列文森與〈儒教中國及其現代命運〉》，《儒教中國及其現代命運》，
北京：中國社會科學出版社2000年版，第18頁。

〔註7〕 羅志田：《權勢轉移——近代中國的思想、社會和學術》，武漢：湖北人民出
版社1999年版，第8頁。

國近代報刊思想的產生和發展，是與近代中國面臨三千餘年的大變局、秦漢以來未有之世變〔註8〕的情境下，國人向西探求救國救民之道的思想大潮結合在一起的。「『思想資源』與『概念工具』的大變動常有其社會政治條件。以傳統中國士人的文化自信而言，如果不是現實政治社會面臨嚴重問題，根本不可能爲新思想資源的引入創造有利的土壤。」〔註9〕近代報刊思想的發展過程，實質上就是一個西方報刊思想逐漸被國人瞭解和接受的過程。

然而，在承認西方世界的衝擊所具有的重要影響的同時，正如許多中國學者對「衝擊──反應」模式的批評一樣，決不能忽視中國自身在近代化進程中的內在生命和動力。西方報刊觀念的引入和推廣更是受到思想者的現實政治需要、對西方世界的認知水平及其傳播的社會處境等因素的影響，因而不可避免地要走向「中國化」。這一點，在清末西方文化開始大規模引入中國之初體現得最爲顯著。從文化傳播的視野看，「在文化傳播的過程中，不僅傳播者具有主觀能動性，接受者同樣具有這一功能，在接受或反映一種文化現象時，根據自己的經驗世界，重新理解這種文化的意義。不僅傳播者可以通過自己的活動影響接受者及其所處的社會，接受者和其生活於其中的環境也會影響傳播者。」〔註10〕在這個意義上，中國近代報刊思想的產生，又必然是「文化交流」〔註11〕的結果。隨著中國近代社會的變遷和發展，這種「文化交流」不斷在新的政治、經濟和文化情境中催生新的質素。並由此形成近代報刊思想發展的曲折歷程。「遵循柯林伍德的問答邏輯，我們對任何思想立場和命題的理解，就都要求我們必須追溯到它所力圖解決的問題，而問題的確定，離不開對具體語境的把握……很多時候，只有對社會、政治語境的考察，才能使我們對思想家在發表某種學說或言論時的意圖達到眞正的理解。」〔註12〕對近代新聞思想史上的「文化交流」的考察，也必須與對近代社會變遷所形成的具體情境的分析結合起來。

〔註8〕 李鴻章、王韜等語，轉引自郭廷以：《中國近代史綱》，北京：中國社會科學出版社1999年版，第1頁。

〔註9〕 王汎森：《「思想資源」與「概念工具」》，《中國近代思想與學術的系譜》，石家莊：河北教育出版社2001年版，第151頁。

〔註10〕 史靜寰：《狄考文與司徒雷登》，珠海：珠海出版社1999年版，第7頁。

〔註11〕 在本書中，近代中國的這種「文化交流」更多是從傳播的內在要求意義上而言的：任何傳播都必須帶有交互性。近代的中外文化交流是非對稱的，主要體現爲一種外來文化的本土調適，或者說本土化改造。

〔註12〕 彭剛：《歷史地理解思想》，《什麼是思想史》，上海：上海人民出版社2006年版，第193頁。

　　張灝先生曾提出過一個中國近代思想史上的「轉型時代」的觀點：「所謂轉型時代，是指 1895 年～1920 年初前後大約二十五年的時間，這是中國思想文化由傳統過渡到現代、承先啓後的關鍵時代。在這個時代，無論是思想知識的傳播媒介或者是思想的內容均有突破性的巨變。就前者而言，主要變化有二：一爲報刊雜誌、新式學校及學會等制度性媒介的大量湧現，一爲新的社群媒體——知識階層（intelligentsia）的出現。至於思想內容的變化，也有兩面：文化取向危機與新的思想論域（intellectual discourse）。」〔註 13〕本書對「近代」的考察範圍，也大致限於這一「轉型時代」。但爲了考察的完整性，也有兩章內容介紹「轉型時代」之前近代報刊角色觀念的引入和初步發展。

　　本書以中國近代社會變遷和中西文化交流爲基本視境，對近代報刊角色觀念的發展和演變進行深入考察。這裡的社會變遷主要指影響近代報刊思想發展的政治、文化、新聞業格局等的轉變；而中西文化交流更多體現的是近代國人對西方報刊思想的接受和能動改造的實踐。本書的主要內容包括：第二章主要介紹來華傳教士爲求報刊傳播效果而採取「藉報建言」的方式，積極參與中國的社會和文化改造，對報刊角色進行中國化闡述：突出報刊的教化角色和政情溝通角色；第三章介紹早期維新思想家面對中國的民族危機，在向西師法的呼籲中倡議辦報，強調報刊在中國政治和社會治理中的積極角色；第四章介紹戊戌變法時期改良派在踐行維新的同時積極辦報，除了強調報刊「有益於國事」的積極作用之外，更開始重視報刊的宣傳和啓蒙角色；第五章以梁啓超爲考察焦點，介紹戊戌變法以後改良派一方面繼續重視報刊的啓蒙宣傳角色，另一方面在對報刊角色的分析論述中逐漸融入憲政視野；第六章介紹清末革命派辦報鼓吹革命的機關報理論建構；第七章以章士釗爲考察焦點，介紹民初人們在政黨政治視野下對報刊角色的新思考；第八章介紹民初新聞職業化視野下的報刊角色觀。在報刊角色觀念發展演變的階段劃分上，本書並無精確的時間定位，而主要以中國近代社會發展和報刊角色觀念演變的主要階段性特徵進行區隔；事實上，深入分析中國近代國人報刊角色觀念的發展，可以較爲清晰地看出每一階段都有獨特的思想表徵，並與該階段中國社會變遷的階段性相互呼應。筆者試圖通過章節的劃分來體現社會變遷的考察視角，而在具體的思想來源分析和闡述中展現西學西報知識對近

〔註 13〕張灝：《中國近代思想史上的轉型時代》，《二十一世紀》，1999 年 4 月，第 52 期。

代報刊觀念的影響。在個案的選取上，本書既注意選取其代表性已爲學界所普遍認可的報刊思想作家，也對當時同樣具有很大影響，並極具個性的作家的報刊角色觀念進行了分析，如何啓、胡禮垣，以及章士釗等。思想史的研究對象主要是思想家的思想；因爲它們反映著思想的時代潮流及其前進方向，影響廣泛，並代表了當時社會的最高思維水平。

　　本書主要採用以下研究方法：一是文獻分析法。本書注重第一手文獻資料的搜集整理，對相關人物的文集進行了廣泛涉獵，力求引證確鑿，論之有據。同時也重視參考已有的研究成果。二是個案分析法。在一般性概述的基礎上，重視代表性人物報刊角色觀念的具體分析，並注意比較甄別，既突顯各自特色，又總結他們的共同特點，以反映一般性面貌。三、比較研究法。中西對比是本書的另一個研究重點，同時也注意近代不同階段國人對西方西學西報知識接受、闡發情況的比較。

第二章 傳教士對報刊角色的中國化闡述

　　傳教士來華辦報，並無贏利目的，而是將之視爲其傳教事業的一部分。英國傳教士楊格非 1877 年的一次演說代表了許多來華傳教士的觀點：「我們在這裡不是爲了發展國家的資源，不是爲了促進商業，也不僅僅是爲了促進文明的發展；我們在這裡是爲了同黑暗勢力進行鬥爭，拯救世人於罪惡之中，爲基督教征服中國。」〔註1〕與口頭播道相比，以報刊等媒介形式開展的文字播道自有其特別優勢：「以一萬金作文字播道事業，每月至少可出報一冊、書二三冊，約書報之銷數，每月均少至一二千，總一年論之，兩者銷數可得三四萬冊，此三四萬冊，請問讀者而受感動者，當有若干人？是不啻日日對數萬人講道也。且書報不爲地所限，能不脛而走遍天下；書報亦不爲時所限，一讀之後，若有遺忘，可以再讀；書報更不爲人所限，一人讀過，可以貽於他人。而且人類從耳入之感動，極爲膚淺，遠不及從目入之深，故聽講之道，易得而易失，由書冊上研究所得，往往終身不忘。然則一萬金之收效，恐當倍蓰於十萬金之講堂而無算也。」〔註2〕然而，在幾乎完全異質的文明面前，通過報刊直接傳教的效果往往欠佳。

　　傳教士爲了追求報刊傳播的實際效果，不得不在報刊內容和文字表述等方面做出順應中國的調適和改變。對大多數傳教士來說，其本意並非要促進文明發展，推進中國基督教化才是他們的終極目的。但是，正如廣學會面臨的處境：「集結在廣學會中的這批西方人士，無論來華的直接任務如何，是做

〔註1〕 【美】盧茨：《中國教會大學史》，杭州：浙江教育出版社 1987 年版，第 9 頁。
〔註2〕 葤誨：《基督教文字播道事業談》，《中國近代出版史料二編》，北京：中華書局 1957 年版。

生意，傳福音，辦交涉，或是充當帝國政府的雇員，無不時時面對不同文化和異質文明的困擾，顢頇的官僚，愚昧的頭腦，排外的風尚，守舊的體制，諸如此類正是『睡獅』的特色，要不驚擾她便必將一事無成。」在這種情況下，「不消說，它在中國的活動，既不可能採取不介入帝國政治的態度，也不可能在介入時保持價值中立。它的文化活動，只可能把打破清帝國的沉睡現狀當作取向，因而無論人們對它的動機作怎樣的推測，那歷史效應卻只能表明它傾向並鼓勵帝國上層人士和青年學子主動實行改革。」〔註3〕作爲廣學會出版物的《萬國公報》，儘管有其化異教的中國爲基督的中國之潛在目的，但其主要著眼點在於普及國際知識，包括歷史與現狀的常識，以及西方近代有關人文與社會的各種學說。費正清編的《劍橋中國晚清史》中則從更廣泛的範圍內概括了來華傳教士的內心世界：

> 傳教士深深地、不可避免地堅信這一主張：只有從根本上改組中國文化，才能符合中國人民的利益。天主教徒和新教徒、自由主義者和保守主義者，全都有這種信念。他們的區別不在最終目標，而在用以達到此目標的策略。他們的共同目標是使中國皈依基督教，而且他們是不達目的不肯罷休的。〔註4〕

並非絕大多數傳教士都積極參與了對中國文化的有意義的改造，而且對於大多數普通教士來說，看起來他們似乎也沒有這個方面的能力。然而，「新教徒學校講授非宗教性的科目，還有新教徒出版物上介紹的西方和西方文化的知識，養成了一種有利於改革的氣氛。傳教士在政治、方法和社會態度上爲中國改革派提供了可疑模仿的活生生的、現成的榜樣。最後，有幾位傳教士，其中最著名的是李提摩太、林樂知和李佳白，他們都成了改革中國的熱情宣傳者，並且和官場內外中國的改革派領袖人物建立了密切關係。」〔註5〕尤其是甲午戰爭以後，這些傳教士的工作在當時的中國社會產生了重要回響。正是他們的努力擴大了中國知識分子的思想境界，康、梁等改良派的很多改革主張即來自於傳教士。

〔註3〕 朱維錚：《〈萬國公報文選〉導言》，《萬國公報文選》，上海：三聯書店 1998年版，第 16～17 頁。

〔註4〕 【美】費正清編：《劍橋晚清中國史》，北京：中國社會科學出版社 1993 年版，第 599 頁。

〔註5〕 【美】費正清編：《劍橋晚清中國史》，北京：中國社會科學出版社 1993 年版，第 643 頁。

　　順應在中國的傳播處境，傳教士報人不得不制訂更長遠的目標，重點從改造中國的思想文化、樹立西方世界的良好形象入手開展報刊活動。同時，基於對中國的傳播和社會處境的深刻認知，以及所獲取的傳播經驗，來華傳教士也積極向中國社會提出辦報倡議，並就報刊在中國社會應有之角色地位進行了初步闡述。

第一節　文字播道與借報建言

　　西方傳教士很早就在中國活動。廣義的基督教傳教活動在唐朝就有史可徵。據穆啟蒙（Rev. S. Joseph Motte）的《中國天主教史》介紹，唐貞觀年間：「聶斯多略的傳教士便追隨著商隊，或自行扮作商人，或乘坐商人的船隻潛入中國傳教。他們當時的一位宗主教曾有這樣的記載：『許多人只帶著一根手杖和一隻行乞的布袋，梯山航海到印度和中國去傳教。』他們能講他們所要去的地方的語言，甚至在每一站，能雜在民眾中，召集聽眾，宣講他們的教義。」其後千餘年間，西方傳教士在中國的活動時斷時續，其中明末利瑪竇、湯若望，以及清康熙年間的南懷仁等影響較大。「一個巨大的帝國，人口眾多，拜偶像之風盛行，不可能不引起所有基督教徒對中國表示最深切的關注。」〔註6〕雖然自雍正時期開始清廷的教禁愈演愈烈，但鴉片戰爭以前來華傳教士並未絕跡。1846 年明詔弛禁之後，來華傳教士群體迅速擴大，其活動範圍也由沿海漸次向內地滲透。

　　文字播道是傳教士們頗為倚重的傳教方式。有人統計，1811 年至 1842 年，由於清廷的教禁，傳教士們主要在南洋等地出版了大量書刊，參見下表。

基督教傳教士早期出版中文書刊時間、地點統計表（1811～1842）〔註7〕

	1811～33	1834～42	總計		1811～33	1834～42	總計
馬六甲	41	2	43	檳榔嶼	0	1	1
巴達維亞	20	11	31	曼谷	0	1	1

〔註 6〕　【英】馬禮遜夫人編：《馬禮遜回憶錄》，桂林：廣西師範大學出版社 2004 年版，第 86 頁。

〔註 7〕　熊月之：《西學東漸與晚清社會》，上海：上海人民出版社 1994 年版，第 102 頁。

	1811～33	1834～42	總計		1811～33	1834～42	總計
新加坡	0	42	42	不詳者	0	7	7
廣州	6	1	7	總計	67	71	138
澳門	0	6	6				

其中，中文報刊主要有四種：《察世俗每月統計傳》（1815 年 8 月在馬六甲創刊）、《特選撮要每月統計傳》（1823 年 7 月在巴達維亞創刊）、《天下新聞》（1828 年至 1829 年在馬六甲出版）、《東西洋考每月統計傳》（1833 年 8 月創刊於廣州，後遷往新加坡）。服務於傳道，擴大基督教運動的影響是這些報刊的根本使命。

由於文化傳播的交互性，傳播者不能不顧及接受對象的文化心理、欲望和需求。傳教士報人為達到有效的宣教目的，其辦報伊始就表現出較為明顯的中國化、本土化趨勢。拿《察世俗每月統計傳》來說，創辦者名之曰「察世俗」，而刻意避免了用與基督教有關的名字；該刊的封面還印有「子曰多聞擇其善者而從之」，試圖附庸儒家語錄以對讀者進行誘導。《東西洋考每月統計傳》出版之前，郭實獵曾寫有一份英文緣起，介紹該刊的辦刊宗旨，並就其傳播策略進行闡述：「它將不談政治，避免就任何主題以尖銳言詞觸怒他們。可有較妙的方法表達，我們確實不是『蠻夷』……悉知外國人與地方當局關係的意義，編纂者已致力於贏得他們的友誼，並且希望最終取得成功。」〔註8〕而該刊的中文序言則更是主要以儒家理論敷衍成篇，如第一段：「子曰：多聞闕疑，慎言其餘，則寡尤；多見闕殆，慎行其餘，則寡悔；言寡尤，行寡悔，祿在其中矣。亦曰：多聞擇其善者而從之，故必遍觀而祥核也。且因以孝悌風俗表率，以孝悌為先，以文藝為後，則確然於禮義之可守，惕然於廉恥之當存。子曰：弟子入則孝，出則弟，謹而信，汎愛眾，而親仁，行有餘力，則以學文。又曰：志於道，據於德，依於仁，游於藝。」〔註9〕

鴉片戰爭以後，清廷取消了對傳教的禁令，傳教士得以在中國各地活動，並創辦大量中文報刊。1890 年，基督教會派人調查中國報刊的出版情況，發

〔註8〕 《東西洋考每月統計傳》影印說明，《東西洋考每月統計傳》影印本，北京：中華書局 1997 年版。
〔註9〕 《東西洋考每月統計傳》序，《中國近代報刊史參考資料》上冊，北京：中國人民大學新聞系 1979 年印行，第 130 頁。

現在先後刊行的 76 種報刊中，「十之六係教會報」。﹝註10﹞其中主要如下：

鴉片戰爭後傳教士在中國出版的主要報刊﹝註11﹞

報　　刊	發刊時間	地點	主辦或主持	報刊性質	停刊時間
《遐邇貫珍》	1852 年 9 月	香港	「馬禮遜教育會」	月刊	1856 年 5 月
《中外新報》	1854 年 5 月	寧波	【美】瑪高溫（Danel Jerome Macgowan）、應思理（Ellas B.Inslee）	初為半月刊後改月刊	1861 年
《六合叢談》	1857 年 1 月	上海	【英】偉烈亞力（Alexander Wylie）	月刊	1858 年 3 月
《中外新聞七日錄》	1865 年 2 月	廣州	【英】湛約翰（John Chalmers）	周刊	1868 年 1 月
《中國教會新報》後易名《萬國公報》	1868 年 9 月	上海	【美】林樂知（Young John Allen）	周刊，1889 年 2 月復刊改月刊	1907 年底
《中西新聞見聞錄》	1872 年 8 月	北京	【美】丁韙良（William Alexander）、【英】艾約瑟（Joseph Edkins）	月刊	1875 年
《格致彙編》	1876 年 2 月	上海	【英】傅蘭雅（John Fryer）	月刊，1890 年改季刊	1892 年
《小孩月報》	1874 年	廣州	【美】嘉約翰（John M.W.Farnham）	1915 年改名《開風報》	1916 年
《益聞錄》	1879 年 3 月	上海	徐家匯天主堂出版李杕主編	半月刊後改周刊	1898 年 8 月與《格致新報》合併，次年簡稱《彙報》
《聖心報》	1887 年 7 月	上海	徐家匯天主堂出版李杕主編	月刊	1949 年 5 月
《中西教會報》	1891 年 2 月	上海	林樂知主編	月刊	1917 年停刊

﹝註10﹞ 【英】李提摩太：《中國各報館始末》，《時事新論》卷 1，上海：上海廣學會1898 年版。

﹝註11﹞ 參見戈公振：《外資經營的中文報刊》，《中國近代出版史料》初編，北京：中華書局 1957 年版，第 66 頁。

此外，傳教士在華出版的報刊尚有《中外雜誌》、《廣州新報》、《福音新報》、《閩省會報》《益智新錄》、《花圖新報》、《甬報》、《基督徒新報》、《益文月報》、《聖教新報》、《山東時報》、《尚賢堂月報》等。

《察世俗每月統計傳》由於其濃郁的宗教性以及在內容上對「時間性」的輕視，被中國報史研究者白瑞華稱之爲「定期發行的（宗教）小冊子」。〔註12〕這種宗教刊物的影響力是十分可疑的。在中西文化的巨大差異、以及列強的炮艦政策和對中國無所忌憚的鴉片輸入的背景下，傳教士直截了當的宗教宣傳往往難以令人信服。麥都思曾經記述一位中國讀者對傳教士的不滿：

> 在小冊子上，他指責窮兇極惡的蠻夷竟想要改造天朝之民，眞是荒唐與無知之極。他還指出，爲了本身的利益，把毒品與鴉片等推廣至中國民間，毒害他人，足見蠻夷缺乏仁義之心。他列舉道：派遣軍艦與軍隊到他國搶劫並占爲己有者，是無法佯裝爲義者的。至於允許男女在公開場合同時露面並在街上手牽手闊步而行，則説明了他們沒有絲毫羞恥心。除此之外，他們還拒絕接受古代先王之遺訓，顯示他們不求上進。在實際上，信是蠻夷惟一可以自我標榜的道德。在五倫之中，居然缺了四項，人們怎能期待他們改造他人？

〔註13〕

這種經驗必然迫使傳教士報人對他們的報刊內容做出調整和改變。實際上，宗教宣傳一開始就並非傳教士報刊的唯一內容。如在《察世俗每月統計傳》第二期中，米憐就指出，報刊的直接宣教固然重要，但用科學去「喚醒」「中國人民」之「潛能」的工作也同樣不可忽視。因爲「科學之與宗教」「本相輔而行」〔註14〕。麥都思創辦《特選撮要》旨在繼承米憐之遺志。在內容上，該刊與《察世俗》無甚區別，仍以「神理」爲中心，輔以「人道」、「天文」、「地理」等知識的介紹。《天下新聞》在內容上有所改變，主要介紹西方知識歐洲的科學、歷史、宗教和倫理等，但只維持了一年即告停刊。《東西洋考每月統計傳》則在辦報內容上有了較爲明顯的區別。郭實獵自述該雜誌的目的是，在文明已迅速發展的今天的地球上，中國仍停留在原有的水平上，仍視

〔註12〕 【新加坡】卓南生：《中國近代報業發展史》，北京：中國社會科學出版社2002年版，第32頁。

〔註13〕 轉引自【新加坡】卓南生：《中國近代報業發展史》，北京：中國社會科學出版社2002年版，第41頁。

〔註14〕 見郭公振：《中國報學史》，上海：上海古籍出版社2003年版，第76～77頁。

中國以外的其他民族為野蠻人，創辦這份雜誌，為的是要讓中國人瞭解我們的藝術、科學和原則，讓他們知道，我們確實不是野蠻人。〔註 15〕有論者分析認為：「《東西洋考》雖然是由傳教士郭實獵所辦，但其創刊的首要任務，已經逐步背離了《察世俗》與《特選撮要》等宗教刊物以『闡發基督教義為主要任務』的編輯方針，而是把宣傳西方文化，改變中國人對西方人的形象，當為最重要的事項了。」〔註 16〕《東西洋考》創刊號的主要文章有：序言、東西史記和合、地理、新聞、東西洋並南洋地圖。該刊幾乎每期都開闢有「新聞」專欄，報導各國近況。必須指出的是，這種報刊內容上的妥協並非傳教士放棄了傳教的初衷。而更多的應是一種傳播策略的調整。在接受對象充滿警戒、質疑甚至敵視的情況下，改變國人盲目落後的華夷觀念，拉近報刊與中國受眾的心理距離，營造共通或相似的知識接受結構，這對於傳教同樣是具有重要意義的。

　　鴉片戰爭以後，傳教士報刊得以在中國內地刊行，並大都繼續沿襲了《東西洋考》的辦報思路。同時，報刊內容中新聞的比重增加了。如《遐邇貫珍》每期都開闢有「近日雜報」專欄，其篇幅至少占全刊的三分之一。而《六合叢談》在天平天國暴動期間，則是「外國人在上海用中文發行，傳播外國文化（包括宗教）和以報導外國訊息為主的定期出版物。」〔註 17〕之所以增加新聞的分量，《遐邇貫珍》的創刊《序言》認為：「中國除邸抄載上諭奏摺，僅得朝廷活動大略外，向無日報之類」，「吾每念及此，思於每月一次，纂輯貫珍一帙，誠為善舉。其內有我邦之善端，可以述之於中土，而中國之美行，亦可達之於我邦，俾兩家日臻於洽習，中外均得其裨也。」麥都思希望藉報刊新聞欄使中國人受惠，「俾得以洞明真理而增智術之益」。由此觀之，傳教士報刊之重視新聞，仍然有意欲增進國人智識，拓寬其眼界，以間接服務於傳教之目的。正如日本學者石田八州雄的觀點：「該（《遐邇貫珍》——筆者注）新聞發行目的的非新聞性，當然也會有揭載新聞，但真正的目的是為了基督教的布教，但布教的方法並不明顯，可說是將先進國的知識傳遞給落後

〔註 15〕RoswellS. Britton, The Chinese Periodical Press, 1800～1912（Taipei, 1966），p.23。

〔註 16〕【新加坡】卓南生：《中國近代報業發展史》，北京：中國社會科學出版社 2002年版，第 47 頁。

〔註 17〕【新加坡】卓南生：《中國近代報業發展史》，北京：中國社會科學出版社 2002年版，第 93 頁。

國，一邊加以啓蒙的文化，一邊培育宗教心，是一種和平自然的布教方式。」
〔註18〕

　　在傳教士的報刊中，《萬國公報》的成就最大。該刊 1868 年初創時名爲《中國教會新報》，由林樂知獨自創辦，1889 年復刊時成爲廣學會的機關報。最初，該刊的宗教色彩較濃，多以宣傳教義和報導教會動態爲主，讀者十分有限。但很快林樂知接受讀者建議，減少宗教內容，提高新聞和其他非宗教內容的比重。從第 204 期開始，該刊在分欄編排上依次開設政事近聞、教會近聞、中外近聞和雜事近聞，並增闢格致近聞一欄。1874 年 9 月改名爲《萬國公報》時，其扉頁特附說明：「本刊是爲推廣與泰西各國有關的地理、歷史、文明、政治、宗教、科學、藝術、工業及一般進步知識的期刊。」成爲廣學會機關報使《萬國公報》的聲譽得到空前提升。廣學會最初的英文名稱爲 "The Society for the Diffusion of Christian and General Knowledge Among the Chinese"，直譯即爲「在中國人中廣傳基督教及一般知識的會社」。該會以推廣西學爲宗旨，以中國士大夫階層爲主要對象。創辦人韋廉臣（Alexander Williamson）認爲：「我們對於中國的開放永遠不會感到滿意，直到我們能將中國人的頭腦也開放起來。他們反對西方的觀點、計劃以及商業、政治、宗教等各方面的活動，幾乎完全是由於無知……因此，消除這種無知，在人民各階層中推廣學識，就具有極端的重要性。」而士大夫作爲「滿清帝國的靈魂和實際的統治者」，影響他們，「即可以完全滲透這個帝國並且有效地改變中國的輿論和行動。」〔註 19〕李提摩太接任廣學會督辦後，更注重對中國「上等」階層的影響，他聲稱：「要把這些人作爲我們的學生，我們將把有關對中國最重要的知識系統地教育他們，直到教他們懂得有必要爲他們苦難的國家採用更好的方法爲止。」〔註 20〕這樣，《萬國公報》一方面調整傳播對象，一方面改進版面內容：將談學論政置於首要位置，依次設有社說（主要評議政治和中外時事、譯介西方政治和社會學說）、光緒政要（摘錄諭旨和奏摺）、各國新聞和電報輯要等。在這些內容中，尤其對中國時政的批評和建議產生了巨大而深遠的影響。該刊的發行量也

〔註18〕【日】石田八洲雄：《〈遐邇貫珍〉に現れたミルトンの詩に就て》，《福岡工業大學文科論集》第 1 集，1966 年 7 月，第 1～11 頁。轉引自【日】松浦章：《〈遐邇貫珍〉中的東亞世界（1853 年～1856 年）》，「多元視野中的中國歷史」國際會議論文集，2004 年 8 月。

〔註19〕《同文書會章程、職員名單、發起書和司庫報告》，1887 年。

〔註20〕《廣學會五十週年紀念特刊》，第 85 頁。

屢創新高。1896 年底,《萬國公報》不無自豪地宣稱,該刊發行量「從每月一千本逐漸增加,今已盈四千本。且購閱者大都達官貴介名士商紳,故京師及各直省閥閱高門、清華別業案頭多置此一編,其銷流之廣,則更遠至海外之美澳二洲」。〔註21〕當然,至 19 世紀末葉,中國社會出現了前所未有的變化。洋務運動大大推動了西學知識在中國的傳播;中日甲午戰爭的失敗使更多知識分子捲入了向西方學習的潮流;維新運動更將這股潮流推向極致。這種變化正好為《萬國公報》的成功提供了難得的外部條件。

在傳教士向中國社會的建議中,創辦報刊即為其中一個重要內容。他們從近代報刊最基本的傳通功能出發,對於報刊在中國政治和社會生活中的角色做了中國化的闡述:重點分析報刊在滿清政權及其社會運行和進化中所能具有之助益角色,以誘導當局和士大夫階層接受近代報刊這一新興事物。如中日戰爭之後,清廷廣徵善後之策。李提摩太撰《新政策》以進,將「立報館」視為富國強民之法:「教民之法,欲通上下有四事。一曰,立報館。欲強國必先富民,欲富民必須變法,中國苟行新政,可以立致富強,而欲使中國官民皆知新政之益,非廣行日報不為功,非得通達時務之人,主持報事,以開耳目,則行之者一泥之者百矣。其何以速濟,則報館其首務也。」他直言中國當時應辦之事凡九,其中之一即為辦報:「國家日報,關係安危。應請英人某某,美人某某,總管報事。派中國熟悉中西情勢之人,為之主筆。」〔註22〕另一傳教士甘霖的《中國變新策》中亦提出四項建議,其三為「任設報館,以增益知識」〔註23〕。由於鴉片戰爭後滿清政權在外憂內患中岌岌可危,傳教士這種與滿清自強運動和社會變革思潮遙相配合的建言自然更能引起當局及關心時政的知識階層的注意。傳教士們援用中國傳統的「諷諫」、「清議」、和「教化」等思想,將報刊視為統治者進行政治和社會治理的一個輔助性工具。這種自上而下的迎合視角與傳教士向當局「建言」的性質是一致的。在報禁未開、風氣不行的時代背景下,這實際上也是傳教士們能夠著力並產生實效的一種文化輸入策略。也正因為如此,報刊被賦予了很高的政治和道德責任,而其在西方社會通常具有的商業性質則鮮被提及。

〔註21〕 《萬國公報》(26),第 94 卷,第 16483 頁。

〔註22〕 【英】李提摩太:《新政策》,《萬國公報》第 87 冊,光緒二十二年三月。

〔註23〕 【法】甘霖:《中國變新策》,《戊戌變法三》,上海:神州國光社 1953 年版,第 265 頁。

第二節　傳教士對報刊角色的中國化闡述

　　鴉片戰爭後相當時期內，出版報刊基本上是外國人的特權，國人辦報面臨諸多阻礙和限制。清廷對報刊出版實行的是「禁止華人而聽西人開設」〔註24〕的政策。戈公振先生曾分析了我國報刊事業不發達之原因及其後果：「我國之有官報，在世界上爲最早，何以獨不發達？其故蓋西人之官報乃與民閱，而我國乃與官閱也。『民可使由，不可使知』，乃儒家執政之秘訣；階級之隔閡，不期然而養成。故官報從政治上言之，固可收行政統一之效；但從文化上言之，可謂毫無影響，其最佳結果，亦不過視若掌故，如黃顧二氏之所爲耳。進一步言之，官報之唯一目的，爲遏止人民干預國政，遂造成人民間一種『不識不知順帝之則』之心理；於是中國之文化，不能不因此而入於黑暗狀態矣。」〔註25〕傳教士報人既然具有了「報人」身份，其對中國「報刊業」的現狀自然格外關注。轉向後的傳教士報刊既以介紹西方文明作爲要旨，在向中國建言的過程中，其引入近代報刊觀念，以促進中國報刊業的「近代化」，自是當然之事。

　　傳教士報刊很早就有對西方報業的介紹。如《東西洋考每月統計傳》第一次以中文報刊的身份發表了一篇新聞學論文：《新聞紙略論》，對報紙的產生、當前發展狀況、以及出版自由等問題做了簡述：

　　　　在西方各國，有最奇之事，乃係新聞紙篇也。此樣書紙乃先三百年初出於義打里亞國，因每張的價是小銅錢一文，小錢一文西語說「加西打」，故以新聞紙名爲「加西打」，即因此意也。後各國照樣成此篇紙，至今到處都有之，甚多也。惟初係官府自出示之，而國內所有不吉等事不肯引入之，後則各國人人自可告官而能得准印新聞紙，但間有要先送官看各張所載何意，不准理論百官之政事。又有的不須如此，各可隨自意論諸事，但不犯律法之事也。其新聞紙有每日出一次的，有二日出一次的，有七日出二次的，亦有七日或半月或一月出一次不等的。最多者乃每日出一次的，其次則每七日出一次的也。其每月一次出者，亦有非紀新聞之事，乃論博學之文。於道光七年，在英吉利國核計有此書篇共四百八十多種，在米

〔註24〕鄭觀應：《盛世危言・日報》，《鄭觀應集》上冊，北京：人民出版社1982年版，第347頁。

〔註25〕郭公振：《中國報學史》，上海：上海古籍出版社2003年版，第71頁。

利堅國有八百餘種，在法蘭西國有四百九十種也。此三國爲至多，

而其理論各事更爲隨意，於例無禁。然別國亦不少也。〔註26〕

西方的出版自由理念成熟較早。1644 年，英國詩人彌爾頓的《論出版自由》可說是最負盛名的對出版自由的偉大請願。1789 年，法國大革命第一次確立了新聞自由的各項重大原則，成爲十九世紀「全世界的新聞工作者傾心追求的目標」〔註27〕。值得一提的是英國新聞業的發展，「自十七世紀起，英國新聞業就已介入政治鬥爭，1787 年比爾克將新聞界稱爲『第四權力』。由於競爭的刺激和擁有相對自由的氣氛，英國報紙比法國報紙內容要廣泛、豐富得多。」〔註28〕進入十九世紀，隨著西方憲政民主實踐的發展，新聞業進步顯著：報紙數量越來越多，發行量也大大增加。報刊的輿論監督角色進一步彰顯：「在所謂『市民革命』以後確立的立憲君主體制下，出現了『市民的公共領域』的觀念，主張國家和社會的分離的自由主義是其前提條件。這一點是至爲重要的。所謂言論自由被看成是報紙所擁有的對國家權力提出異議的權利。」〔註29〕同時，西方市場經濟的發展又爲其新聞業的商業化運作提供了物質條件，而市場交換也深刻影響到新聞業的實踐和理念。十九世紀三十年代，便士報的出現就在美國新聞界興起了一場革命，新的報紙價格低廉，主要依靠廣告生存，以獨立於政黨之外自詡，更強調新聞而不是論點。

在西方，神職人員是社會受教育水平最高的群體，而且爲了更好地開拓在華傳教事業，許多教會傾向於選擇多才多藝、受過高等教育的精英充當傳教士來華宣教。如丁韙良於 1870 年被紐約大學授予名譽法學博士學位；狄考文是傑斐遜大學高材生；林樂知獲得了埃默立大學的文學學士學位；李提摩太畢業於哈佛孚德神學院。因爲良好的教育背景，他們對日益重要的知識和信息傳播工具——新聞傳媒自然不會陌生。實際上，許多來華傳教士先後參與甚至主持了辦報活動。他們對於西方報業也很早就有介紹。除了上文介紹的《東西洋考每月統計傳》之外，花之安在《新聞紙論》一文中，也對英國

〔註26〕《新聞紙略論》，《東西洋考每月統計傳》，道光癸巳十二月。

〔註27〕【法】皮埃爾‧阿爾貝等：《世界新聞簡史》，北京：中國新聞出版社 1985 年版，第 24 頁。

〔註28〕【法】皮埃爾‧阿爾貝等：《世界新聞簡史》，北京：中國新聞出版社 1985 年版，第 14 頁。

〔註29〕【日】佐藤卓己：《現代傳媒史》，北京：北京大學出版社 2004 年版，第 65 頁。

泰晤士報的出版周期、銷量、收入和印刷技術等做了詳細介紹。而對於近代報刊業逐漸發展起來的職業理念和專業規範，傳教士們也有所述及。林樂知就主張「新報館」就是要「辯論國政之是非，品評人員之賢否」，並且要秉持獨立公正的言論立場：「作者唯實事求是不叩虛無而索有，不向寂寞以求音，事之是者錄之，事之非者去之，以大公無我之心作大公無我之報，聽閱者之去取可也」；「惟有立定主見，不敢拒拂於人，亦不欲曲徇於人，閱公報者其諒我也。」〔註30〕

然而現實是清朝仍然實行的是君主專制制度，而當時西方主要國家的憲政理念和制度則或者初步成型，或者產生了重要進展。這一現實決定了西方近代報刊的理念和實踐必須要進行調適。例如獨立公正的職業理念與中國「君臣之倫」的政治道德規範就可能產生衝突。與中國政治文化土壤的調適甚至可以說是近代報刊能否被接受的關鍵。在政治和經濟等條件都不具備的情況下，這些理念事實上也很難付諸實踐。同時在清政府的文化專制、當時社會昏暗保守的思想氛圍和原始狹隘的「報業實踐」下，西方的新聞理念顯然很難在一時獲得共鳴，這也深刻影響到中國近代早期的報刊論述者們的話語策略。

傳教士所做的話語調整突出體現是有選擇性地將出版自由、報刊輿論監督等西方近代新聞理念進行淡化處理，而順應清末變革求強的社會思潮，極力強調近代報刊之於清政權及社會既定秩序運行和進化中的重要意義。他們從近代報刊最基本的傳通功能出發，對於報刊在中國政治和社會中的角色做了中國化的附會式闡述：報刊被類比為中國傳統政治社會中既有的傳播和溝通方式，以此來誘導當局和士大夫階層接受近代報刊這一新興事物。

「奧考古昔盛時，有誹謗之木，有蒙瞍之箴，所以通達民隱，宣導政事，藉佐一代承平之治。歐洲各國有君主、民主之分，考慮下情壅蔽，因而有報館之設，其意與古相仿……上而君相政績，下而士庶學業，無不採訪周備，借管城子為木鐸，因而又為教化之一助」〔註31〕。「誹謗之木」出自《呂氏春秋》，指古代君王為瞭解自己的施政得失，而在交通要塞豎立木牌，讓人們寫上諫言，用以廣開言路，聽取各方意見。後世因於宮外立木以示納諫，仍稱「謗木」。「蒙瞍之箴」，指古代君王任用的盲人樂師，他們誦讀箴諫之語而使

〔註30〕 【美】林樂知：《教會報大旨》，《教會新報》（二），第615頁。

〔註31〕 【英】李提摩太：《論報館》，《中國近代報刊史參考資料》上冊，北京：中國人民大學新聞系1979年印行，第136頁。

當政者及時瞭解社會人心的變化，以免於被蒙蔽的狀態。李提摩太將報刊與「誹謗之木」、「蒙瞍之箴」進行類比，一方面當然闡述了報刊下情上達的作用，另一方面也很自然地將報刊納入進了中國傳統的政治治理設計和觀念體系之中。李提摩太也將報刊比附爲「木鐸」。木鐸是以木爲舌的大鈴，銅質。古代宣佈政教法令時，巡行振鳴以引起眾人注意，達到宣達政令的目的。李提摩太在此主要是將之比附近代報刊的教育啟蒙作用。

　　來華傳教士主要就是從社會教化和政情暢達等方面對報刊在中國之社會和政治角色進行闡述。一是肯定報刊作爲國家的社會教化機構的地位。傳統中國的教化思想源自先秦。出於專制政治需要，以儒家爲主流的教化傳統突出強調禮儀法度的教化，規範個體行爲以服從群體，減少以至避免社會紛爭，整闓家庭、家族、民族共同體，有著強烈的倫理政治的訴求。因而歷代統治者都極爲重視社會人心的教化。花之安、林樂知、甘霖等傳教士都借用了「教化」的概念，並對報刊在中國政治社會所能承擔的教化角色做了充分闡述。自然，他們對報刊社會教育作用的闡述又往往超越了傳統教化思想的範圍，而與他們對中國現狀的認識以及設計的解決之道密切結合在一起。在傳教士們看來，近代中國之病首在人心：「蓋嘗獨居深念，而知中國之缺憾之處不在於迹象，而在靈明。不在於物品之楛良，而在於人才之消長。」〔註32〕因此面對內憂外侮，轉換觀念、增進知識以提高國民的思想素質就顯得尤爲重要。而報刊在這方面的作用由此突顯。花之安說：

　　　　今夫奇書廣覽則耳目日新，古史縱觀則聞見日廣。即在書史之外，而凡類於書史有益於身心者，吾人皆常博覽，以增識見，以開智慧，則新聞紙之設此其選矣。蓋新聞紙之文，上自朝廷百官，下及商賈庶民，其講理則表揚忠孝節義，有關於世道人心；其言數則天文地輿，以至器物草木昆蟲，莫不載理而論，皆有卓識，方敢筆之於書。其雅者則學士文人彰其才德，其俗者即街談巷議莫不搜羅。即今日之時勢，今人之是非無不暢談，不必趨避。此皆有益於身心，可與書史並觀者也，而聞見豈有不日新哉？〔註33〕

〔註32〕【美】林樂知：《險語對》，《萬國公報文選》，上海：三聯書店1998年版，第338頁。

〔註33〕【德】花之安：《新聞紙論》，《萬國公報文選》，上海：三聯書店1998年版，第96頁。

花之安並聯繫報刊業務的一般特點，對其廣聞見、開智慧之功能進行了具體闡述：

> 若夫非常之事，或兩國交兵，或查勘輿圖，則特遣博學文人往訪。隨見隨錄，以增新報之光。蓋博學文人，其明足以察理，其才足以辨物，洞見無遺，詞能達意故也。倘情形難達，詞有未暢者，則繪圖以備審觀。務使人人共曉，無殊親到其地焉。是知作新報之人，誠非易得矣。雖無官階品級之崇，而有循名核實之責，其才宜有潘陸之富，其文儼操筆削之權，本國外邦，交相敬慕，無異太山北斗之尊。苟非學識兼優，曷以勝其任哉？然則採訪，亦用博學之士，誠得其要矣。蓋新報之始設，不過寫世俗之事，令人喜看而已。今則上而國政，下而民事，無日不言。或分言各等學問，以至小說趣談無不筆之於書，以寓勸誡。且不獨新聞爲然也，凡當今辯論要者，亦書之以充識，見言世事則近而一邑，爲小新報遠而一省一國，或各國之事無不共聞。或言王宮官府之事，如京抄之類，或言衙門案件之事，或言西國設會之事。如博物會之類是也。或言演劇之事，或言誕子，或言兩姓定親。兩姓成親，或送喪聚集，使親友周知之事。或言生意行情，或言金銀時價，或言新創器皿。新出書籍，或言買賣鋪戶，或招人雇工人，尋雇工皆當布告。觀者雖各處一方，不出戶庭，遠近之大略無不周知。新報誠益人不淺矣。然則都邑墟鎮，可不廣設新報令人備覽無遺哉？
>
> 至若談道理，講《聖經》者，未嘗不涉於世事。然俱歸之道理，收人放心使人行善也。或言各處禮拜堂之事，或將古詩、今時名人明道理者，表其來歷之事。或將古今人之有訾議者，則據理而辯論之。令人明其爲理，辨不爲人辨之事。更有時談世情粗淺之事，亦夾些趣言於其中，不失大雅，令人怡情故也。若夫精深之理，則欲闡而明之，則經學之淵微，博學之蘊奧，無不曉暢而談，使人有以領會。〔註34〕

在花之安看來，「新報」登載時事近聞，並有「博學文人」分析闡述，足以助人辨物察理，不出戶庭而足以周知遠近之大略。至於闡明道理，洞燭幽微，

〔註34〕 【德】花之安：《新聞紙論》，《萬國公報文選》，上海：三聯書店 1998 年版，第 99～100 頁。

對普通大眾認識世情事理也極有益處。這是一種從「知識」和「道理」看報刊的視角。則報刊的教化職能就十分顯著了。花之安指出：「夫國家莫重於教化，教化既善，則十民因材而篤。自少而壯，無不範圍於學問之內，而無棄材。然聰俊之徒，不使之學極其博，則材不大成，仍未可爲國家之大用。所以博學一途必貴有其方，其學乃能極博耳。惟新聞紙之設學問識見，有以統會於其中而日新月異，令人觀之有以博學之功而不可廢。然則教化之要，博學之方，新聞紙無可同類而並言之也。是知中國司教化之責，而欲國家興盛者可不於此三者，而令上下行之徒讓西人以專美乎？」〔註35〕既然肯定了報刊作爲教化機構的地位，那麼報刊對於國家興盛的重要性、必要性也就可以理解了。甘霖則具體分析了報館教化於國家的益處：「所謂任設報館者，蓋以助國家教導之所不及也。今中國惟萬國公報實抱覺世牖民之志，筆亦足以達之，華人皆不可不閱。論語云『民可使由之，不可使知之』，固非令民之不讀書不明理也。自古聖王，原欲盡人而納諸學校之中，但未設法律以繩之，庶民深得知識者，甚鮮其人，欲求明徹奧理者，尤屬寥寥汗覯，彼於天下之新事，未由洞悉，遂爾妄行揣度，橫生誑語謠言。夫人之心，天付之以能思，若有實學以實其心，自必多思實事，否則胸無主見，必至以詐僞之事，充塞其心。惟廣立報館，以記實迹，則種種謠諑，自必銷聲滅迹，歸於烏有之鄉矣。」他認爲相對於學校教育，報館的教化作用更爲廣泛迅速：「夫設立學堂，事誠善矣，惟數年之間，一塾之中，不過訓誨少年子弟，數百數千而已。新報通行，不啻教導新學之名師，能使家喻戶曉，且報售越多，報價愈廉，貧苦之輩亦得觀覽而心動焉。」〔註36〕報館之所以能夠如此，是與其作爲大眾傳播媒介的特質分不開的。而「報售越多，報價愈廉，貧苦之輩亦得觀覽而心動」的觀點，顯然可看到作者對西方大眾化報紙崛起經過的瞭解。《萬國公報》發行二百冊時，其主筆范褘在祝辭中對報刊的地位做了更爲明確的宣示：「雜誌報章者，社會之公共教科書也，雜誌報章之記者，社會公共之教員也，無論上流、中流、下流以及種種之社會，其知識之一般，大都取資於雜誌報章者居多，新事新理新物之研究之表見發明，無不先濱於雜誌報章，一紙飛

〔註35〕 【德】花之安：《新聞紙論》，《萬國公報文選》，上海：三聯書店1998年版，第101頁。

〔註36〕 【法】甘霖：《中國變新策》，《戊戌變法三》，上海：神州國光社1953年版，第267頁。

行，萬眾承認⋯⋯若夫主持輿論，闡發政見，評議時局，常足爲一國前途之導向方針也，砥柱也，皆什雜誌報章之天職也。」〔註37〕

相對而言，林樂知對報刊社會教化角色的論述更爲全面。在《險語對》中，他首先對中國國民的積習進行了尖銳批評。具體有如下幾點：驕傲、愚蠢、恇怯、欺誑、暴虐、貪私、因循、遊惰。此八者，「其禍延於國是，其病中於人心。」而辦報不失爲一新民之法：「又舊繁庶地方，開設報館，請明於中外時局之人主持筆政。或按日，或按禮拜，或按月按季，作爲各報專記中外一切要務。」〔註38〕林樂知自謂，其辦報及「聯訂廣學一會」，即抱持此種目的：「今日之天下，一五洲通道之天下也。故欲審中國之機宜，而定長治久安之策，必合萬國之局勢而妙用化裁通變之方。鄙人久寓中華，略諳利弊。曾與志同道合之友，聯訂廣學一會，日究泰西有用諸學，冀以廣華人之聞見，發至治之馨香。矻矻孳孳，八更寒暑。月又刊《萬國公報》一冊，中所論述，更博採各國之輿誦，與夫心思之所專注，材力之所兼營，以爲華人借鏡之資，著鞭之助。」〔註39〕林樂知聯繫中國列強環伺，險象環生的境遇，意激言切地陳述辦報之益，足以聳國人之耳目。他並比較了專門教育機構與「新聞館」的區別，極力鼓動於「儲才館」之外另立「新聞館」：「然儲才館類聚英才而教之，而新聞館則分散天下而觀之矣。凡國政民風與商賈農工之事，無一不登新報，令閱者增廣見聞。具有益於人心者，實非淺鮮⋯⋯中國能於儲才館之外多立新聞館，令聚而學者有實效，散而觀者有多聞，不更大快人心哉？」〔註40〕

傳教士們不約而同地將報刊描述爲有助於當局實施社會教化的機構。近代報刊作爲一般的信息和思想交流媒介，其對知識的普及和社會思潮的引領作用是不言而喻的。然而從近代報刊的誕生及發展看，報導新聞、傳播信息才是其首要職能。較早的近代報紙雛形，16世紀誕生於威尼斯的「Gazzetta」，就是通過兜售新聞信息來盈利的。西方報刊史上也有過一段政黨報刊發展歷程，如1783年至1833年的美國，許多報刊先後充當聯邦黨和共和黨的喉舌，

〔註37〕 范褘：《萬國公報第二百冊之祝辭》，《萬國公報》第200卷。

〔註38〕 【美】林樂知：《險語對》，《萬國公報文選》，上海：三聯書店1998年版，第347頁。

〔註39〕 【美】林樂知：《險語對》，《萬國公報文選》，上海：三聯書店1998年版，第343頁。

〔註40〕 【美】林樂知：《中西關係論略‧論謀富之法》，《萬國公報》第358卷。

爲各自政黨搖旗吶喊，爭取興論支持。報紙的職能因此從傳遞信息發展成爲
進行政治鬥爭、宣傳教育和表達興論的工具。但政黨報刊實際上是「觀點紙」，
讀者面窄，銷量很低。而且西方政黨報刊通過政治論爭爭取支持者的實踐與
來華傳教士們從國家層面所設想的報刊全面教化角色也差異明顯。19 世紀
初，隨著廉價報紙的勃興更是導致了「觀點紙」（opinion paper）向「新聞紙」
（news paper）的轉變，並間接催化了新聞專業主義理念的成型。因此傳教士
主要在 19 世紀中後期所大力強調的報刊在中國社會的教化作用，顯然也與他
們意欲附會中國傳統的政治社會治理思想，以強化國人對近代報刊的重要
性、時宜性的認知有一定關係。

　　二是強調報刊爲政情溝通橋梁的角色。首先是下情上達。在近代西方
國家，議院選舉的出現使政府和民眾的溝通有了可靠的制度保障。而中國傳
統的君主制度則主要通過御史、諫官制度來實現民情上達。因而諷諫文化在
中國古代可謂源遠流長，堯舜「設諫鼓、立謗木」，爲後世君王做出了榜樣，
有關君王從言納諫的各種事例和傳說更是成爲「治世之音」的例證。傳教士
花之安在他的新聞學論文裏，更是自如地運用了大量傳統思想材料，包括「諫
木」、「謗鼓」、「太史采風」、「輶軒問俗」、「處士橫議之風」等，充分闡述了
報刊在「下情上達」中所具有的積極功用：

　　　　西國新聞館之設，其不可廢有斷然者矣。夫新聞紙之設，其意
　　何自昉哉？蓋有褒貶之筆寓於其間焉，非且良史之才不能膺作新聞
　　紙之任也。吾嘗觀世之盛也，君公雖貴，左史記言，右史記動，凡
　　君人者之一言一動皆恐有過舉之處，不敢縱肆於其間。即在聖明之
　　君，尤尚設諫木、立謗鼓，使下情得以通達。當其時太史采風，輶
　　軒問俗，凡民間之疾苦無不周知。斯上下聯爲一體，而庶民不敢有
　　所輕議焉。

　　　　天下有道如是，處士橫議之風息矣。又曷貴新聞紙之議論紛然
　　哉？迨世衰道微，上下情絕，謗瀆日興，於是有用嚴刑以止謗者，
　　究之民心騷然，道路以目。君壅蔽於上，臣泄沓於下，吾恐如川之
　　崩決，而有不可止之勢也。苟得一危言悚論，寓諷諫之意以通上下
　　之情者，豈非國家之幸，萬民之福哉？又何論出言者之卑微哉？今
　　西國新聞館之設，無位無權，似無足重輕。然盱衡世事，目擊時艱，
　　其立論則甚公，其議事則甚富。不避權勢，不畏奸豪。苟有非理之

處，皆得縱容而議之。恒寓規諫之意，且出言間有憤激，其吐詞亦覺和平，無不婉而可思，曲而善達……無如中國素稱聲名，文物之邦，絕無新報館之設。上下隔絕，情意不通，民間疾苦不能知矣。朝廷議事，官吏設施，無人敢議，得失莫辨矣。縱有上諭頒行，《京報》迭發，亦多言百官陞遷，太史陳奏之事。而於民間之隱痛恒鮮洞燭，果何裨乎？雖縉紳閥閱，衙署幕僚，無不備覽。而庶民於《京報》亦鮮得覽觀焉，奚以勸善而懲惡哉？此中國不設新報館之疏也。夫朝廷寄封疆於督撫，民情實難周知。倘據一面之詞，則詐僞作奸之徒易於蒙蔽。即委員揲查，吾恐見利忘義，反以曲爲直，以直爲曲者多矣。而新聞紙則查察眞確，不敢妄談敘事之的。當俾觀者瞭如指掌，而民間疾苦冤屈無不遍達。然則有國家者新報館之設亦何可少耶？雖朝廷設有御史，劾奏百僚之過舉，伸理庶民之冤抑，然御史一途滿漢十二員，其屬十三道，每道滿漢各一人，只得三十八員而已，又皆萃於京師，各處民間利弊豈能洞悉？縱或不平則鳴，多非目擊之事，故每奏則曰風聞動，費朝廷委吏查察。因此官吏多方迴護，莫得眞情。若新報則採訪探索，即窮鄉避壤無論事之鉅細，皆錄入其中。不特傳之本國，而且傳之異邦。則下民受屈有不能自鳴者，新報代爲之鳴。〔註41〕

此段論說間或隱含西方的報刊輿論監督之義。但其旨歸終未超出中國傳統的「諷諫」思想之範圍：察民間之疾苦，使下情得以上達。報刊如何發揮如傳統下情上達方式般的功用？花之安主要從兩個方面進行了闡述。一是議論朝政得失及官吏設施的實際情況，分析闡明其在實施過程中對於民間社會的負面影響；二是可以防止地方政府弄虛作假，直接傳達民間疾苦冤屈，以補朝廷監察機構之不足。花之安認爲，相對於中國官方傳統的監察渠道，新報通達民情的效率更高，也更爲廣泛、眞實和準確。他進而言之：「今香港各省教會已設有新報館，但未盛行遍於窮鄉避壤之區耳。中國誠能廣傳新報於民間，不徒以邸抄見閱於官署，斯民瘼上通，君恩下沛，永無太息愁苦之聲，又奚必如鄭俠之進流民圖始達上聽，以抒萬民之疾。」〔註42〕花之安的闡述基本

〔註41〕【德】花之安：《新聞紙論》，《萬國公報文選》，上海：三聯書店1998年版，第97～98頁。

〔註42〕【德】花之安：《新聞紙論》，《萬國公報文選》，上海：三聯書店1998年版，第101頁。

上屬於中國傳統諷諫思想的範圍。在這篇關於新聞紙的論文中，花之安將報刊議政論政的目標主要指向於「勸懲」和「規諫」。這是在中國的君主專制制度下，必須謹守「君臣之倫」的基本政治倫理原則。而這就與西方報刊在「第四權力」觀念下對於政府所持的獨立甚至衝突姿態顯然不同。花之安在該文中也介紹了近代西方報刊的作爲，但他的闡釋顯然就是中國化的，指出西方報刊的意旨即「規諫」：「今西國新聞館之設，無位無權，似無足重輕。然盱衡世事，目擊時艱，其立論則甚公，其議事則甚富。不避權勢，不畏奸豪。苟有非理之處，皆得縱容而議之。恒寓規諫之意，且出言間有憤激，其吐詞亦覺和平，無不婉而可思，曲而善達」。中國漢代文學理論著作《毛詩序》中曾提出「主文而譎諫」的主張，強調諷諫應委婉含蓄，以使統治者更容易接受。花之安在此也將西方報刊的行文風格描述爲「婉而可思，曲而善達」，這當然也彰顯了作者對中國諷諫文化和君臣倫理原則的熟稔。

其次是上情下喻，如介紹西國之新報「由省而府而縣，大小官員及鄉鎮商民，無一不觀，凡國家出一令行一事，必登新報，人民一見新報，遵奉無違。」〔註43〕

傳教士在關於報刊角色的闡述中，常常援用中國傳統的思想資源，以作爲重要的論說根據。而中國傳統的「諷諫」、「清議」和「教化」等相關輿論和傳播思想，雖然在某種意義上也包含了很多積極和進步因素，但其畢竟是適應並服務於中國傳統君權制的社會和政治秩序的。「泰西有君民共主之國，更有民主之國，中國勢殊事異，自難冒昧仿行。」〔註44〕這是傳教士對中國國情的清醒認識。他們關於報刊在中國社會之角色的闡述，正是順應中國語境而做出的調整。「採用中國的方法，講中國經書，這樣能使華人反教仇外之趨勢漸次消滅，且可得到許多有勢力的朋友。」〔註45〕傳教如此，對報刊這一西方近代文化產物的介紹同樣如此。這種權變性的引介和闡釋異質文化思想的方法，雖然順應了本土語境，但也使傳教士論述的內容由此拉開了與西方對應思想觀念的距離：從作爲輿論監督機關的「第四種權力」到合

〔註43〕【美】林樂知：《中西關係論略》，轉引自賴光臨：《西方傳教士輸入之報刊觀念》，《新聞學論集》，臺北：華岡出版有限公司1976年版，第511頁。

〔註44〕【美】林樂知：《險語對》，《萬國公報文選》，上海：三聯書店1998年版，第351頁。

〔註45〕轉引自顧長聲：《從馬禮遜到司徒雷登》，上海：上海人民出版社1985年版，第381頁。

乎「君臣之倫」的自下而上的政情溝通管道；從總體上偏重於新聞信息傳播的「新聞紙」實踐思路到突出地從國家層面自上而下設計報刊的社會教化角色。

當然，傳教士在對報刊角色的闡述中並非沒有注入新的內容。雖然將報刊角色總體上局限於滿清的社會和政治秩序之內，「以輔廷議之所不及」〔註46〕，但是他們關於角色本身的某些特質的認定卻是十分「近代化」的。例如對報刊獨立公正的言論立場的秉持：「作者唯實事求是不叩虛無而索有，不向寂寞以求音，事之是者錄之，事之非者去之，以大公無我之心作大公無我之報，聽閱者之去取可也」；「惟有立定主見，不敢拒拂於人，亦不欲曲徇於人，閱公報者其諒我也。」〔註47〕這種自覺的職業意識，已然表現出較為強烈的專業精神。再如在報刊的內容選擇上，也表現出一定的新聞意識和社會責任意識：「至論記事，或中國，或外國，或本地，或他省，有則隨登，無難虛構，豈能預定孰多孰少？至論普育堂章程四千全載，以真善人行真善事，正與耶穌心合，斷不能以教外人教外事而外之也。餘載義學述略，戒煙詩文亦是此意。至於賑饑仁也，赦寇智也，敘禁妓戒淫也，敘命案戒鬥也，欲人之懲忿窒欲也，皆宜登。至於通寇劫掠民誅皆善政也，軍餉籌措尤大事也，急事也，捨此不載而言細事，有何味乎？記英國王子來，柔遠也；記中國遊僧賺，辟邪也；有深意皆宜書。大事祥本末，細事不溯前，異物圖說，多識之資，機器電報，中外之利，皆有益皆宜書……偶載婚喪，俯如人意，刪近不情也；至於質問原佳，詈爭太過，於此解釋，有微權焉。」〔註48〕另外，當介紹西方報刊業的現狀時，傳教士或出於順應中國語境而多有附和之說，但有時也有對報刊獨立於政府而行輿論監督之職的主張：「況復多立新報館，辯論國政之是非，品評人員之賢否。凡曰新報者，吾不知何者為是，何者為非，吾不知大員誰則為賢，誰則為否也。夫豈鄉愚無知者所可同日而語哉？凡此皆欲為寬政之國耳。」〔註49〕

〔註46〕 【英】李提摩太：《報中雜論跋》，《中國近代報刊史參考資料》上冊，北京：中國人民大學新聞系1979年印行，第137頁。

〔註47〕 【美】林樂知：《教會報大旨》，《教會新報》（二），第615頁。

〔註48〕 【美】林樂知：《教會報大旨》，《教會新報》（二），第615頁。

〔註49〕 【美】林樂知：《譯民主國與各國章程及公議堂解》，《萬國公報》第三百四十卷。

第三節　小結

　　傳教士對報刊角色的中國化闡述，在中國近代是具有重要影響的。胡道靜指出：「中國的智識階級在那時候是完全沒有創闢新聞事業的觀念的；而西教士中，多有精通中國語文者，由於他們的提倡，中國報紙始能出現。最早的中文報章雜誌，不獨宗教性質的是西教士所編，即商業性質的亦非西教士助編不行，如上海新報所聘的主筆林樂知，就是著名的西教士；而申報的創辦人美查，據說也是英國教會的牧師，這是很可注意的。」〔註50〕來華傳教士不僅以親身實踐開啓了中國近代報刊發展的端緒，並以其先行者的示範作用促使國人投身報界，而且其對報刊在中國社會之角色的觀念建構也在中國近代先進的士大夫和知識分子中獲得了較爲廣泛的回應。在早期維新思想家如王韜、宋恕、陳熾等，戊戌變法時期康有爲、梁啓超等的報刊觀念中，都可以看到類似於傳教士的論述思路。

　　傳教士的報刊角色論述之所以能夠在中國社會獲得共鳴，引發深刻回應，正與他們熟稔文化傳播的基本準則，從中國現實語境出發對報刊角色做出中國化闡述有著直接關係。他們強調報刊在中國社會教化、政情上下溝通中的重要地位，既針對時弊，又迎合中國傳統思想，這就爲其建言在中國近代先進士人中獲得認同提供了認識和心理基礎。這樣，報刊作爲世界近代化的文明標誌之一，由於來華傳教士順應中國的文化輸入策略，其社會和政治角色卻獲得了一種特定時期的中國化的話語表述。

　　在「附會」的闡釋視角和方法下，傳教士的報刊論述就呈現出以下特點：一是表述話語的中國化，報刊的功用被描述中國傳統早已有之的事物的類似形態，甚至直接就源於傳統事物，於是，「通上下之情」、「懲戒」、「教化」等之類的話語成爲表述常態；二是立論基礎的中國化。由上文的簡要梳理可知，西方近代報刊理念的鋪展與西方憲政民主下的出版自由思想以及市場交換培育下的新聞專業思想緊密聯繫在一起。而在傳教士和早期維新思想家們的報刊「附會」中，「君臣之倫」、君主制度下的開明治理思想等就成爲重要的論報前提。三是設想中的報刊實際效用的中國化。在「附會」的闡述話語下，報刊所承擔的角色也主要服務於中國現實政治、社會的秩序和結構：通上下之情，以及「教化」等方面的作用。

〔註50〕　胡道靜：《上海新聞事業之史的發展》，上海：上海通志館 1935 年版，第 3 頁。

　　王韜、鄭觀應等早期維新思想家以及戊戌時期的康有爲都響應了傳教士們的「附會」式論報方法。相同的論報語境以及相近的論報意圖，這使他們「附會」的話語表達和實質內涵都頗近一致。隨著中國近代社會的發展轉型，論報語境與思想文化的土壤爲之一新，「附會」的現實基礎和文化氛圍逐步消隱，近代報刊論述話語由此進入一個新的階段。然而「附會」這一帶有強烈文化順應色彩的論報話語方式卻仍不失其獨特的啓發價值。它突出昭示了中國近代報刊思想的建構和發展，儘管一直受到西方的示範性影響，但也必然地與本土需求、願望，以及文化理解的歷史積澱等緊密聯結在一起。

第三章　早期維新思想家的報刊角色觀

「如來佛是騎著白象到中國的，耶穌基督卻是騎在炮彈上飛過來的。」〔註1〕直至鴉片戰爭爆發、中國大門洞開以後，西方傳教士自沿海向中國內部逐漸推進，才逐漸形成一個頗具影響的傳教群體。戰爭以後一系列中外條約的簽訂為傳教士的在華活動提供了庇護；帶著上帝恩典傳播福音以拯救地獄邊緣的異教徒是傳教士們來華的強大動力。而這一事實的另一面是，傳教士之大規模來華，並深入大陸傳教辦報，本身亦為晚清中國陷於劇變之一大表徵。

自十九世紀中期開始，中國受到西方世界的強烈衝擊。「一旦短兵相接，中國藩籬為之突破，立國基礎為之震撼。於是張惶失措，自處處人，兩無是處，遂陷入悲運。」〔註2〕正是在外力的催迫之下，19世紀60年代至90年代（第二次鴉片戰爭後至甲午戰爭以前），清政府內部掀起了一股「師夷長技以制夷」的洋務自強運動。洋務派提倡「中學為體，西學為用」，希望利用西方的先進技術以促進滿清「中興」。自強規劃的範圍主要包括火器、船艦、機器、通訊、開礦和輕工業等內容，而對西方政治制度和文化等則相對漠視，沒有開展任何有實際意義的倣仿的嘗試。這種「新其貌，而不新其心」的取向使洋務自強運動僅僅觸及到近代化的表皮，而不能使中國真正走上民富國強的正途。

對於自強運動的局限，部分對西方世界有較為深入瞭解的先進之士很早即有質疑。他們或讀過西人著述，或曾親歷西國風情，或與西人有較為密切的交往。他們強調在中國實行制度性變革的意義，提出了學習西方政教文化

〔註1〕蔣夢麟：《西潮》，臺北：臺北中華日報社1961年版，第3頁。
〔註2〕郭廷以：《近代中國史綱》，北京：中國社會科學出版社1999年版，第1頁。

的主張。報刊作爲西方近代最爲顯著的文化設施之一，也納入了他們許多人的考察視野。王韜、鄭觀應、何啓、胡禮垣，以及戊戌以前的康有爲等都積極倡議辦報。在他們看來，報刊乃「泰西民政之樞紐」，是西方強國重要的「文治之法」。因此借助報刊以改良清朝政治，祛除國家政治和社會中種種弊端，推動其良性運行，就成爲他們救亡圖存的重要新政主張之一。這樣，在商業經濟條件自然發展起來的西方近代報刊，就被洋務時期的維新思想家們賦予了突出的政治和文化責任，被設想爲參與國家治理的重要工具和設施。

第一節　向西師法與倡議辦報

嚴復在總結洋務自強運動的經驗時指出：「中國知西法之當師，不自甲午敗衂之後始也。海禁大開以還，所興發者亦不少矣。譯署一也，同文館二也，船政三也，出洋肄業四也，輪船招商五也，製造六也，海軍七也，海署八也，洋操九也，學堂十也，出使十一也，礦務十二也，郵電十三也，鐵路十四也。拉雜數之，蓋不止一二十事。此中大半皆西洋以富以強之基，而自吾人行之，則淮橘爲枳，若存若亡，不能收其效」。〔註3〕堅船利炮不足以致富致強，西洋立國自有其本末。在民族災難的刺激下，在學習西方的過程中，逐漸有人發出了師法西洋政教、施行制度性變革的呼聲。

馮桂芬是最早關於西方政教的積極討論者。在1861年刊行的《校邠廬抗議》一書中，馮根據自己對西方的瞭解，認爲中國有五個方面「不如夷」：「人無棄材不如夷」、「地無遺利不如夷」、「君民不隔不如夷」、「名實必符不如夷」、「船堅炮利不如夷」。爲此，他分別就政治、經濟、軍事和文化等領域提出了一系列改革主張。中國第一位駐英法公使郭嵩燾也是較早的西學倡議者。在譴責自強運動的局限性同時，他公開承認西方獨特的歷史、良好的政治體制和道德學說，並積極敦促李鴻章接受西方的教育體制、政治體制、法學和經濟學。他對李鴻章以軍事爲中心的洋務活動頗有微詞，認爲「兵者末也，各種創制皆立國之本也。」〔註4〕

〔註3〕嚴復：《原強修訂稿》，《論世變之亟——嚴復集》，瀋陽：遼寧人民出版社1994
　　　年版，第35頁。
〔註4〕郭嵩燾：《倫敦致李伯相》，《洋務運動》一，上海：神州國光社1954年版，
　　　第305頁。

　　至十九世紀八十年代及九十年代初，馮、郭的議論漸成一種思潮。邵作舟在其《危言・綱紀》篇中記述了當時「西學大興」的情形：「道光、咸豐以來，中國再敗於泰西，使節四出，交聘於外。士大夫之好時務者，觀其號令約束之明、百工雜藝之巧、水陸武備之精、貿易轉輸之盛，反顧赫然，自以為貧且弱也。於是西學大興，人人爭言其書，習其法，欲用以變俗。」據郭廷以先生介紹，當時的代表人物和著作主要有：1877 至 1880 年馬建忠的《適可齋記言》、1879 年至 1885 年薛福成的《籌洋芻議》、1880 年左右王韜的《弢園文錄外編》、1884 年至 1885 年鄭觀應的《盛世危言》、1887 年至 1900 年何啓、胡禮垣的《新政眞詮》、1890 年湯震的《危言》、1892 年陳勱的《經世博議》、《救世要義》、及差不多同時的陳熾的《庸書》〔註 5〕。就論述的範圍而言，他們與馮、郭並無多大出入，而深度或有過之。突出體現是在關於政治革新的討論方面。馬建忠在《上李伯相言出洋功課書》中，態度鮮明地表達了他對西方政治制度的認同：「各國吏治異同，或為君主，或為民主，或為君民共主之國，其定法、執法、審法分而任之，不責於一身，權不相侵，故其政事綱舉目張，粲然可觀。」邵作舟則已經隱約地意識到了西方國家富強的根本原因在於自由、平等和民主：「泰西之為國如釀然，君不甚貴，民不甚賤，其政主於人之自得，民訴諸君，若訴諸其友」；「國有大事，謀常從下而起；歲之常用，先一歲以定之。有大兵役，國會群謀而許，然後量出為入，加賦而斂，於官所不可一兵之發，一錢之稅，一條教之變，上不能獨專也。」〔註 6〕王韜、鄭觀應等皆積極主張中國應實行議會民主政治。而何啓、胡禮垣則更從學理上對議會民主進行論證。如在《新政論議》一文中，他們剖析了「公平」和民主制度的內在聯繫：「夫政者，民之事也。辦民之事，莫若以公而以平。何則？民之疾苦，唯民知之為最眞；事之順逆，唯民知之為最切。譬如為遠隔千里之人而決其家事，倘不得其人之親切指陳，未有能洞中機宜者也……今君門萬里，民之疾苦無由而訴，尊居九重，事之順逆無由而知，雖有留心民瘼之名，而不能得留心民瘼之實；有料量民隱之念，而不能料量民隱之施，皆未得其法之故也。」這就不再是一般地從君主個人品德的善惡、是否願意體察民情來批評君主專制，而是從政治制度層面來分析「君」與「民」

〔註 5〕　參見郭廷以：《近代中國史綱》，北京：中國社會科學出版社 1999 年版，第 293 頁。

〔註 6〕　邵作舟：《異勢》，《邵氏危言》卷上，上海：上海商務印書館版，第 7〜8 頁。

在國家治理中矛盾聯繫，闡明專制之所以不如立憲的原因。這與那種將政治之好壞只歸結於君主之善惡的觀點相比，顯然要深刻得多。

主張君民共主，實行議院制度，這是早期維新思潮不同於洋務運動的標誌。但許多早期維新思想家對西方君主立憲制度的一系列理論與實踐問題，諸如憲法、政黨、責任內閣及君主作爲虛位首等缺乏深刻瞭解，加之「君臣之倫」的傳統觀念影響，他們設計的議院並非獨立的立法機關，而是皇帝甚至或是官員的咨詢機關。他們提出這種政治主張的最基本要求是擴大言路，去塞求通，改變君民上下隔絕的現狀已達到國家強大的目標。鄭觀應認爲：「議院興而民志合，民氣強耳。中國戶口不下四萬萬，果能設立議院，聯絡眾情，如身使臂，如臂使指，合四萬萬之眾如一人，雖已併吞四海無難也。」〔註7〕而解決上下隔絕的問題，除了開議院之外，他們同樣也注意到了近代報刊在西方國家中的巨大功用。以他們的觀察，西方近代報刊在信息和意見交流中的傳播效能正可以甚至超越中國古代「諫木」、「謗鼓」、「太史采風」、「輶軒問俗」、「處士橫議之風」等政治溝通方式，從而極大地促進清朝各級政府的良性運行。

在眾多早期維新思想家倡議師法西方政教的變革藍圖中，創辦報刊即爲其中一個重要內容。例如，鄭觀應、王韜等都先後從「變法自強」出發提出過創辦報刊的主張：「今如欲變法自強，宜令國中各省、各府、各州、縣俱設報館。」〔註8〕；「夫泰山不擇其壤以成其高、江海不擇細流以成其深。然則，新報則亦何必非寸壤與細流也哉？」〔註9〕何啓、胡禮垣在《新政論議》一文中，同樣將辦報視爲他們的變革系統主張之一。他們認爲：「茲當玉弩驚張之會，金甌動蕩之辰，將欲再奠元黃，永安社稷，則必奮然改革，政令從新。」爲此，「宜復古帝王執中精一之心傳，而行古帝王因時制宜之運量。」其中，因時之事其要有九，辦報即爲其一：「一曰開鐵路以振百爲，二曰廣輪舶以興商務，三曰作庶務以阜民財，四曰作陸兵以保疆土，七曰復水師以護商民，八曰理國課以裕度支，九曰宏日報以廣言路。」〔註10〕早期維新思想家對辦

〔註7〕 鄭觀應：《議院上》，《鄭觀應集》上冊，上海：上海人民出版社1982年版，第313頁。

〔註8〕 鄭觀應：《日報》，《鄭觀應集》上冊，上海：上海人民出版社1982年版，第80頁。

〔註9〕 王韜：《論各省會城宜設新報館》，《申報》，1978年2月19日。

〔註10〕 何啓、胡禮垣：《新政論議》，《新政眞詮》，瀋陽：遼寧人民出版社1994年版，

報的倡議，是與他們師法西方政教文化的變革思想結合在一起的，其要旨在於欲借助近代報刊這一西方文化設施，以改變中國社會「不如夷」之種種落後局面。正如陳熾的設想：「今報紙之流行廣矣，華人知日報之益者多矣，一轉移間，則諸利皆興，而諸弊皆去。」〔註 11〕另一維新思想家宋恕甚至將辦報看作國家「轉否爲安」的三大綱領之一：「今宜詔求英、德、法、美、日本等國議院，報館詳細章程，徵海內通人斟酌妥善，與學校同時舉行。三大綱領既舉，則唐虞、三代之風漸將復見，英、德、法、美之盛漸將可希矣。」〔註 12〕從變法自強的整體思想尤其是政治革新主張出發，早期維新思想家們對報刊在中國社會和政治結構中的角色的觀察，主要以強中攘外爲基本取向：報刊可以去隔閡，是君民、上下溝通的重要渠道；可以寓勸懲、助教化、開民智等，成爲社會教化機關；可以成爲國家對外宣傳的工具；等等。報刊可以袪除國家政治和社會中種種弊端，推動其良性運行，並漸趨進步，這是早期維新思想家們最爲著力的論述內容。

在早期維新思想家中，馮桂芬、郭嵩燾鮮有對報刊的直接論述。但是他們不約而同談到了去隔閡、求通達的問題。郭嵩燾較早就指出了中國社會存在的上下隔閡的弊病。1859 年 2 月，郭嵩燾向咸豐帝陳情說：「今日總當以通下情爲第一義。五大臣去百姓太遠，事事隔絕，於民情軍情委屈，不能盡知，如何處分得當？事事要考求一個實際，方有把握，故以通下情爲急。」〔註 13〕馮桂芬則對這種隔閡做了深入分析：「宜乎上下之情之積不能通也。上與下不宜狎，狎則主權不尊，太阿倒持而亂生。上與下不宜隔，隔則民隱不聞，蒙氣乘闖而亂又生。三代以下，召亂之源，不外兩端：下所甚苦之政，而上例行之，甚者雷屬風行以督之；下所甚惡之人，而上例用之，甚者推心置腹以任之。於是乎鸞鴟可以不分，鹿馬可以妄指，沸羹可以清宴，嗷鳴可以嵩呼，五尺童子，皆以爲不然，而上以爲然。不特此也，今世部院大臣，習與京朝官處，絕不知外省情事；甚至州縣習與幕吏丁役出，亦絕不知民間情事。蒙

第 103～129 頁。值得指出的是，在《新政眞詮》成書時，他們寫作的《新政眞詮・前總序》中，總結全書主張，特選「情理之至者數事」加以闡述，再次肯定辦報的重要意義：「一則謂理財之宜專設有司也」；「一則謂群經之義非可宗也」；「一則謂官俸之給必從厚也」；「一則以日報爲濫觴於孔子之《春秋》也」；「一則以民權爲根本於帝王之治世也」。

〔註 11〕陳熾：《庸書・報館》，《陳熾集》，北京：中華書局 1997 年版，第 106 頁。
〔註 12〕宋恕：《議報章第七》，《宋恕集》，北京：中華書局 1993 年版，第 137 頁。
〔註 13〕《郭嵩燾日記》第一卷，長沙：湖南人民出版社 1982 年版，第 215 頁。

生平愚直，間爲大吏及州縣，縱言民間疾苦，多愕然謂聞所未聞者，此上下不通之弊也。」〔註14〕正是他通過中西制度對比，得出了「君民不隔不如夷」的觀點。爲此，馮桂芬提出了「復陳詩」的主張：「九州之大，萬口之眾，果有甚苦之政，甚惡之人，宜必有長言詠歎以及之者矣。夫文人結習，感時觸事，莫或使之，猶將矢口成吟。今有賞以動其奮興，無罰以絕其顧忌，不顯主名，使無叢怨之慮，不諱姓名使無告密之嫌，導之使言，如是有不明目張膽，直言無諱乎？」〔註15〕馮桂芬看到，上下懸隔、民隱不聞乃召亂之源，而「陳詩」之於通上下之情的意義極大。馮桂芬依託古代文獻典籍，對「詩」在中國古代社會的政治功用進行了詳細闡述：

> 嘗體味群經，而始知詩者民風升降之龜鑒，政治張弛之本原也。《左傳》師曠引夏詩曰：「道人以木鐸徇於路、官師相規、工執藝事以諫」。《禮》曰：「命太史陳詩，以觀民風」。鄭康成曰：「陳諸國之詩，將以知其缺夫。」聖人蓋懼上下之情之不通，而以詩通之。旁考傳記，黃帝立明臺之議，堯有衢室之問，舜有告善之旌，禹立諫鼓而備訊唉。春秋時晉文聽輿人之誦子產，不毀鄉校。《漢書·食貨志》：「孟春之月，行人振木鐸於路以采詩，獻之太師。比其音律，以聞於天子。故曰三者不窺戶牖而知天下。」《風俗通》曰：「周秦帝以歲八月遣輶軒之使採異方言，還奏之藏於私室。」《管子·大匡篇》：「凡庶人欲通鄉吏不通，七日囚。」公羊宣十五年《傳》注：從十月盡正月止，男女有所怨恨，相從而歌，饑者歌其食，勞者歌其事。男年六十女年五十無子者，官衣食之，盡知天下所苦，不下堂而知四方，無非求所以通上下之情，而言者無罪，聞者足戒，微而顯，婉而諷，莫善於詩。後世以爲迂闊而廢之。〔註16〕

以馮桂芬的西學知識，對西方傳教士引入之新報當有一定瞭解〔註17〕。此處

〔註14〕 馮桂芬：《復陳詩議》，《採西學議──馮桂芬 馬建忠集》，瀋陽：遼寧人民出版社1994年版，第56頁。

〔註15〕 馮桂芬：《復陳詩議》，《採西學議──馮桂芬 馬建忠集》，瀋陽：遼寧人民出版社1994年版，第57頁。

〔註16〕 馮桂芬：《復陳詩議》，《採西學議──馮桂芬 馬建忠集》，瀋陽：遼寧人民出版社1994年版，第55～56頁。

〔註17〕 如馮桂芬在批評魏源的「以夷攻夷、以夷款夷」論時就提及「新聞紙」：「魏氏源論馭夷，其曰『以夷攻夷、以夷款夷。』無論語言文字之不通，往來聘問之不習，忽欲以疏間親，萬不可行；且是欲以戰國視諸夷，而不知其情事

獨提「復陳詩」的建議而不言報刊，大概有風氣未開，而報刊的影響也尚未充分彰顯等原因。儘管如此，馮的「復陳詩」主張仍舊值得注意。此後改良派人士之論辦報，也常常從「通上下之情」著眼，並經常援引傳統觀點作爲理據，可以說與馮桂芬的思路有頗多相似之處。而康有爲在闡述「報館之義」時，更是直接引用了馮的「復陳詩」觀點。

馮、郭之後，報刊成爲許多早期維新思想家的關注焦點之一。他們對報刊角色的中心論述，主要就是基於對中國社會輿情隔閡、民智不開、信息閉塞等弊端的深刻認識，欲藉報刊以改良之。王韜就直接有創辦日報「強中以攘外」的表述。宋恕在《〈自強報〉公啓》中也表達了改良派人士對待報刊的基本心態：「今天下競言自強矣，自強之源在學校、議院、報館。夫學校、議院，權不在士；報館則士與有責焉……蓋聞歐、墨大國，報館計千，東鄰小邦，猶逾八百，可使齊州貽誚寡和？是用聯同志，延撰譯，設館浙右，命曰『自強』，分綱別目，實事求是，平議古今，通驛中外，旬出報章，庶騰遐邇。」〔註18〕鄭觀應、何啓等雖少有報刊活動，但他們的報刊主張，同樣是欲圖中國富強，以因應近代時局。因而屢言報刊利國利民之益。立足於報刊最基本的傳播功能，從政治革新主張出發，早期維新派視報刊爲國家治理和改良的重要輔助設施：報刊可以去隔閡，是君民、上下溝通的重要渠道。當然，他們也認識到了報刊在其他方面的功用，如可以寓勸懲、助教化、開民智等，成爲社會教化機關；可以成爲國家對外宣傳的工具；等等。但報刊在國家政治溝通中的功用，則是他們論述最爲突出的焦點。

陳勱提出了「報館足翼政教」的觀點：

> 然則報館之立，何獨能不病；寧唯不病，抑更以爲利也！今夫均是言也，其在議院，出謀發慮，朝騰口說，夕見推行。苟用不臧，償事可待，辨亂非沮，厥害尤大。若以施報館，則先民芻蕘，愚慮一得，涓助埃補，旁觀靜深，凡覆輿論，靡休弗揚，靡過弗匡。《詩》不云乎：「發言盈庭」，誰敢執其咎！吾於議院，難保無覆轍之虞也。語故有之：「言之者無罪，聞之者足戒」！吾於報館，將重濱輶軒之盛也。〔註19〕

大不佯也。魏氏所見夷書、新聞紙不少，不宜爲此說，蓋其生平學術喜自居於縱橫家者流，故有此蔽。」（《製洋器議》，《採西學議——馮桂芬　馬建忠集》，瀋陽：遼寧人民出版社1994年版，第76頁）

〔註18〕　宋恕：《〈自強報〉公啓》，《宋恕集》，北京：中華書局1993年版，第260頁。

〔註19〕　陳勱：《論報館足翼政教》，《陳勱集》，杭州：浙江人民出版社1992年版，第268頁。

陳勴主要從報刊議論時政、昌明公理當然也就是政治溝通的角度來闡述其觀點。因此，早期維新思想家們關於報刊益處的論述，實際上都可以統率於他的這個「報館足翼政教」的觀點之下。

「強中所以攘外」。部分早期維新思想家也提出了創辦報刊以助益於國家對外交涉的設想。如王韜、鄭觀應就認爲，中國宜在西方發行外文報紙，表達自己的聲音和主張，以澄清事實，駁斥外報可能出現的「顛倒是非，任意誹謗」，從而爲對外交涉爭取有利輿論。因而對於清廷聽憑外人辦報而禁國人自設的做法，早期改良派人士尤其反感：「中國於己則禁之，於他國則聽之，偶肇兵端，難免不曲直混淆，熒惑視聽，甚非所以尊國體而絕亂原也。」〔註20〕陳衍則從報紙「先聲奪人」、「張國勢」的角度對報刊的「攘外」作用做了另一種意義上的解釋：「今若開設洋文報館，延訪中國通人，貫通中外時務者數人，爲中文主筆，舉所謂務材、訓農、通商、興工、敬教、勸學、使賢、任能各要務，備籌所以整頓之法，皆實在可言可行者，廣爲論說。又舉西人向來之欺我中國者，某事出於要挾，於理既不順，某事出於恫嚇，於勢不足畏，某事爲倒持太阿，中國可收回權利，某事爲隱設機械，中國勿誤墜術中，皆翻譯洋文，刊之報紙。更向西國大報館，聘西國名人，爲洋文主筆，所有持論，專爲中國自強起見，以中國人之精洋文者付之，其議論之不持平者，指出商改。此等報紙，散步五大洲，令西人見之，知中國實有自強之策，我以何著往，彼可以何著應，必將咋舌色變，不敢謂秦無人朝矣。」〔註21〕

在強中攘外的整體思想背景下，早期維新思想家們對報刊主要角色的定位在表述上不盡一致。如王韜主要將報刊視爲「清議」的一個傳播平臺，報刊主辦者可以通過報刊將民間對政府的態度和反應以公開的方式上傳，期望爲當局的施政提供借鑒和參考；鄭觀應則以西方議院制民主實踐爲基本視境，將報刊視爲「泰西民政之樞紐」，認爲西方的議院制和報刊經驗都是中國亟宜倣行的對象；何啓、胡禮垣將報刊視爲「泰西文治之法」，對於國計民生具有許多益處，而他們所最爲重視者，則是報刊對政治的批評、監督職能。這種不同可能主要有以下原因：一是他們對西方政治和報刊知識的接受和瞭解程度。如王韜雖對西方的君民共主制度讚譽有加，但又謹守「君臣之倫」，

〔註20〕陳熾：《庸書·報館》，《陳熾集》，北京：中華書局1997年版，第106頁。
〔註21〕陳衍：《論中國宜設洋文報館》，《戊戌變法（三）》，上海：上海人民出版社1953年版，第198頁。

故其報刊角色觀念實際上仍然植根於中國古代「文人論政」的思想傳統。二是論報的出發點不一樣。如鄭觀應雖然也曾與《申報》等有過接觸，但並不以報刊工作為職業，他的報刊論述，基本上統率於他對西方政教文化知識的吸收和介紹之下，而不必一定要適應現實的報刊實踐；王韜則要在中國的現實情境中鼓吹辦報，並試圖借助報刊來吸引當局關注，以實現自己的政治抱負，故其報刊論述不能不講求實際。儘管如此，早期維新派對報刊角色的設計仍然具有一個基本的共同取向：即主張報刊由於其政治溝通功能而可以成為參與國家治理的重要設施和工具。

早期維新思想家中，許多人最初是從來華傳教士處獲得西報知識的。中國近代報業的開拓者，包括黃勝、伍廷芳、唐廷樞、王韜等人皆先後參與過傳教士的報刊活動。鄭觀應曾在傳教士傅蘭雅主持的英文學校學習，早年就和著名的英籍傳教士李提摩太有過書信往來，後又和李有當面交談。他見識淵博，交遊廣闊，大量閱讀過傳教士編譯的圖書和出版的報刊。何啟和胡禮垣早年就讀的香港中央書院也是傳教士創辦的英文學校。屬於早期維新思想派的容閎、鄭觀應、馬建忠、王韜、何啟等人，還有到過歐美留學、遊歷的經歷，對西方近代報刊有過近距離觀察。1878 年，留學巴黎的馬建忠在一封信中提及到了他對西報的認識：「今也開新報之禁而清議愈多，重議院之權而民情可達；輪舟火道之星羅棋佈，往來便而俗尚則計日而更；水汽機力之雷動風行，工商裕而財源則與時遞長。所以辦交涉者，非若昔時惟窺探一二人之心思可以坐操勝算，又必洞悉他國民情之好惡，俗向之從違，與夫地利之饒瘠，始足以立和議，設商約，定稅則，而不為人所愚弄，故視昔為倍難焉……兵法曰：『知彼知己』，交涉之道，盡於是矣。夫彼不易知也，故閱新報以揣其要旨，入彼議院以察其變遷；上結紳衿，默觀動靜；下連商賈，隱相機宜。」〔註 22〕信的本意是討論外交的因應方略，但也足見作者對西報的深入瞭解：「新報」傳播「清議」，對西國的外交政策走向具有重要影響；要瞭解西國民情，閱「新報」可以知其大略。

早期改良派人士所掌握的西報知識往往成為他們展開報刊論述的重要前提。如陳熾在論述報館之宜開不宜禁時，首先即從「泰西」的報刊實踐談起：「泰西報館之盛，其國初亦禁之，後見其公是公非，實足達君民之隔閡，遂

〔註22〕 馬建忠：《巴黎覆友人書（丙寅〔光緒四年 1878 年〕夏）》，《採西學議——馮桂芬 馬建忠集》，瀋陽：遼寧人民出版社 1994 年版，第 165 頁。

聽其開設，以廣見聞，迄今數十年，風氣日開，功效日著。」〔註 23〕他在另一篇主張「倡行日報」的文章中，同樣首先介紹「泰西」的經驗：「泰西各國之興，僅百年耳。其內治外交，何遽能若是之嚴肅清明？君民一體也。應之者曰：合眾人之心以爲心，則理無不明；合眾人之力以爲力，則事無不舉。且利無不興，弊無不去也。其所以致此之由，則始於日報而成於議院。」〔註 24〕這種表述思路基本上是早期改良派論述報刊的共同樣式。

在許多早期維新思想家看來，報刊於國家富強的意義是如此之高；然而當時的普通國人卻不一定有此認識，在許多官僚士大夫處，報刊業更被看做是一種「不名譽」的職業。據姚公鶴的《上海閒話》記載，當時「社會間又不知報紙爲何物，父老且有以不閱報紙爲子弟勸者」〔註 25〕；「每一報社之主筆訪員，均爲不名譽之職業，不僅官場仇視之，即社會亦以搬弄是非輕薄之。」〔註 26〕從國人自辦報刊的實踐來看，也同樣可以見出報刊業在當時極端卑微之地位：「至於中國人獨資創辦的報紙，雖已具備民間日報的雛形，但是當時國人民智錮塞，風氣不開，看報的人寥寥無幾，所以這些報紙多以銷路不佳，經費無著而停廢，即有勉強維持者，也不能爲社會所重視。」〔註 27〕在這種情況下，用「附會」的辦法來介紹報刊的一般知識，以扭轉社會偏見，就成爲早期維新思想家們在報刊闡述時常用的策略。中國缺少學習外國的傳統，卻頗有敬祖法古的心理定勢。日本學者佐藤愼一將中國士大夫慣於將外來事物與中國固有的事物聯結起來，以使輸入的外來事物正當化的做法稱之爲「附會」的邏輯〔註 28〕。從古典或先賢著作中尋求的解釋往往能夠爲新興事物提供充足的正當化的根據。也正是深諳這一點，來華傳教士在闡述報刊的角色時，就使用了這一「附會」的邏輯。當然，他們關於報刊的「附會」是有其合理性的，畢竟「附會」中的雙方頗有相通之處。而且近代報刊傳入中國，也必須做出角色的調適和順應。因此他們對報刊的「附會」，更多的是一種使人更好地理解和接納報刊的言說策略。王韜、鄭觀應、何啓、胡禮垣等皆有

〔註 23〕陳熾：《庸書‧報館》，《陳熾集》，北京：中華書局 1997 年版，第 106 頁。
〔註 24〕陳熾：《暢行日報說》，《陳熾集》，北京：中華書局 1997 年版，第 268 頁。
〔註 25〕姚公鶴：《上海報紙小史》，《中國近代報紙發展概況》，北京：新華出版社 1986 年版，第 258 頁。
〔註 26〕姚公鶴：《上海閒話》，上海：上海古籍出版社 1989 年版，第 128 頁。
〔註 27〕曾虛白：《中國新聞史》，臺北：三民書局 1966 年版，第 191 頁。
〔註 28〕【日】佐藤愼一：《近代中國的知識分子與文明》，南京：江蘇人民出版社 2006 年版，第 10 頁。

比附。如王韜將「新報」譬之爲古之鄉校；鄭觀應則有「謗木」、「諫鼓」等說；何啓、胡禮垣認爲報刊「濫觴於孔子之《春秋》」。宋恕雖然承認中國古代沒有報館存在的根據，卻也認爲很早就有其萌芽：「報館之設，於古無徵。然輶軒采詩，樂覽諷刺，其萌芽矣。」〔註29〕當然，早期維新思想家的報刊主張實際上也是他們的維新主張之一，他們所希望接受和傳閱的對象，主要是士大夫和滿清當局。故他們的「附會」，也同樣是具有這一指向性特徵的。

第二節　早期維新思想家的報刊角色觀

在早期維新思想家中，王韜、鄭觀應、何啓和胡禮垣對報刊的論述相對較多，影響也較爲顯著。他們對報刊角色的論述，也相對較有代表意義。王韜是中國近代第一位著名的報刊政論家，也是中國君主立憲主張較早的提出者，與鄭觀應齊名；鄭觀應是戊戌變法前影響最大的維新思想家，是中國近代明確提出君主立憲要求的第一人；何啓、胡禮垣是十九世紀後期很有特色的維新思想家，他們長期生活在香港，系統接受過西方文化教育，其維新思想中西方刻痕更深，尤其要指出的是，鄭觀應名聞遐邇的《盛世危言·日報》篇即大量引用了何、胡在《新政論議》中的報刊論述。本節主要介紹以上四人的報刊角色觀。

一、王韜的報刊角色觀。王韜（1828～1897），初名利賓，江蘇蘇州人。18歲考取秀才，後鄉試不中，迫於家貧，放棄舉業。1849年，麥都士邀請其參加上海墨海書館的編校工作。在上海期間，王韜多次上書江蘇巡撫徐君青等，主張與英法修好，並師法西方，「然用其言而乃棄其人」。1862年因化名黃畹上書太平天國事發，清廷明令通緝，不得已逃亡香港。英華書院院長理雅各請其協助翻譯十三經。1867冬～1870年春，王韜遊歷法、英、蘇格蘭等地，對西方近代文明遂有更深瞭解。1874年，他在香港集資創辦《循環日報》，評論時政，宣傳維新變法，「不但對近代華南報業的發展頗有影響，而且對上海和海峽殖民地的華文報紙都有影響」〔註30〕。1879年，王韜應日本書人之邀，前往日本進行爲期四個月的考察，寫成《扶桑記遊》。1884年，他再次回到闊別二十多年的上海，並於次年出任上海格致書院院長，直至去世。他曾

〔註29〕宋恕：《〈自強報〉序》，《宋恕集》，北京：中華書局1993年版，第257頁。
〔註30〕Roswell S. Britton, The Chinese Periodical Press, 1800～1912（Taipei, 1966），p.42.

在 1894 年爲孫中山修改《上李鴻章書》，並修書介紹給李鴻章的幕友羅豐祿、徐秋畦等。王韜一生在哲學、教育、新聞、史學、文學等許多領域多有貢獻，著作有《韜元文錄外編》，《韜元尺牘》、《西學原始考》、《淞濱瑣話》、《漫遊隨錄圖記》、《淞隱漫錄》等四十餘種。

王韜接受過良好的傳統教育，又具有豐富的西方閱歷；懷抱強烈的政治進取心，卻不得不長期寄身報界。「王氏固熱中名利之徒，非山林隱逸者流，既引進無門，乃致力著述，以求空文自見。」〔註 31〕自寓居香港、遊歷歐洲以後，王韜逐漸成爲一個對西學的熱忱鼓吹者。他在《循環日報》發表的文章最能體現這一點。王韜主張借西國之法以自強，在中國進行全面的改革。政治改革是王韜思想中最爲激揚的部分。他尤爲讚賞的是英、意、西、葡等國的君民共主制度：「一人主治於上而百執事萬姓奔走於下，令出而必行，言出而莫違，此君主也。國家有事，下之議院，眾以爲可行則行，不可則止，統領但總其大成而已，此民主也。朝廷有兵刑禮樂賞罰諸大政，必集眾於上下議院，君可而民否，不能行，民可而君否，亦不能行也，必君民意見相同，而後可頒之於遠近，此君民共主也……惟君民共治，上下相通，民隱得以上達，君慧得以下逮，都俞籲咈，猶有中國三代以上之遺意焉。」〔註 32〕王韜多次以「三代以上」這一中國古代帶有理想色彩的政治境界來稱許英國的君民共主制度。上下之交暢達無礙是這種制度的基本特點。在《重民》篇中，王韜反復強調了這種觀點：「欲得民心，是在有以維持而聯絡之」；「治民之大者，在上下之交不至於隔閡」；「善爲治者，貴在求民之隱，達民之情」。在王韜看來，英國之富強，正是由於上下不隔的結果：「英國至所恃者，在上下之情通，君民之分親，本固邦寧，雖久不變。」〔註 33〕與之相對的是專制政體下的君民隔閡：「三代以下，君與民日遠而治道遂不古若。至於尊君卑臣，則自秦制始，於是堂廉高深，輿情隔閡，民之視君如仰天然，九閽之遠，誰得而叩之？雖疾痛慘怛，不

〔註31〕 賴光臨：《中國近代報刊與報人》（上冊），臺北：臺灣商務印書館 1980 年版，第 100 頁。

〔註32〕 王韜：《重民下》，《弢園文錄外編》，上海：上海書店出版社 2002 年版，第 19 頁。

〔註33〕 王韜：《紀英國政治》，《弢園文錄外編》，上海：上海書店出版社 2002 年版，第 89 頁。

得而知也；雖哀號呼吁，不得而聞也。」〔註34〕而君民隔閡即是造成近代中國積貧積弱的原因：「我中國人民為四大洲最，乃獨欺藐於強鄰悍敵，則由於上下之交不通，君民之分不親，一人秉權於上，而百姓不得參議於下也。」〔註35〕通達與隔閡之分構成了近代英中兩國命運的強烈對比。則「開議院」以求「通」的政治改良不亦宜乎！

君民共治制度在「通」的政治設計上，主要是「開議院」；然而報刊所扮演的角色也不容忽視。王韜對報刊政治角色的基本定位，就是強調報刊在上下通達中的重要作用，從而成為君主與民眾的溝通橋梁，消除上下隔閡，最終達到國家富強的目的。由於王韜強烈的政治功利目的，他的報刊論述也主要是從國家政治層面來思考報刊的功能和地位。儘管王韜主辦的《循環日報》在商業上相對成功，但他很少從商業或經營業務等方面做出闡述。

王韜注意到了西報在泰西諸國的重要地位：「其達彼此知情意、通中外之消息者，則有日報，時或辯論其是非，折衷其曲直。有時彼國朝廷採取輿論，探悉群情，亦即出自日報中。」〔註36〕他在分析英國泰晤士報的影響時也指出：「西國之為日報主筆者，必精其選，非絕倫超群者，不得預其列。今日雲蒸霞蔚，持論濱起，無一不為庶人清議。其立論一秉公平，其居心務期誠正。如英國之泰晤士，人仰之幾如泰山北斗，國家有大事，皆視其所言以為準則，蓋主筆之所持衡，人心之所趨向也。」〔註37〕泰晤士報在當時之崇高聲譽，也得益於該報迅速、準確的消息報導。有人甚至認為，該報「聲譽是靠首先獲得可靠的信息取得的」〔註38〕。但也不能由此就否定王韜的觀察。日本新聞學者小野秀雄就表達過與王韜類似的觀點：「『泰晤士報』自二代 Walter 時期業務蒸蒸日上。他首先使用蒸氣和機器在印刷上，布置內外的通訊網，登載著名作家的作品，尤其主筆龐茲（Burns）筆鋒尖銳，甚被政界所重視，十

〔註34〕王韜：《重民下》，《弢園文錄外編》，上海：上海書店出版社 2002 年版，第 19 頁。

〔註35〕王韜：《與方銘山觀察》，《弢園尺牘》，北京：中華書局 1959 年版，第 170 頁。

〔註36〕王韜：《變法自強上》，《弢園文錄外編》，上海：上海書店出版社 2002 年版，第 29 頁。

〔註37〕王韜：《論日報漸行於中土》，《弢園文錄外編》，上海：上海書店出版社 2002 年版，第 171 頁。

〔註38〕【英】馬丁‧沃克：《報紙的力量——世界十二家大報》，北京：新華出版社 1987 年版，第 49 頁。

九世紀中葉已執倫敦報界的牛耳。」〔註39〕值得注意的是王韜對泰晤士報「幾如泰山北斗」的原因分析：持論必爲「庶人清議」，立論公平、居心誠正、反映「人心之所趨向」。王韜在此實際上是將報刊視爲民間「清議」的一個反映和抒發渠道。王韜以他的觀察發現，西方政府對報刊「清議」十分敏感，報刊對政府政策的走向常常會產生影響。爲此，王韜甚至多次提議，中國宜在歐洲發行西文報紙，以影響西方輿論。他看到，遇有中外交涉之事，在華的西方報紙往往抑中揚外，甚至黑白顛倒。而這種對事實的扭曲又會波及西方的報紙，因爲它們的消息來源往往依賴中國口岸城市的記者。而國人自設西文報紙則可以改變這種狀況，「俾泰西之人秉公持論其間」，「以挽回歐洲之人心也。」〔註40〕可見，王韜主要是從「輿論」的角度看重報刊的作用。

立足於中國現實，王韜也力證了報刊之於「通」的重要意義：視報刊爲溝通上下的橋梁。「在國內事務方面，王韜也認爲日報可起重要作用。在 1862 年的《臆談》中，王韜即對中國軍民之隔如此深巨表示失望。實際上他在梁啓超之前就認識到，報紙是縮小這種隔閡的最佳手段。報紙不僅能把官方消息最大限度地下達，也能把公眾對政府的態度和反應上傳。」〔註41〕在《論各省會城宜設新報館》一文中，王韜聯繫中國古代有關的歷史事實和觀念，對新報關於「通」的社會角色做了更爲直接明確的闡釋：

> 誠以天下之大，兆民之眾，非博采輿論，何以措置咸宜。是以
> 盛治之朝，唯恐民之不議，未聞以議爲罪也。及周之衰，上不求諫
> 於下，而下亦不敢以諫其上，然國風、小雅猶能依類託諷美刺，並
> 陳太史採而登之於朝，矇瞽習而播之於樂，則民情之向背，政治之
> 得失，猶恍然而可見。及風雅廢而人主益無所聞，奸宄益無所忌矣。
> 夫至人主無所聞、奸宄無所忌而欲久安長治也，其可得乎？昔屬王
> 監謗，而召公以爲「防民之口，甚於防川」。鄭人遊鄉校以議執政，
> 而子產不毀。然則今之新報抑亦鄉校之遺意也。〔註42〕

〔註39〕【日】小野秀雄：《各國報業簡史》，臺北：正中書局 1959 年版，第 27 頁。
〔註40〕見王韜：《變法自強上》，《弢園文錄外編》，上海：上海書店出版社 2002 年版，第 29 頁；戈公振：《中國報學史》，上海：上海古籍出版社 2003 年版，第 128 頁；【美】柯文：《在傳統與現代性之間——王韜與晚清改革》，南京：江蘇人民出版社 2006 年版，第 50 頁。
〔註41〕【美】柯文：《在傳統與現代性之間——王韜與晚清改革》，南京：江蘇人民出版社 2006 年版，第 76 頁。
〔註42〕王韜：《論各省會城宜設新報館》，《申報》，1878 年 2 月 19 日。

王韜在此突出強調「新報」的議政職能，認爲其承擔的正是古之鄉校的角色。這種從傳統文化的角度來論證新報合理性的表達方式，在當時的社會背景下，顯然更能夠爲人們所理解和接受。中華印務總局在《倡設日報小引》的啓示中也以同樣的方式表達了類似的觀點：「自古聖明之世，未有不懸鞀置鐸，博采輿論。況本局所刊日報，縱或述政事，紀風情，亦皆所見共聞，誠非草野清議可比」〔註43〕。報刊作爲「清議」的一個傳播平臺，通過將民間對政府的態度和反應以公開的方式上傳，期望爲當局的施政提供借鑒和參考。同時由於其交通上下的地位，對當政者也具有一定的勸懲作用：「其濱一善政也，則忭舞，形諸筆墨，傳佈遐方；其或未盡善也，則陳古諷今，考鏡得失，藹然忠愛之誠，故言之者無罪，聞之者足以戒，由是言之，即新報亦未嘗無益也。」〔註44〕王韜是中國近代第一位具有較大社會影響的報刊政論作者。在香港時期，王韜爲《循環日報》撰寫了爲數眾多的論說文章，大體可分爲三類：一是評論中外政治時事；二是宣揚變法改良，內容涵蓋政治制度、教育制度、用人制度、經濟政策和外交方略等方面；三是議論社會生活中的實際問題，如防火、防盜、禁賭、救災等等。「狂夫之言，聖人擇焉」〔註45〕，這些言論以具體的方式實踐了王韜的報刊主張。

　　王韜倡議開議院、通民情，但他向往的是君主立憲而非民主立憲，「議院」的功能也限於「君惠下逮」、「民隱上達」的層面；他熱情介紹西學，擴大西學的傳播，但又有「器則取諸西國，道則備當自躬」〔註46〕的主張；他的「重民」思想，也是從君主角度談撫民、屬民、養民、愛民的問題，「旨在爲改革晚清的君主專制體制提出建言」，其實質仍是「中國自古以來《尚書》所言『民爲邦本，本固邦寧』以及孟子『民爲貴，社稷次之，君爲輕』之民本思想」〔註47〕。這些觀念似乎都昭示著王韜的思想整體上仍停留在傳統的「君臣之倫」的範圍之內。而王韜在報刊與滿清當局的關係的處理上，也印證了這一點：

〔註43〕《倡設日報小引》，《循環日報》，1874 年 2 月 5 日。

〔註44〕王韜：《論各省會城宜設新報館》，《申報》，1878 年 2 月 19 日。

〔註45〕《本局日報通啓》，《循環日報》，1874 年 2 月 12 日。

〔註46〕王韜：《杞憂生〈易言〉跋》，《弢園文錄外編》，上海：上海書店出版社 2002 年版，第 266 頁。

〔註47〕徐興慶：《王韜與日本維新人物之思想比較》，《臺大文史哲學報》，2006 年 5 月第 64 期。

> 韜雖身在南天，而心乎北闕，每思熟刺外事，宣揚國威。日報
> 立言，義切尊王，紀事載筆，情殷敵愾，強中以攘外，諏遠以師長，
> 區區素志，如是而已。〔註48〕

> 君以求治爲心，臣自以治亂之道備陳於上前矣。君既與臣下
> 略分言情，則臣自傾城輸納，毋敢隔閡矣。是以古之君臣，際會
> 則風雲，契合則魚水，而有以聯家人父子之歡。嗚呼！今其見之
> 哉！〔註49〕

由此觀之，王韜雖然對西學西報有廣泛瞭解，但其報刊思想仍然植根於中國
古代「文人論政」的思想傳統。報刊之傳播活動，根本目的是求「通」，以裨
補時政、強中攘外。或許可以做一個略嫌簡單的總結：在王韜看來，以當政
者言之，報刊是「博采輿論」的工具；以辦報者言之，報刊是建言陳情的平
臺。只是王韜的建言鮮有見用，令其徒有空言之歎：「四十餘年中所以駕馭之
者，竊謂未得其道也，草野小民獨居深念，怒然憂之。時以所見達之於日報，
事後每自幸其所言之輒驗，未嘗不咨嗟太息而重爲反復以言之，無奈言之者
諄諄而聽之者藐藐也。」〔註50〕

　　報刊不僅以「清議」而使下情上達，其日常的傳播活動也必然具有「通」
的效應。王韜並未無視報刊傳播信息、刊載新聞的重要性。從他主辦的《循
環日報》看，在內容安排上第一版爲「香港目下棉紗匹頭雜貨行情」和「各
公司股份行情」的經濟新聞；第二版、第三版爲新聞版，先後有「京報全錄」、
「羊城新聞」、「中外新聞」，第三版左上角還刊登有「香港、黃埔、澳門等處
落貨往各埠」的船期表，此外也常轉載《申報》等報紙的文章及報導；第四
版爲廣告。爲了爭取報份，該報十分重視報導的時效性，每天都發行「行情
紙」，遇有最新的重要信息，則出版「號外」。可見，該報的「新聞紙」特質
是十分顯著的。作爲民營報刊，這也是該報得以立足香港報界的重要基礎。
然而王韜對報刊傳播的整體關注，仍然是其「通上下」的政治功能：「一曰知
地方機宜也。雨陽之不時，盜賊之多寡，政事之利弊，民不盡報之州縣，州
縣不盡報之上司。有新報則無不知之矣。二曰知訟獄之曲直也。稟辭出於狀

〔註48〕王韜：《上潘偉如中丞》，《弢園尺牘》，北京：中華書局1959年版，第206頁。
〔註49〕王韜：《求言》，《弢園文錄外編》，上海：上海書店出版社2002年版，第311
　　　　頁。
〔註50〕《弢園文錄外編》自序，《弢園文錄外編》，上海：上海書店出版社2002年版。

帥，批語出於僚幕，成獄之詞由於胥吏之填砌，則曲直易淆矣。若大案所關，命採訪新報之人得入衙觀審，盡錄兩造供詞及榜掠之狀，則雖不參論斷，而州縣不敢模糊矣。」〔註 51〕在中國近代新聞也的早期階段，國人自辦的報刊主要以贏利為目的，很少對現實問題發表見解以影響輿論。王韜則較早做出嘗試，往往親自撰寫社論，抨擊時弊，宣傳改革。其中的精華之作在 1883 年還被彙集出版發行。

以上分析了王韜對報刊政治角色的基本定位。王韜試圖借引中國古代的「清議」傳統，發揮報刊參政議政的職能。報刊作為一種參與國家治理的社會輿論工具，也因此可以寄寓具有積極傳統士大夫知識分子用世心理的王韜的人生價值：「如果報紙編排得當並廣泛發行，便能影響事態發展，並有效地阻止當政者的濫用權力。對於像王韜這種未能以傳統方式追求權力和影響的中國人來說，報紙成了一種自我實現的新途徑。」〔註 52〕

另外，王韜也有對報刊教化作用的論述：「三曰輔教化之不及也。鄉里小民不知法律，子訐其父，婦詆其姑，甚或骨肉乖離，友朋相詐，譸張為幻，寡廉鮮恥。而新報得據所聞，傳語遐邇，俾其知所愧悔，似亦勝於閭胥之觥撻矣。」〔註 53〕不過這種教化主要源於報刊公開傳播引發大眾評議而對當事者產生的某種警戒作用。如上文所言，王韜還提出過創辦外文報紙以「達內事於外」的主張，其目的是要爭取輿論，以在中外交涉中獲得道義支持。這就在一定意義上指出了報刊還可能兼具的角色：社會教化機關和國家對外宣傳工具。

二、鄭觀應的報刊角色觀。鄭觀應（1842～1922），本名官應，廣東香山（今中山）人。咸豐八年（1858 年），應童子試未中，即奉父命遠遊上海，棄學從商。鄭觀應先後在寶順、太古洋行任職三十多年，同時還以商股代表的身份參加過許多官督商辦企業，並納資捐得郎中、道員銜，與李鴻章、盛宣懷等洋務派官員過從甚密。

1860 年鄭觀應入傅蘭雅創辦的英華書館夜校學習英語，開始對西方政治、經濟產生濃厚興趣。在經商的同時，他潛心研究時事政治，積極宣揚維

〔註 51〕王韜：《論各省會城宜設新報館》，《申報》，1878 年 2 月 19 日。
〔註 52〕【美】柯文：《在傳統與現代性之間——王韜與晚清改革》，南京：江蘇人民出版社 2006 年版，第 76 頁。
〔註 53〕王韜：《論各省會城宜設新報館》，《申報》，1878 年 2 月 19 日。

新改良思想，成為戊戌變法以前影響最大的維新派代表人物。鄭觀應的著作主要有《救時揭要》（1862 年寫成）、《易言》（1874 年在香港出版）、《盛世危言》（1884 年寫成，1894 年分五卷出版，1895 年增訂新編十四卷出版，1900 年增訂新編為八卷本）等。這三本著作基本上反映了鄭觀應的思想發展過程，《盛世危言》是其改良主義思想的成熟之作。《盛世危言》集中宣傳了作者的「富強救國」思想，同時還闡述了商為國之本的「重商論」、實行政治體制改革、學習西學西法、改革教育考試制度等觀點。「有國者苟欲攘外，亟須自強；欲自強，必先致富，必首在振工商；欲振工商，必先講求學校，速立憲法，尊重道德，改良政治。」〔註 54〕這是鄭觀應改良思想的基本邏輯。

鄭觀應是中國近代明確提出實行君主立憲要求的第一人。在《易言‧論議政》中，他首先對君主專制所導致上下隔閡進行了明確的批判：

> 後世不察，輒謂：天下有道，庶人不議。又懲於處士橫議，終罹清流之禍。故於政事之舉廢，法令之更張，惟在上之人權衡自秉，議畢即行，雖紳耆或有嘉言，末由上達。且重內輕外，即疆臣有所陳奏，仍飭下部議，況其下焉者乎！夫在上者既以事權有屬，法令在所必行；在下者亦以勢位懸殊，情隱不能相告。於是利於上者，則不利於下矣；便於下者，則不便於上矣。情誼相隔，好惡各殊，又安能措置悉本大公，輿情咸歸允愜也哉？〔註 55〕

要去上下隔閡之弊，根本措施在於施行西方的議院制度：「所冀中國，上效三代之遺風，下仿泰西之良法，體察民情，博采眾議，務使上下無扞格之虞，臣民泯異同之見，則長治久安之道，有可豫期者矣。」〔註 56〕在以《易言》為基礎增改而成的《盛世危言》中，鄭觀應對議院制度做了更充分的介紹。他認為，議院制度才是國家富強的根本：「人第見其士馬之強壯，船炮之堅利，器用之新奇，用以雄視宇內；不知其折衝禦侮，合眾志以成城，制治固有本也。」〔註 57〕這同樣也是對洋務自強運動之局限性的尖銳批評。議院之設，

〔註 54〕鄭觀應：《〈盛世危言後編〉自序》，《鄭觀應集》下冊，上海：上海人民出版社 1982 年版，第 11 頁。

〔註 55〕鄭觀應：《易言‧論議政》，《鄭觀應集》上冊，上海：上海人民出版社 1982 年版，第 103 頁。

〔註 56〕鄭觀應：《易言‧論議政》，《鄭觀應集》上冊，上海：上海人民出版社 1982 年版，第 103 頁。

〔註 57〕鄭觀應：《議院上》，《盛世危言》，瀋陽：遼寧人民出版社 1994 年版，第 47 頁。

其要在去上下之隔，使舉國之心志如一，集思廣益，同時能有效遏制擅權獨
斷的專制行為。他進一步指出，中國欲安內攘外，就必須自設議院始：「欲公
法之足恃，必先立議院，達民情，而後能張國威，禦外侮……中國戶口不下
四萬萬，果能設立議院，聯絡眾情，如身使臂，合四萬萬之眾如一人，雖以
併吞四海無難也。」〔註 58〕鄭觀應並就西方的議員公舉辦法與中國的取士設
官制度進行了深入比較，更為具體地凸顯了議院制度通下情、合眾心、集眾
力的優點。

　　與王韜不一樣的是，鄭觀應幾乎沒有親身參與過報刊活動。王韜有著強
烈的政治參與企圖，其辦報除了維持生計之外，很大程度上是要「求空文自
見」，將報刊作為「清議」平臺。故而其關注焦點實際上主要是報刊的下情上
達。鄭觀應則以相對超脫的立場，以他所主張的君主立憲制度下的政治實踐
為基本視境，較為全面地考察和構想了報刊在其中的角色和地位。在鄭觀應
處，報刊基本上就是一個議院制民主社會的信息〔註 59〕樞紐。這種構想顯然
帶有引介性質。

　　鄭觀應首先肯定了報刊在下情上達中的重要地位。他認為，古時「謗有
木，諫有鼓，善有旌，太史采風，行人問俗」，都是為了通民隱、達民情。唐、
宋以來的賢君設諫、侍御等言官以防壅蔽，使清議得以彰顯。但是要使「民
情悉通，民隱悉達」，最好的辦法還是廣設日報〔註60〕。他並在論述報刊下情
上達機制時，明確加入了以民意為基礎的民主政治的思想內涵，這就使他的
論述具有了鮮明的近代視野：

　　　　秉筆者有主持清議之權，據事直書，實事求是，而曲直自分，
　　是非自見，必無妄言讕語、子虛烏有之談，以參錯其間，然後民信
　　不疑。論事者可以之為準則，辦事者即示之為趨向，使大開日報之
　　風，近刪浮偽，一秉真肫。主筆者、採訪者、各得盡言無隱，則其
　　利國利民實無以尚之也。英國議政者，必以日報為眾民好惡之所

〔註58〕鄭觀應：《議院上》，《盛世危言》，瀋陽：遼寧人民出版社 1994 年版，第 49
　　　　頁。
〔註59〕「信息」一詞，鄭觀應就曾有使用：「令各埠商民捐資購置一、二兵船，公使
　　　　乘之出巡各埠，庶信息靈通，邦交益固。」（《通使》，《盛世危言》，瀋陽：遼
　　　　寧人民出版社 1994 年版，第 114 頁。）
〔註60〕鄭觀應：《日報上》，《盛世危言》，瀋陽：遼寧人民出版社 1994 年版，第 75
　　　　頁。

在，而多所折衷。法國之從政者，則以日報爲足教官吏而不敢違背。
〔註61〕

報刊以其「據事直書、實事求是」而獲得國民信任。而「論事者」、「辦事者」之所以以報刊清議爲「準則」、「趨向」，正是基於報刊的「民信不疑」，「眾民好惡之所在」。這樣，報刊清議就不會是僅僅倚靠在上者的聖明賢哲才能「上達天聽」，議院制度下民意的力量必然推動議政者、從政者「多所折衷」、「不敢違背」。

在《日報》篇中，鄭觀應的關注似乎更多的不是下情上達，而是民眾通過報刊對有關政治、社會等各方面信息的獲取：

> 泰西各國上議院、下議院，各省、各府、各縣議政局、商務局、各衙門大小案件，及分駐各國通使、領事、歲報新藝商務情形，凡獻替之謨，興革之事，其君相舉動之是非，議員辯論之高下，內外工商之衰旺，悉聽報館照錄登之從違，故日報盛行，不脛而走……如律家有律報，醫家有醫報，士農工商亦各有報。官紳士庶、軍士工役之流莫不家置一編，以廣見聞而資考證。〔註62〕

鄭觀應認爲，報刊對增廣國民智慧識見的意義極大：「若日報一行，則民之識見必擴，民之志量必高，以此愈進愈深，愈求愈上，吾知其正無止境也。」〔註63〕他同樣從議院制政治實踐的視野來分析報刊在這一方面的巨大作用。一方面，報刊「增人智慧、益人聰明，明義理以伸公論，俾蒙蔽欺飾之習一洗而空」，這就使貪暴者的穢迹敗行無以僞裝矯飾，因爲借助於報刊，國民的智識提高，對各方面信息和情況的瞭解也更加全面充分，從而增強了他們對政治人物、事件的判斷、甄別的能力，「是以暴君污吏必深恨日報」〔註64〕；另一方面，議院制度的良好運行也有賴報刊傳播。鄭觀應特別提到了報刊在「公舉」中的作用：「考泰西定例，議員之論刊佈無隱，夕登日報。俾眾咸知，論是則交譽之，論非則群毀之。本斯民直道之公，爲一國取賢之準……誠能本

〔註61〕鄭觀應：《日報上》，《盛世危言》，瀋陽：遼寧人民出版社 1994 年版，第 75 頁。

〔註62〕鄭觀應：《日報上》《盛世危言》，瀋陽：遼寧人民出版社 1994 年版，第 75～76 頁。

〔註63〕鄭觀應：《日報下》《盛世危言》，瀋陽：遼寧人民出版社 1994 年版，第 80 頁。

〔註64〕鄭觀應：《日報上》，《盛世危言》，瀋陽：遼寧人民出版社 1994 年版，第 76 頁。

中國鄉舉里選之制，參泰西投匭公舉之法，以遴議員之才望，復於各省多設報館，以昭議院之是非，則天下英奇之士、才智之民，皆得竭其忠誠，伸其抱負。」〔註 65〕選民對議員良莠的瞭解，勢必依靠報刊廣泛公開的傳播；也只有這樣，選民的選舉才不會墮入偏執盲從，任人擺佈的狀態；而眞正的「英奇之士」、「才智之民」也能夠憑藉選民良好的判斷脫穎而出。鄭觀應甚至認爲，遍設日報是公舉議員的重要條件：

> 雖然，公舉議員陪審之法固甚善，亦由泰西學校多、教育人才之盛所致，矧其無處不設日報館，無人不觀日報，中外之事老少咸知。我國學校尚未振興，日報僅設數處，公舉議員之法，殆未可施諸今日也。蓋議院爲集眾是以求一當之地，非聚群囂以成一鬨之場。必民皆智慧，而後所舉之員乃賢；議員賢，而後議論措置乃得有眞是非。〔註 66〕

報刊傳播廣泛、報導迅速，爲「國家耳目」、「欲與天下人共趨於上理者」。報刊的作用又是引人矚目的：「蓋日報通民隱達民情，且增智慧明義理以伸公論，俾蒙蔽欺飾之習一洗而空，西人嘗謂日報議論正、得失著、而褒貶嚴。論證者之有所譏刺，與柄政者之有所申辯，是非眾著隱暗胥彰，一切不法之徒不敢肆行無忌，勢若三千毛瑟。」〔註 67〕有鑒於對議院制民主實踐下報刊角色的這些認識，鄭觀應將報刊視之爲「泰西民政之樞紐」〔註 68〕。

　　鄭觀應的這種報刊角色觀念，與王韜有著較大差別。1879 年春，鄭觀應曾攜《易言》求序於王韜，可見二人在思想上頗有交集。然而作爲一個報刊實踐家，王韜對報刊的論述雖然也有較爲鮮明的西學背景，但很大程度上是中國化了的，基本上將報刊限定於「君臣之倫」的範圍內，視報刊爲報人反映輿論的橋梁。加之王韜本人強烈的政治參與感和企圖心，他對報刊角色的設計與中國古代相關理論資源具有更多契合之處。鄭觀應的論述則在相當程度上是對西方近代政治和報刊觀念的直接吸收和介紹。《盛世危言》寫成於

〔註 65〕鄭觀應：《議院上》，《盛世危言》，瀋陽：遼寧人民出版社 1994 年版，第 49～50 頁。

〔註 66〕鄭觀應：《公舉》，《盛世危言》，瀋陽：遼寧人民出版社 1994 年版，第 62～63 頁。

〔註 67〕鄭觀應：《譯英國報律序》，《鄭觀應集》上冊，上海：上海人民出版社 1982 年版，第 406 頁。

〔註 68〕鄭觀應：《日報上》，《盛世危言》，瀋陽：遼寧人民出版社 1994 年版，第 76 頁。

1884 年，五卷本刊行於 1894 年，其時在中國施行議院制度仍然僅僅是部分先進士人的一個憧憬。而《日報》篇從議院制民主實踐的角度來觀照報刊的角色則更具有「未來」色彩。如果說王韜的報刊角色觀偏重於現實的話，鄭觀應則著眼於對西方「理想」制度的介紹。鄭觀應報刊思想的這種特點，不能以「空想」而加以擯棄。因爲中國近代新聞思想觀念的進化，很大程度上是一個對西學的逐步瞭解、接納並中國化的過程。鄭觀應頗爲「西化」的報刊角色闡釋在當時並不能見諸施行，但作爲一種對新知介紹，對後世影響極大。

值得注意的是鄭觀應在同樣是從政治或者國家治理視野下觀察和闡述報刊。報刊也主要是通過「輿論」發揮政治影響。這一點與王韜的論述是一致的。這種不斷從政治角度建構報刊論述的視角，自然也不斷強化了報刊與議政論政的聯繫，對中國近代借報刊介入政治的報刊文化氛圍的形成產生深遠影響。

鄭觀應也論述了報刊在社會中的其他角色功能：

> 夫日報之設其益甚多。約而舉之，厥有數事：各省水旱災區遠隔，不免置之，膜視無動於中。自報紙風傳，而災民流離困苦情形宛然心目。於是施衣捐賑，源源挹注，得保孑遺，此有功於救荒也。作奸犯科者明正典刑，報紙中歷歷詳述，見之者膽落氣沮，不敢恣意橫行，而反側漸平，閭閻安枕，此有功於除暴也。士君子讀書立品，尤貴通達時務，卓爲有用之才。自有日報，足不逾戶庭而周知天下之事，一旦假我斧柯，不致毫無把握，此有功於學業也。〔註 69〕

救荒中通聲氣、除暴中寓懲戒、學業中助通達。鄭觀應認爲，報刊對於國計、民情、邊防、商務等，都有無數益處。鄭觀應同樣強調了報刊在中外交往中所能扮演的積極角色。針對外報「顛倒是非，任意誹謗，華人竟無華報與其爭辯」的現實，鄭觀應大聲疾呼，應當允許國人自辦報刊：「奈何掩聰塞明，箝口結舌，坐使敵國懷覬覦之志，外人操削筆之權，泰然自安，龐然自大，施施然甘受他人之凌辱也！」〔註 70〕後來在爲上海《彙報》所寫的章程並序中，進一步落實了他這一主張：「竊惟中外交涉理當一秉至公，惟外洋西字報

〔註 69〕鄭觀應：《日報上》，《盛世危言》，瀋陽：遼寧人民出版社 1994 年版，第 77 ～78 頁。

〔註 70〕鄭觀應：《日報上》，《盛世危言》，瀋陽：遼寧人民出版社 1994 年版，第 78 頁。

於國際邦交不免各懷私心，黨同伐異，故華人受屈之處，各國公正之士無由知之。茲擬設中華西文報館，名曰『交涉報』，專紀中西各國交涉案件。凡有不公不平之事，悉大書特書，附以論斷之詞，挾其偏私之害布諸天下，質諸公評，務使一視同仁，兩無偏倚，以維大局而篤邦交。」〔註71〕

　　三、何啓、胡禮垣的報刊角色觀。何啓（1859～1914），字迪之，廣東南海人。早年就讀於香港皇仁書院，1872年留學英國，先後入帕爾瑪學校、阿巴甸大學、林肯法律學院學習，獲得醫學、法學學士學位。1882年返回香港，從事醫生和律師工作。1886年任議政局議員。1887年創辦雅麗氏醫院，並附設西醫書院。孫中山是該書院首批畢業生之一。自1890年起，何啓擔任立法局議員達24年之久。1895年參與孫中山籌劃的廣州起義活動，負責起草對外宣言。1900年義和團運動時，在香港總督卜力授意下，草擬《平治章程》，建議孫中山和興中會與兩廣總督李鴻章合作，成立獨立政府。1912年，將其創辦的西醫書院併入香港大學。1910年英國授予其爵士榮銜。辛亥革命後，孫中山曾邀請他擔任廣東省長胡漢民的外交顧問。胡禮垣（1847～1916），字榮懋，原籍廣東三水，生於香港。少讀經書，屢試不售，後入讀香港皇仁書院。畢業後充該院教習二年。曾創辦《粵報》，譯《英例全書》。後客居南洋，與英商開闢北般島為商埠。甲午戰爭結束後任香港文學會會員，閉戶著書。著有《梨園娛老集》、《宋教略議》、《翼南詩集輯覽》等。後編成《胡翼南先生全集》。何啓與胡禮垣合作發表了多篇鼓吹新政的論文，合編為《新政真詮》。

　　《新政真詮》是中國近代早期維新派的代表著作之一。該書由《曾論書後》（1887年）、《新政論議》（1894年）、《新政始基》（1898年3月）、《康說書後》（1898年6月）、《新政安行》（1898年12月）、《勸學篇書後》（1899年春）、《新政變通》（1900年冬）以及「前總序」、「後總序」組成，為不同時期九篇文章的彙編。這些文章大都由何啓用英文寫成，胡禮垣將之譯為中文，並進行闡發，內容主要圍繞中國要不要施行新政、如何施行新政展開議論。《曾論書後》主要就中國弊政大端和亟宜改革事項向曾紀澤的《中國先睡後醒論》提出質疑，認為中國仍處於昏睡之中，而醒來的關鍵是要「更張丕變，咸與維新」。他們強調國政的基礎在於內政，並在近代第一次提出「公平」概念，

〔註71〕鄭觀應：《創辦上海彙報章程並序》，《鄭觀應集》下冊，上海：上海人民出版社1982年版，第1173～1174頁。

認爲公平是國家強盛的根本原則。該文並對君民關係做了新的解釋，認爲國之「立」和「興」皆繫乎民，而不在於君，「苟無民，何有君」，君的職責是「保民」、「利民」，使民能「立國」、「興國」。《新政論議》寫作之時，中國在甲午戰爭中的敗局已定。面對危亡險境，何、胡二人極力呼籲「奮然改革，政令從新」，系統闡述了他們的變革主張。其中「復古者其要有七」，包括行選舉、開議院等；「因時之事其要有九」，最後一點即爲「宏日報以廣言路」。該文對君民關係做了進一步分析，「政者民之事而君辦之者也，非君之事而民辦之者也。事既屬乎民，則主亦屬乎民」，作者以類似於盧梭的社會契約說觀點進行推演，得出了「民主即君主也，君主亦民主也」的結論。此後，《新政始基》、《新政安行》、《〈勸學篇〉書後》、《新政變通》諸文詳述了作者對維新運動的看法和設想，內容上多是對《新政論議》的進一步發揮。其中，《〈勸學篇〉書後》爲回擊張之洞的《勸學篇》而作，對中國傳統的綱常名教進行了全面批判，並系統地闡述了作者的民權思想，同時也在中國近代第一次明確宣傳了天賦人權思想。

《新政眞詮》在中國近代維新思想和啓蒙思想史上佔有重要地位。而對於該書中的報刊思想，國內目前的研究並不多見。實際上，該書中關於報刊的相關論述在當時的影響也是十分顯著的。影人注目的是，鄭觀應在《盛世危言》十四卷本《日報下》篇中，即明確引用了《新政論議》中「宏日報以廣言路」的觀點。不僅如此，《日報下》篇中絕大部分內容即與《新政論議》的報刊論述有很多雷同之處。《新政論議》寫於 1894 年，而 1894 年《盛世危言》五卷本中僅有《日報》一篇，《日報下》篇爲 1895 年十四卷本出版時所增，從時間先後看，鄭觀應是借引了《新政論議》的文字。

作爲「新政」的設計者和鼓吹者，何啓、胡禮垣主要從政治改良和國家治理的角度來審視報刊，「宏日報以廣言路」就是其新政主張之一。這一主張因此也是其報刊思想的核心觀點。「廣言路」，即盡量給人創造發表意見的條件。西漢時期，賈山寫《至言》向漢文帝進諫，闡述廣開言路的道理，他認爲如廣開言路，善於養士，則國家就會強大，好比「雷霆之所擊，無不摧折者；萬鈞之所壓，無不糜滅者。」中國歷代的明君賢臣，都或多或少地或實際或口頭地提倡廣開言路，納諫聽議。因此「廣言路」基本上是一種政治視角，這與中國傳統的提倡「清議」、「諷諫」等概念有頗多相通之處。

然而，在《新政論議》一文中，何啓、胡禮垣首先主要從普遍意義上談論開辦日報對於國計民生的各種益處：

> 日報之設，上則裨於軍國，下則益於編氓，如一鄉一邑，凡議
> 政局員條議各節，極之會議時諸員之形容舉動，皆列於報內，評其
> 得失，而民隱無不通也。一案一訟，凡兩造狀師所辯事情，以及判
> 斷時陪員之可否如何，皆登諸報中，記其精詳，而民心而不愜也……
> 凡有益於民生日用性命身心者，聞則無不錄，錄則無不詳；雖極之
> 高人之單詞隻字，愚妄之一行一藏，足以寓勸懲。使興感者無不羅
> 而布之，發而明之，閱者快焉足焉。〔註72〕

創辦日報可以通民隱、愜民心；有益於「民生日用性命身心」；「足以寓勸懲」；
使「閱者快焉足焉」。同時報刊又是擴大國人識見的重要手段：「徵信質疑，
莫善於此」；「若日報一行，則民之識見必加數倍，民之志量必高數籌；以此
愈進愈深，愈求愈上，吾知其必無止境也。」〔註73〕日報的益處如此之廣，
牽涉到國家政治、經濟、文化、教育等諸多領域。因而他們在後來寫作的《新
政安行》中又將報刊視爲重要的「文治之法」：「泰西文治之法，最盛莫若日
報，有一城百數十家，一家數十萬里紙者，思慮闊，聞見周，上德宣，下情
達，無以過此。是故士閱之而文藝愈進，農閱之而田功愈多，工閱之而技巧
愈神，商閱之而貿遷愈盛，寰球時事如親見之，世界光明，民心知向，靡不
由來。」〔註74〕文治的原始意義是以文教禮樂治民。《禮記‧祭法》云：「文
王以文治，武王以武功，去民之菑。」以「文治之法」來形容辦報，說明何
啓、胡禮垣自然也是從國家治理的角度來考慮報刊的角色的。只是報刊的作
用廣泛涉及各個領域，而非僅僅限於政治治理中的「上情下達」作用。報刊
的這種廣泛作用主要是通過其增長人的見識，提升人的思慮實現的：

> 人之才識得諸見聞，若閉其見聞，則與塞其靈明無以異，蓋見
> 聞不廣，則思慮不長；思慮不長，則謀猷必隘……而思慮俱從見聞
> 而生，見聞多由日報而出。夫古典雖多，不合當今之務，舊聞難罄，
> 難爲用世之資，則欲長人之見聞，以生人之思慮，而使事則善益加
> 善，物則精益求精，莫如宏開日報也。〔註75〕

〔註72〕何啓、胡禮垣：《新政論議》，《新政眞詮》，瀋陽：遼寧人民出版社1994年版，
　　　　第145～146頁。

〔註73〕何啓、胡禮垣：《新政論議》，《新政眞詮》，瀋陽：遼寧人民出版社1994年版，
　　　　第146～147頁。

〔註74〕何啓、胡禮垣：《新政安行》，《新政眞詮》，瀋陽：遼寧人民出版社1994年版，
　　　　第311～312頁。

〔註75〕何啓、胡禮垣：《新政論議》，《新政眞詮》，瀋陽：遼寧人民出版社1994年版，
　　　　第145頁。

有別於一般意義上要求准辦報刊以允「庶人清議」的觀點，何、胡二人特別提到了增見聞、精思慮是「使事則善益加善，物則精益求精」的重要基礎。鄭觀應也強調了報刊之於國民見識的巨大提升作用，但他主要是從報刊有益於選舉這一政治層面來進行分析的；何啓、胡禮垣的視野則推廣到了「事善」、「物精」的範圍，這實際上就進一步肯定了報刊對於國家和社會進步的普遍作用。這說明何啓胡禮垣對西方報刊實踐的觀察應該說是視野更廣闊，也是更接近實際的。這一部分的內容，鄭觀應在《日報下》中基本上全盤借鑒。歎息於中國不行日報，以至於「此中利益無自而開，即民情亦不能上達，告諭亦不得周知」，何啓、胡禮垣呼籲在各省、府、州、縣俱設報館。

《新政論議》一文從「言路」的角度闡述報刊的功用，主要只有兩處。一是指出日報在英法兩國政治領域中的重大影響：「英國之議政者，必以日報爲眾好眾惡所在，而多所折衷；法國之從政者，則以日報爲教官教吏之文，而不敢違背」〔註76〕。二是建議清廷對報館應採取何種態度和措施：「有志切民事，不憚指陳，持論公平，言底可績」者「賜以匾額以旌直言」。〔註77〕

集中闡述報刊「言路」及其對政治領域的意義，則主要在何啓和胡禮垣後來撰寫的《新政安行》一文之中。從改良政治的目的出發，何啓、胡禮垣所最爲重視者，自然也是報刊對政治的批評、監督職能。在《新政論議》中，他們極力強調報館須有自由議政論政之權利。惟報刊從業人員有「放言之權」，可以直抒己見，國家方能得報刊創設之「利」：「曾亦思《春秋》之筆褒貶從心，南董之風斧鉞不懼乎？蓋言必能直，於日報方爲稱職。言而不直，於日報則爲失職也。中國日報之設，蓋亦有年，而不能得其利益者，由秉筆之人不敢直言故也。」〔註78〕所謂「南董之風」，指春秋時齊國史官南史和晉國史官董狐的著史精神。他們都以直筆不諱、寧可犧牲也不肯歪曲事實而著稱於世。(《左傳·襄公二十五年》載：齊國的大臣崔抒殺了國君齊莊公。太史書曰：「崔杼弒其君。」崔子殺之，其弟嗣書，而死者二人，其弟又書，乃捨之。南史氏聞太史盡死，執簡以往，聞既書矣，乃還。《左傳·宣公二年》

〔註76〕 何啓、胡禮垣：《新政論議》，《新政眞詮》，瀋陽：遼寧人民出版社1994年版，第147頁。

〔註77〕 何啓、胡禮垣：《新政論議》，《新政眞詮》，瀋陽：遼寧人民出版社1994年版，第145頁。

〔註78〕 何啓、胡禮垣：《新政論議》，《新政眞詮》，瀋陽：遼寧人民出版社1994年版，第177頁。

記載：「晉靈公無道，趙盾屢諫，靈公乃欲殺趙盾，盾出奔，盾族人趙穿因殺靈公，盾還晉。董狐書曰：『趙盾弒其君』。以示於朝。」孔子稱讚他為古之良史，謂其書法不隱。南史和董狐是中國傳統史家精神的光輝典範。此後，何啓、胡禮垣進一步將報刊比之為《春秋》。在《新政眞詮》的序言裏，他們總結全書，列「情理之至者數事」再次加以闡述，其中一條即「以日報為濫觴於孔子之《春秋》也」。《春秋》並非單純的寫實記事之作，其寫作動機更在於針砭人事、評判史實。正是基於這一點，何啓、胡禮垣得出了日報始於孔孟的說法：「人知日報始於泰西，而不知其始於中國，且始於中國之孔孟。周末，教化陵遲，王綱不振，禮樂征伐自諸侯出。故孔子懼而作《春秋》。《春秋》之法行中國，今日必為天下各國之長。惜經秦火……斯文將喪垂二千餘年，正幸外洋日報之行，足以繼《春秋》之志而大明之」〔註79〕。在他們看來，《日報》的效用，正與《春秋》等同：

> 故修明其事，以行諸世，存是非之正而得毀譽之眞，發潛德之光而奪凶人之魄，明人倫之至而挽世風之頹，嚴情慾之防而復性理之善也。今外國定好惡，卜人心，在上者不敢倒行逆施，在下者不敢作奸犯法，皆日報之功，即《春秋》之法也。〔註80〕

> 外國無孔子之《春秋》，而有今時之日報。蓋以為天下為公之理，非此無以伸，斯民直道之風，非此無以見也。是故言而公義，雖譏彈國政，餘地不留，當局者不惟不敢以為仇，而且必以之為德……而凡一切詖淫邪道之詞，倒行逆施之事，渾沌破碎者，則今日之日報也，即昔之《春秋》也。中國儒者苟能心孔子之心，筆《春秋》之筆，以為日報，將直聲滿天下，道義沁人心，國勢民風，尚何患其不振哉？〔註81〕

《春秋》由於直書其事，不加斷語卻又無所隱諱的特點而具有重要的懲戒作用。這也正是中國傳統君主制度下的史官文化最為閃光的地方。鑒於《春秋》在中國歷史文化中的尊崇地位，這一「附會」無疑可以極大的提升近代報刊

〔註79〕何啓、胡禮垣：《新政安行》，《新政眞詮》，瀋陽：遼寧人民出版社1994年版，第312頁。

〔註80〕何啓、胡禮垣：《新政安行》，《新政眞詮》，瀋陽：遼寧人民出版社1994年版，第312～313頁。

〔註81〕何啓、胡禮垣：《新政眞詮・前總序》，《新政眞詮》，瀋陽：遼寧人民出版社1994年版，第17～18頁。

的文化身份。但以《春秋》筆法為代表的中國史官文化之所以歷來為人推崇，主要還是其在一定程度上對統治階層和歷史人物有一定的懲戒作用，從而使傳統制度和文化具有更多的得以良性運行的可能性。何啟、胡禮垣力主辦報，也是認為報刊可以發揮《春秋》般的這種政治功用。

以《春秋》而非王韜、鄭觀應等以「鄉校」、「謗木」、「諫鼓」來闡述報刊在政治領域內的勸懲功能，相對來說更為貼切，同時也更能夠深入地揭示近代報刊的傳播特點。首先《春秋》筆法的突出特點是寓褒貶於史實，其敘事不動聲色，實則隱含立場，這與報刊以具體的新聞信息為主體，「通過事實說話說話」是頗為一致的；其次，隨著十九世紀三四十年代西方大眾報刊的崛起，西方新聞專業主義理念逐漸成形，強調報導事實客觀公正、無私無偏，代表公眾立場等新聞原則逐漸成為新聞工作者的信條。而在何啟、胡禮垣看來，《春秋》的意旨與近代報刊的這些基本特點完全一致：

> 天下之理，其實際必須求之於民者二：一則別是非，一則決可否也。別是非而必求之於民，何也？曰：以民於其事無與者也。今泰西聽訴所判曲直必以陪員為之者，以陪員於所聽訟在己為天與焉者也。今泰西立政是否可行必籍議院斷之者，以議員於所立之政在己為有與焉者也。相關者切，此之謂也。蓋忘一己之私，即所以為公陪員之判案是也。合眾人之私，亦所以為公議員之定政是也。合陪員議員之心，以彰明其事者，則日報是矣。夫善惡之能別，必在其事之能明，事不明則公是公非之理不昭，而善善惡惡之心不著。今有言人之善惡者，但言其善而不言其善之何如，但言其惡而不明其惡於何有，則是以一己之私意，加入以善惡之名，在受之者固未必以為然，即聽之者亦未必以為然也，惟著明其事，則雖不言其善惡，而人亦知善惡之別矣。此《春秋》之志也。即日報之體也。〔註82〕

何啟、胡禮垣聯繫西方近代憲政民主實踐中如何實現公平正義的一般認識原理，來闡述報刊工作的基本準則。「在己為天與焉者也」，指的是不關個人利益，只與「天」，即公理或道義有關；「在己為有與焉者也」，指的是關係到個人原則或利益。「忘一己之私」，即超越個人私利，只從公理或道義出發；「合

〔註82〕何啟、胡禮垣：《新政安行》，《新政真詮》，瀋陽：遼寧人民出版社 1994 年版，第 313 頁。

眾人之私」，指充分考慮各人利益，實現公共利益的最大化。他們認為日報對事實的介入，就必須將這兩大準則結合起來。何啓、胡禮垣實際上就用近代化的思想重新解釋了《春秋》的意旨，也即「日報之體」，就是報刊工作的本質特徵。

當然，何啓和胡禮垣此段論述的目的並非僅僅是闡述報刊工作準則，而是想證明，報刊工作具有《春秋》的這種史家精神，從而能夠實現辨是非，別善惡的重要作用。從而使人「不敢淫奔」、「不敢弑逆」、「不敢苛政」。足以為國家之鏡鑒。「視所以而察由來，是日報之設大足為國家之用也」，「以銅為鑒可整衣冠，以古為鑒可知興替，以日報為鑒既可知本國行政之得失，亦可知外邦舉動之情形，其德克明未有善於此者」；「蓋凡為國民既氣盛而言宜則為之，國家必邇安而遠服；若民既敢怒而不敢言，則其國家將由危而即於喪……昔秦隋諱盜，皆亡於盜；南詔之敗，唐明皇尚以為勝；襄陽之危，宋度宗猶以為安；無日報之故也。」〔註83〕

報刊在政治領域內的這種顯著作用，使何啓和胡禮垣將報刊多寡與國家的強弱聯繫起來。若國民可以暢所欲言，則國家必「邇安而遠服」；若國民敢怒不敢言，則國必危矣。國人對這一命題早已熟稔。何啓、胡禮垣也以此再次強調了辦報的必要性。何啓、胡禮垣視報刊為「文治之法」，這同樣體現了一種自上而下的國家治理設計的政治眼光。「宏日報以廣言路」、「日報為濫觴於孔子之《春秋》」，這些觀點都帶有鮮明的中國傳統思想的底蘊。但與王韜、鄭觀應相比，何啓胡禮垣儘管也借用這些傳統思想資源來闡述報刊的意義和作用，但正如本節的分析，他們也注意到了近代報刊的專業特點，因此在「附會」的話語方式上，顯得更為貼切，精到，反映了他們對近代報刊規律的認識更為深入。

第三節 小結

為了應對危機，近代中國的先進士人紛紛向西探求應對之策。他們不約而同地論述了報刊這一西方近代文明設施在強中攘外這一重大政治使命中所能扮演的重要角色。在改良政治、師法西洋政教的政治大目標下，報刊被認

〔註83〕何啓、胡禮垣：《新政安行》，《新政真詮》，瀋陽：遼寧人民出版社1994年版，第314頁。

爲是興利除弊，促進國家和社會進步的重要工具。關於這一點，來華傳教士實際上已經做了富有吸引力的闡述。所不同者，是早期維新思想家的闡述更加集中於報刊在國家政治領域中的溝通功能。他們要求政治改革，主張設立議院以解決政府與民衆的隔閡問題。而他們倡議興辦報刊也是認爲報刊的政治溝通作用具有十分重要的意義。並由此將辦報作爲改革的主要建議之一。來華傳教士也強調了報刊對於政治溝通的意義，但他們同樣也闡述了報刊作爲社會教化機關的重要性。而這一點，在早期維新思想家處並沒有體現出突出地位。早期維新思想家們也指出了報刊廣見聞，精思慮的作用，但基本上淹沒在他們對報刊各種益處的列舉之中。這一不同可能與早期維新思想家們的論述任務及面對國家災難探索解決之道的關注焦點有一定關係。畢竟政治改革是最爲關鍵的突破點，而君民隔閡不管從政治文化傳統還是從他們對國家現狀的診斷來說都是富有說服力的論證切入點，足以使他們的辦報建議具有充分的理據。

　　從這個意義上來看，早期維新思想家的辦報論述既可以說是他們報刊思想，也在很大程度可以說是他們關於報刊的政治改革設想。從早期維新思想家們對報刊角色的主要定位看，他們的論述並不完全一致。在西方列強面前，晚清社會和政治結構中的弊端日益顯露。倡議辦報，希望借助報刊的傳通功能以改良之；或者以西方議院制「理想」社會爲視境，分析和介紹報刊在近代政治社會中的功能。在這一點上，早期維新思想家們則相對擴展了來華傳教士對報刊角色的論述。傳教士的論述更多是「中國化」的，如前文所言，更多強調了報刊在中國現實情境中的政情溝通和社會教化角色。他們對國情差異有著清醒認識，在風氣未開的情況下，很少有對西報情況的深入介紹。而鄭觀應、何啓和胡禮垣等人則以他們對西方報刊實踐的觀察和瞭解，對此進行了較爲充分的論述。如鄭觀應將報刊視爲西方議院制民主社會的信息樞紐，何啓和胡禮垣則認爲近代報刊傳播是「泰西文治之法」。這種主要從西方政治和社會背景出發所作的闡述，一方面體現了其論著的引介性質，另一方面也說明，他們對西報的社會和政治角色也是充分認可的。近代報刊作爲西方政教文化設施之一，自然是近代中國亟宜倣倣創辦的，以使之發揮其在西國社會和政治格局中的角色功能。當然早期維新思想家們的報刊論述總體上仍是鮮明的中國化的，正如上文的介紹，早期維新思想家們主要是從國家治理的角度來引介和論述報刊的，這極大的決定了他們的論述焦點：報刊對於

國計民生具有十分重要的意義，能夠有效改進清政權的政治和社會運行。而在對報刊諸多作用的闡述中，他們又突出強調的是報刊在政治溝通中的意義。

　　自然，面對現實的接受語境，早期維新思想家們的報刊角色論述也常常援用「附會」策略。中國古代政治結構中的傳通典故或手段頻繁地被借引在他們的報刊論述之中，如「鄉校」、「謗木」、「諫鼓」、「輶軒采詩，樂覽諷刺」、「春秋」等，成為他們言說的重要論據。不能排除他們中有一部分人的報刊觀念仍然具有濃厚的傳統色彩，並對西方報刊理念和實踐存在「誤讀」。例如王韜，就主要是以「君臣之倫」為基本的思維框架，而將報刊當做向當局諫言的管道來看待的。王韜有過一段較為成功的辦報實踐，他也希望借助報刊「清議」而能夠在政治上有所作為，他對報刊的分析介紹，正與他的這種現實努力一致。王韜的這種報刊觀念的形成邏輯，實際上和來華傳教士對報刊的中國化闡述的構建理路是頗為一致的。傳教士通過報刊向中國建言，促使當局重視並創辦新報，不能不顧及報刊在近代中國現實的政治、社會條件的限制，以及當局的接受心理和知識結構。王韜既然要借助報刊影響當局，也很自然地形成了一條順應現實的「中國化」的報刊闡述路徑。相對來說，鄭觀應、何啓、胡禮垣等的報刊角色論述則更多地具有西方色彩。但當他們的報刊論述接觸到現實問題，例如要求當局辦報的時候，他們的言說又往往借助傳統話語出之。

　　在維新思潮的大背景下，早期維新思想家們對報刊角色的論述，可以統率於一個共同的主題之下：報刊是近代中國「強中攘外」的重要文化設施；主要通過報刊「言路」來參與國家治理，改變政府與民眾隔閡的現狀，從而推進政治和社會秩序的良性運行。

第四章　戊戌變法時期改良派的報刊角色觀

　　1894 年中日甲午戰爭宣告了洋務自強運動的失敗。亡國危機的加深促進了 1898 年維新運動的到來。在康有爲等的積極倡導下，是年六月，光緒帝頒佈國是詔書，「百日維新」由此開始。思想界倡行西法的呼吁，至此遂成高潮。光緒帝和康有爲全力推行改革計劃，旨在「實施那些在西方已被證明是正確、有效和有用的方法原則」〔註1〕，以挽救危亡中的清王朝。除康有爲外，維新變法運動的代表人物還有梁啓超、譚嗣同和嚴復等，變法的主要內容涉及到中國政治、軍事、經濟、文化等多個領域的改革，其核心是試圖以君主立憲制度取代老舊的專制體制。

　　「康、梁維新變法的活動，就是以創立學會發行報刊做爲宣傳主義的方法。」〔註2〕爲了推動變法，康、梁等改良派積極組織學會、并先後創辦了大量報刊。1897 年底，各地已建立以變法自強爲宗旨的學會 33 個，新式學堂 17 所，出版報刊 19 種。到 1898 年，學會、學堂和報館達 300 多個。張灝先生在論述戊戌變法時期康、梁等辦報的影響時指出：「由於一種新式報紙的出現，使改良運動有可能形成一場具有全國性影響的文化運動。固然，在此很久以前中國就有各種報紙，但它們或是由外國人創辦，或是由在通商口岸的那些沒有功名的中國人創辦。並且，這些刊物主要是商業性的。因而沒有什麼思想影響。然而，19 世紀 90 年代的改良運動在這方面帶來了一個巨大的變

〔註1〕 【美】徐中約：《中國近代史》，上海：世界圖書出版社 2008 年版，第 378 頁。
〔註2〕 曾虛白：《中國新聞史》，臺北：三民書局 1966 年版，第 198 頁。

化。爲了宣傳他們的思想，年輕的知識分子開始與期刊雜誌的出版工作打交道。他們的成功直接或間接地刺激了許多類似的活動，導致更有政治傾向和思想內容的期刊雜誌大批湧現。」〔註3〕戊戌變法期間改良派創辦報刊，突出重視的是其變法宣傳和思想啓蒙功能。這就直接影響到他們對報刊角色的闡述。

第一節　踐行維新與開會辦報

　　1894 年 7 月，中日甲午戰爭爆發。結果是清政府再一次慘敗，洋務派經營多年的北洋水師全軍覆滅。1895 年 4 月，中日簽訂《馬關條約》。甲午戰敗引發了列強在華的擴張狂潮，中國的民族危機進一步加深。中國思想界意識到，只有進行一場激進改革，才可能挽救中國。

　　變法運動以 1895 年 5 月康有爲領導的「公車上書」爲開端，至 1898 年 9 月慈禧發動政變結束。「戊戌維新勃起於甲午戰敗之後。實由同、光變法運動孕育發展而成。然青出於藍，後來居上。同、光變法僅知西器可用，西技當師。至戊戌則兼欲師用西洋之政教。蓋西學傳播，得譯書、留學、報館之助而漸深入普及。當時士大夫之世界知識既較豐於同治諸公，其政治思想亦更合乎近代之標準。」〔註4〕康有爲不僅是運動的倡導者，也是積極的推行者。早在 1888 年，康有爲就「布衣上書」，要求皇帝及時變法。此後又潛心寫作《新學僞經考》和《孔子改制考》，奠定了變法維新的理論基礎。「公車上書」不久，康有爲又連續兩次上書光緒。第三次上書提出了「富國」、「養民」、「教士」、「練兵」四策，並強調「所以審端致力者，則在乎求人才而擢不次，愼左右而廣其選，通下情而合其力」。第四次上書提出了「設議院以通下情」的建議，值得注意的是康有爲同時發表了「泰西國勢之強，皆借民會之故」的觀點。這顯示康有爲已經注意到集會結社的問題，預示了維新社團的出現。1897 年 11 月膠州事變發生後，康有爲第五次上書，建議光緒「因膠警之變，下發憤之詔，先罪己以勵人心，次明恥以激士氣；集群材諮問以廣聖聽，求天下上書以通下情；明定國是，與海內更始；自茲國事復國會議行；紓尊降

〔註3〕【美】張灝：《梁啓超與中國思想的過渡》，南京：江蘇人民出版社 1995 年版，第 6 頁。

〔註4〕蕭公權：《中國政治思想史》，瀋陽：遼寧教育出版社 2001 年版，第 635 頁。

貴，延見臣庶，盡革舊俗，一意維新；大召天下才俊，議籌款變法之方；采擇萬國律例，定憲法公私之分……如是則庶政盡舉，民心知戴。」〔註5〕並提出三策：「擇法俄日以定國是」、「大集群才而謀變政」、「聽任疆臣各自變法」。上書被阻，但被京師官員和士大夫輾轉傳抄，並在上海等處報章刊載。不久，康有為受到總署五大臣的召見，並就變法問題進行答辯。

1898 年初，康有為又先後兩次上書，反復建言光緒效法日本和俄國，屬行變法。6 月 11 日，光緒帝頒佈《定國是詔》，百日維新開始。光緒帝調任康有為為京章行走，作為變法的智囊。其後又啓用譚嗣同、楊銳、林旭、劉光第等人參與新政。新政的主要內容包括裁汰冗員、廢八股、開學堂、練新軍、滿漢平等，涵蓋了教育、軍事等多方面的政策和體制。其最終目標是推行君主立憲。這樣，變法維新就從一種社會思想一變而成為自上而下的政治實踐。

康有為在不斷上書的同時，也積極開展宣傳和組織活動。康有為自陳：「中國風氣，向來散漫，士夫戒於明世社會之禁，不敢相聚講求，故轉移極難。思開風氣，開知識，非合大群而不可，且必合大群而後力厚也。合群非開會不可……故自上書不達之後，日以開會之議，號之於同志。陳次亮謂辦事有先後，當以報先通其耳目，而後可舉會。」〔註6〕梁啓超也回憶：「當甲午喪師以後，國人敵愾心頗盛，而全瞀於世界大勢。乙未夏秋間，諸先輩乃發起一政社，名強學會者……彼時同人固不知各黨有所謂政黨，但知欲改良國政不可無此種團體耳。而最初著手之事業，則欲辦圖書館與報館」〔註7〕。對康有為第四次上書不達後在政治行動上的調整，梁啓超同樣做了記述：「既不克上達，康有為以為望變法於朝廷，其事頗難，然各國之革政，未有不從國民而起著，故欲倡之於下，以喚起國民之議論，使原蓄其力，以待他日之用。」〔註8〕戊戌變法時期，各地維新人士不斷加入變法運動的行列，開會和辦報逐漸成為改良派踐行維新的著手點。

對於報刊之作用和影響，早期維新思想家亦有較為明確的認識。但是康

〔註5〕　康有為：《上清帝第五書》，《康有為政論集》上冊，北京：中華書局 1981 年版，第 207 頁。

〔註6〕　《康南海自編年譜》，《戊戌變法（四）》，上海：上海神州國光社 1953 年版，第 133 頁。

〔註7〕　丁文江、趙豐田編：《梁啓超年譜長編》，上海：上海人民出版社 1983 年版，第 40 頁。

〔註8〕　梁啓超：《戊戌政變記》，《飲冰室合集·專集》一，第 126 頁。

有爲等對維新運動的組織和宣傳，顯然更受到李提摩太、林樂知等來華傳教士的啓發。實際上，康有爲等人最初的西學知識，即是來自於傳教士：「傳教士的努力擴大了中國知識分子的思想境界，令他們對外國人產生一種新的尊敬。不僅重要的政治家如恭親王奕訢、翁同龢和李鴻章多次拜訪李提摩太，激進的改革者如康有爲、梁啓超也是如此。實際上，康的很多改革主張即來自於傳教士。」〔註 9〕李提摩太翻譯的《泰西新史攬要》，撰編的《中西四大政》、《時事新論》、《列國變通興盛記》，林樂知的《中西關係略論》、《中東戰紀本末》、《興華新義》、《文學興國策》、《治安新策》等，皆十分暢行。廣學會機關報《萬國公報》每期都有批評中國政治的文字，歷陳中國面臨的險境，鼓吹變法。1895～1896 年冬，李提摩太訪問北京，與康有爲、梁啓超等交往熱絡，梁啓超一度擔任李提摩太的秘書。在此期間，李提摩太還多次在強學會的集會上演講。而傳教士的宣傳方法，對康有爲等也有強烈影響。費正清的《中國晚清史》指出：

> 基督教傳教士在最初喚醒中國人使之感到需要變法這一方面，
> 曾起過重要作用（據說康有爲在 1898 年對一個記者說過，他轉而主
> 張變法，主要歸功於李提摩太和林樂知的著作）；此外，他們還幫助
> 形成了改革派的自己的方法、思想甚至世界觀。成立各種變法維新
> 團體和利用定期刊物以喚起人們對於變法維新的興趣和支持，這些
> 做法如果不是受到傳教士榜樣的直接鼓舞，至少也是受到它們的強
> 烈影響。顯而易見，康有爲把孔教變成國教的計劃（有自己的節日、
> 全國範圍的教堂系統和傳教士），也同樣受到他們榜樣的鼓舞或影
> 響。〔註10〕

康有爲、梁啓超等十分看重傳教士發行的書報。康有爲在長興講學時，即「好瀏覽西學譯本，凡上海廣學會出版之書報，莫不盡量購取。」〔註 11〕梁啓超不僅自己廣泛閱覽，還向讀者力薦：「癸未、甲申間西人教會創《萬國公報》，後因事中止。至己丑後復開至今，亦每月一本，中譯西報頗多，欲覘時事者

〔註 9〕 【美】徐中約：《中國近代史》，上海：世界圖書出版公司 2008 年版，第 287
頁。

〔註10〕 【美】費正清編：《劍橋中國晚清史》，北京：中國社會科學出版社 1993 年版，
第 647 頁。

〔註11〕 馮自由：《革命逸史》，《戊戌變法》四，上海：上海神州國光社 1953 年版，
第 240 頁。

必讀焉。」〔註 12〕在康、梁等的維新宣傳和推廣方式上，也可以見出傳教士的示範性作用：如 1895 年傳教士在上海創辦天足會，1897 年梁啓超、譚嗣同等人也在上海發起「試辦不纏足會」，第二年春又在長沙創立「湖南試辦不纏足會」；廣學會自 1889 年起出版月刊《萬國公報》，1895 年 8 月康有爲在北京創辦雙月刊，也稱《萬國公報》。對此，李提摩太評論指出：「值得注意的是這時維新黨人的膽怯。他們聽到廣學會的月刊《萬國公報》在高級官員中間流傳多年而未受阻，遂把自己的首份報紙也定名爲《萬國公報》，而且最初主要是轉載我們刊登的內容。唯一的區別是我們的《萬國公報》是在上海用金屬鉛字印製，而他們的《萬國公報》則是用木活字印劇。北京的政府公報就是用木活字印刷的。外表看它像政府機關報，內容卻是廣學會所傳播的西方思想。」〔註 13〕

　　在改良派看來，開會是開風氣、養人材的重要手段。在《京師強學會序》中，康有爲認爲，中國在近代之所以「坐受陵侮」，根本原因是「風氣未開，人才乏絕」。而普魯士、日本則因爲有學會而得以振興：「普魯士有強國之會，遂報法仇。日本有尊攘之徒，用成維新。」〔註 14〕在《上海強學會章程》中，他開宗明義，點明了開會目的：「今設此會，聚天下之圖書器物，集天下之心思耳目，略倣古者學校之規，及各家專門之法，以廣見聞而開風氣，上以廣先聖孔子之教，下以成國家有用之才。」〔註 15〕第四次上書失敗後，康有爲認爲「開風氣、開知識，非合大群不可……合群非開會不可」，故「日以開會之義，號之於同志」，並「挾書游說，日出與士大夫講辯，並告以開會之故。」〔註 16〕而辦報又是開會的重要事項之一，康有爲更將辦報視爲開會之必要準備：「辦事有先後，當以報先開其耳目」〔註 17〕。戊戌變法時期，改良派所辦

〔註 12〕梁啓超：《讀西學書法》，《戊戌變法》一，上海：上海神州國光社 1953 年版，第 456 頁。

〔註 13〕Timothy Richard. Forty-five Years in China〔M〕.New York, 1916, p.255

〔註 14〕康有爲：《京師強學會序》，《康有爲政論集》上冊，北京：中華書局 1981 年版，第 166 頁。

〔註 15〕康有爲：《上海強學會章程》，《康有爲政論集》上冊，北京：中華書局 1981 年版，第 173 頁。

〔註 16〕康有爲：《康南海自編年譜》，《戊戌變法》四，上海：神州國光社 1953 年版，第 133 頁。

〔註 17〕康有爲：《康南海自編年譜》，《戊戌變法》四，上海：神州國光社 1953 年版，第 133 頁。

報刊大都屬於各地改良團體之機關報。這樣，報刊之作用，自然以開風氣作爲主要目的，以促進變法運動的擴展和深入。改良派對報刊的積極利用，使之很快在全國各地紛紛湧現，呈現出蓬勃氣象。以下爲 1895～1897 年全國維新報刊的主要情況〔註18〕：

報刊名稱	發刊時間	創辦地點	主　辦　人
萬國公報	1895 年 8 月	北京	梁啓超、麥夢華
中外紀聞	1895 年 12 月	北京	梁啓超、麥夢華
強學報	1896 年 1 月	上海	徐勤、何樹齡
蘇報	1896 年	上海	胡璋（鐵梅）
時務報	1896 年 8 月	上海	黃遵憲、汪康年、梁啓超
福報	1896 年	福州	陳某、葉某、施某
指南報	1896 年	上海	李伯元
利濟學堂報	1897 年 1 月	溫州	陳勛
知新報	1897 年	澳門	康廣仁、何廷光、何樹齡、徐勤
通學報	1897 年	上海	任獨（仲甫）
湘學新報	1897 年 4 月	長沙	江標、徐仁鑄
廣仁報	1897 年 4 月	桂林	唐景崧、龍應中、曹碩武等
農學報	1897 年 5 月	上海	羅振玉、蔣黻
經世報	1897 年 8 月	上海	章炳麟、宋恕、陳勛
集成報	1897 年	上海	陳念護
新學報	1897 年 8 月	上海	葉耀元
算學報	1897 年 7 月	上海	黃源澄
實學報	1897 年 9 月	上海	王斯源、王仁俊、章炳麟
萃報	1897 年 9 月	上海	朱克柔
求是報	1897 年 9 月	上海	陳季同、陳彭壽、陳衍
國聞報	1897 年 10 月	天津	嚴復、夏曾佑、王修植
國聞彙編	1897 年 11 月	天津	嚴復、夏曾佑、王修植
渝報	1897 年 11 月	重慶	宋育仁、潘清蔭
富強報	1897 年 5 月	上海	程澍
蒙學報	1897 年 11 月	上海	葉瀚、汪康年、曾廣銓
演義報	1897 年 11 月	上海	章伯初、章仲和
譯書公會報	1897 年 10 月	上海	惲積勳、陶湘、章炳麟、楊模
蘇海彙報	1897 年	上海	翁萃甫

〔註18〕參照湯志均：《戊戌變法時期的學會與報刊》、方漢奇：《中國近代報刊史》、戈公振《中國報學史》以及《中國出版史料》編製。

報刊名稱	發刊時間	創辦地點	主　　辦　　人
演義白話報	1897 年 11 月	上海	
遊戲報	1897 年 6 月	上海	李伯元、歐陽巨源
笑報	1897 年 10 月	上海	笑笑主人
消閒報	1897 年 12 月	上海	高羽中、周忠鏊
奇聞報	1897 年 12 月	上海	以德人鼐普爲經理

　　以上報刊大多與各地改良團體有著密切關係，而報刊主事者，又多爲改良派團體之傑出人物。改良派報刊的大量創辦，開闢了中國報業發展的一個新時代。這不僅表現在報刊的數量和質量方面，也表現在辦報的方向上。自此，報刊與中國近代政治運動和政治團體的結合就成爲一種普遍現象，許多報刊因此而或多或少帶有機關報性質。在以上報刊中，影響最大的當推《時務報》和《國聞報》。《時務報》創辦於 1896 年 6 月，汪康年爲總理，梁啓超任總主筆。該刊發表重要論著 120 餘篇，率以變法圖存爲宗旨。梁啓超回憶《時務報》在當時之盛況說：「一時風靡海內，數月之間，銷行至萬餘份，爲中國有報以來所未有。舉國趨之，如飲狂泉。」〔註19〕《國聞報》由嚴復、王修植、夏曾佑、杭辛齋等在天津創辦，其辦報宗旨主要是通中外之故，向西方學習，取各國之政教，救中國之危亡。嚴復翻譯的《天演論》就先後刊載於國聞報館之旬刊《國聞彙編》。

　　注重從變法宣傳和思想啓蒙的角度來使用報刊，這使改良派的報刊角色論述具有了新的特點。早期維新思想家雖然認識到了報刊的多種功能，但他們主要從報刊有益於國計民生，尤其是國家政治的良性運行來建構他們對報刊角色的論述，辦報即爲他們所主張的「新政」之一。戊戌變法時期，康有爲等繼續強調了早期維新思想家在這一方面的論述，同時更爲關注報刊開民智的功能。這種「開民智」不止是一般意義上的知識和信息傳播所產生的效果（如康有爲、梁啓超等都提及過報館愈多其民愈智，其國愈強的觀點），同時也和戊戌變法時期改良派的報刊宣傳和啓蒙活動相聯繫，常常指向於社會大眾之思想和觀念近代化的轉變。而這正是改良派期望出現的政治局面。唐才常在《湘報序》中指出：「邇者海內諸君子，曲體朝廷育才至意，廣開報館，用代遒人，大聲疾呼，海天同應。於是秦漢以來之愚障，始雲開霧豁，重濱

〔註19〕梁啓超：《清議報一百冊祝辭並論本館之責任及本館之經歷》，《飲冰室合集·文集》六，第 52 頁。

光明；於是四民之困於小儒腐說，輾轉桎梏者，始腦筋震蕩。人人有權衡國事之心，而謀變通，而生動力。」〔註20〕由此觀之，報刊開民智的最終效應，是要「人人有權衡國事之心」，而「謀變通」、「生動力」。這就能夠為維新變法的順利推行提供輿論準備、智力支持和社會基礎。裘廷梁在《無錫白話報序》中就變法、辦報、開民智等做了更為充分的分析：

> 無古今中外，變法必自空談始，故今日中國將變未變之際，以擴張報務為第一義。閱報之多寡，與愛力之多寡，有正比例，與阻力值多寡，有反比例。甲午以後，報章盛行，惟日報撫拾細碎，牢不變前式，披沙揀金，百才一二。外此旬報、月報、七日報，皆當代通人，主持報務，痛哭流涕，大聲疾呼，天下感動，然每期銷路最多者，萬四千冊而止，曾不逮中國民數萬分之一。職是之故，朝野上下，非不漸生動力，而一愛萬阻，終於無成。幸而成之，終於無效。法非不善也，政非不美也，泰西行之而效者，猶人之四支百節，必與全體相連，而後又運用之妙。中國棄其全體，而取一支一節，腦筋血輪未由貫注，在彼則運掉變化，無不如志，在我則朽腐而已。中國三十年來，仿傚西法，大率類此。向者震其強而不知其所以強，今者羨其富而不知其所以富，於是機器改造土貨種植畜牧開礦鐵路諸事，廷論雜沓，交章陳奏，朝廷則已俞之矣。院司道府，亦已推廣而奉行之矣。豈不以此數者，為西國致富之根本，養民之善法哉？然而海內深識之士，私憂竊歎，決其不效者，民智未啓也。

> 天下萬事萬物，皆生於民，成於民，民智未啓，偶有興辦，患無專精之才，合群之助，保護之方，堅守之力，識時之士……裘廷梁曰：欲民智大啓，必自廣興學校始。不得已而求其次，必自閱報始。〔註21〕

在裘廷梁看來，擴張報務就是要增加變法的「愛力」，減少「阻力」。欲行西政，非有精通西學之士不可；但僅少數「管葛之士羅列於上」，而沒有「智學專門之士效勞宣力於下」，則終究不能取得成功。他還進一步認為，變法要真正取

〔註20〕唐才常：《湘報序》，《貶舊危言——唐才常 宋恕集》，瀋陽：遼寧人民出版社1994年版，第97頁。

〔註21〕裘廷梁：《無錫白話報序》，《戊戌變法》四，上海：神州國光社1953年版，第542～544頁。

得大效，更需要「盡天下之民而智之」。梁啓超也描述了學會、學堂、和報館創辦之後中國社會的轉變：「新學之風既倡，民智漸開，故兩年以來，支那人士之識見言論，頗有異於昔日，從前自尊自大，自居於中國，而鄙人爲夷狄之心，多有悟其非者。先覺之士，慨世之徒，攘臂抗論，大聲疾呼，所在多有，而湖南廣東兩省，實可爲改革之原動力。」〔註22〕從變法宣傳和思想啓蒙的角度強調「開民智」，康有爲不僅重視報刊作爲一般社會教育機構的職能，同時明確將辦報作爲強學會、聖學會等政治團體的重要事項之一；嚴復從學理上論證了報刊之「通」對於「開民智」的重要意義，同時也表達了對於報刊作爲維新派政治宣傳工具的認知；譚嗣同將報刊定位於「助人日新之具」；梁啓超對報刊之「通」做了最生動的概括、最有力的表達，但對於「通」，他尤爲重視的是其開風氣的功效。儘管來華傳教士、早期維新思想家們都對報刊「開民智」有所討論，但是戊戌變法時期的思想家們闡述得更系統、更深入、更充分，「開民智」是他們報刊論述的最核心內容。戊戌變法時期，維新報刊已經逐漸具有政治團體之機關報性質。對於這一點，康梁等人只是隱約有所提及。但他們對報刊啓蒙宣傳之意義的集中闡述，無疑爲報刊介入政治運動，爲報刊與政治團體的結合奠定了思想基礎。自戊戌變法時期開始，報刊迅速成爲中國近代政治實踐中一個不可或缺的元素，極大地改變著中國近代政治的結構和面貌。

戊戌維新時期，一般官僚和士大夫階層對報刊的成見並沒有明顯改變，保守派對康梁等辦報的詆毀更是不遺餘力。《中外紀聞》和《強學報》的先後被禁就說明了這一點。故改良派對報刊的論述，一方面繼續強調了報刊對於國計民生的重要意義，另一方面繼續倚重「附會」的表述策略。如《知新報》對報刊之益的論述：

> 先王知其然也，道人狗路，木鐸有權，太史采風，輶軒遠使，
> 詩之風雅，審民俗之情，周官誦方，察四國之慝，唐宋以降，濫觴
> 於邸抄，嘉慶以來，創始爲報館，名曰新聞，從風披扇，文章並述，
> 政俗攸存，小可觀物價，瑣之可見士風，清議流傳，補鄉校於未備，
> 見聞通窮宇內之大觀。至若外國農務商業、天文地學、教會政律、
> 格致武備、各有專門，競標宗旨，習其業者，隨而購閱，發有新義，
> 即刊報章，耳目咸通，心思愈擴，無閼民情，有俾政教，朝夕可達，

〔註22〕梁啓超：《強學會封禁後之學會學堂報館》，《戊戌變法》四，上海：神州國光社1953年版，第396頁。

均郵電之捷，聞見相助，通賽會之益，是以歐美兩洲，類分二千三
百餘種，歐洲諸國，日售千四百餘萬張，且日本國報有報王之稱，
瑞士開會，敦嘉客之請，可謂隆矣，諸盛強，新聞報之力也。〔註23〕

作者首先將古代的政情溝通方式梳理了一遍，對於報刊內容的介紹，也與「補
鄉校於未備」、「有俾政教」等聯繫起來。再如康有爲在《上清帝第四書》中
談到「設報達聰」時，也「《周官》訓方誦方掌誦方匽方志，庶周知天下」作
爲論證的歷史根據；梁啓超在《論報館有益於國事》中，也大段陳述了報館
在中國古代存有之先例：「報館於古有徵乎？古者太師陳詩以觀民風；饑者歌
其食，勞者歌其事，使乘輶軒以採訪之，鄉移於邑，邑移於國，國移於天子，
猶民報也。公卿大夫，揄揚上德，論列政治，皇華命使，江漢紀勳，斯干考
室，駉馬畜牧，君以之告臣，上以之告下，猶官報也。又如誦訓掌道方志，
以詔觀事，掌道方匿，以詔闢忌，以知地俗。外史掌四方之志，達書名於四
方，撢人掌誦王志，道國之政事以巡天下之邦國而語之，凡所以宣上德達下
情者，非徒紀述兼有職掌，故人主可坐一室而知四海，士夫可誦三百而知國
政，三代盛強，罔不由此。」改良派對報刊之益的強調，以及採取的「附會」
方式，同樣是欲爲報刊之合法存在、爲大開辦報之風提供理據。

戊戌維新時期，隨著西學的湧入，人們對西學西報的瞭解更爲廣泛深刻。
嚴復已經初步表達了他對西方政黨報刊的認識；譚嗣同運用西方近代民權思想
考察報刊活動，得出了「民史」、「民口」的觀點。有意思的是，譚嗣同的這一
觀點主要受到梁啓超的歷史學論述的啓發，而戊戌維新時期梁啓超在報刊論述
方面則「未敢倡言」〔註24〕，並沒有提出如譚嗣同般帶有濃厚民權色彩的主張。
相對而言，吳恒煒在《知新報緣起》中表達了譚嗣同相近的看法：「報者，天
下之樞紐，萬民之喉舌也。得之則通，通之則明，明之則勇，勇之則強，強則
政舉而國立，敬修而民智。故國愈強，其設報之數必愈博，譯報之事必愈詳，
傳報之地必愈遠，開報之人必愈眾，治報之學必愈精，保報之力必愈大，掌報
之權必愈尊，獲報之益必愈博。胥天下之心思知慮，眼耳口舌，相依與報館爲
命，如室家焉。」〔註25〕「萬民之喉舌」與「民口」說頗似。而吳在此更有所

〔註23〕吳恒煒：《知新報緣起》，《戊戌變法》四，上海：神州國光社 1953 年版，第
535 頁。
〔註24〕梁啓超：《清代學術概論》，《飲冰室合集‧專集》三十四，第 61 頁。
〔註25〕吳恒煒：《知新報緣起》，《戊戌變法》四，上海：神州國光社 1953 年版，第
535～536 頁。

闡發。特別是對國勢、報刊、報學、民智等之內在聯繫的分析，足見作者的西學西報知識，已經達到了一個新的高度。以梁啓超爲例，戊戌時期他已經廣泛閱讀有關西方的書籍，並寫成《西學書目表》和《讀西學書法》。在《西學書目表》序中，他強調西方理論科學和純科學高於應用科學，強調中國應學習西方的制度而非僅僅是實用技術。《西學書目表》共包括 400 多個書目，廣學會發行的出版物有 22 種被收入其中。《泰西新史攬要》（李提摩太譯）和《萬國公報》被標上雙圈標識，以示與其他書目之區別。他評價《泰西新史攬要》「爲西史中最佳之書也，惜譯筆繁蕪，眩亂耳目」；對李提摩太所著《列國變通興盛紀》評價爲「惟記俄羅斯、日本兩篇足觀」。對於《萬國公報》，他的評價是「前數年極佳，惜今已難購」；對於花之安《自西徂東》的評價是「粗淺」；點評韋廉臣的《聖會史記》和《二約釋義叢書》「頗載西國古事，故存其目」。〔註26〕可見，當時的梁啓超已經開始對西學展開了認眞研究。這些西學知識的攝取，無疑會使改良派的報刊論述更趨近代化。

第二節　戊戌變法時期改良派的報刊角色觀

　　戊戌變法時期，改良派的代表人物有康有爲、梁啓超、譚嗣同、嚴復等。康有爲創立了一整套變法的思想體系，爲變法奠定了堅實的理論基礎，他是變法運動的領袖，也是改良派辦報的重要領導者。梁是重要的宣傳家，於中國近代新聞業以及新聞思想的發展皆有突出影響。譚嗣同的政治思想最爲激烈，包含了更多民主思想。嚴復是中國近代最著名的西學介紹者。除康有爲外，其他三人都直接參與過辦報活動。戊戌變法時期，梁啓超任主筆的《時務報》、譚嗣同主持的《湘報》、嚴復等創辦的《國聞報》都產生了巨大影響。

　　一、康有爲的報刊角色觀。康有爲（1858～1927），字廣廈，號長素，廣東南海人。康有爲自幼學習儒家思想，1879 年開始接觸西方文化，先後閱讀了《海國圖志》、《瀛環志略》等書，「購地球圖，漸收西學之書，爲講西學之基矣」。1882 年，康有爲到北京參加會試，南歸時途經上海，收集了大量西學書刊。在吸收西方進化論和政治觀點的基礎上，康有爲初步形成了維新變法的思想體系。此後他不斷上書，陳述變法思想，並先後在北京、上海等地組

〔註26〕【美】陳啓雲：《梁啓超與清末西方傳教士之互動研究》，《史學集刊》，2006年 7 月。

織學會、出版報刊，宣傳變法。戊戌變法期間，康有為寫了大量奏摺，成為變法運動的理論指導者。其主要著作有《康子篇》、《新學偽經考》（陳千秋、梁啓超協助編纂）、《春秋董氏學》、《孔子改制考》、《日本變政考》、《大同書》、《歐洲十一國遊記》、《廣藝舟雙楫》等。

康有為通過解釋經文以引申自己的政治見解，宣揚變法維新的必要性。對此，清末頑固派看得十分清楚：「康有為之徒，煽惑人心，欲立民主，欲改時制，乃託於無憑無證之公羊家言，以遂其附和黨會之私智。此孔子所謂言偽而辨之少正卯也。」〔註27〕康有為認為中國落後的根本原因在於塞，表現在政治上，即上下不通、上體太尊，君主專制阻礙了社會的發展。因此必須實行民主，「設議院以通下情」。他並用類似於契約論、天賦人權論的觀點論證了君權民授、主權在民的主張。康有為希望借鑒西方的君主立憲制度，對中國實行制度改革。在變法的具體主張上，康有為強調了教育民眾的重要性。他認為西方國家所以富強，尤在「人才不可勝用之故」，而中國欲行變法，緊要者「莫急於得人才」〔註28〕。故必須廢八股興學校，廣開民智。

康有為對報刊的認識，主要受來華傳教士的啓發和影響，「時廣學會發行萬國公報，銷往全國各地，並受官紳訂閱，主編林樂知的大名不脛而走，從中外公報的名稱、內容與發行對象看，很顯然是在模仿萬國公報。」〔註29〕在向光緒帝的上書中，他主要從變法圖強的角度來討論報刊。在他看來，辦報是強國的重要之舉。他首先肯定了報刊「通下情」的重要意義。在連續多次給光緒帝的上書中，他反復陳言國家政治中存在的一個極大弊病，即上下隔絕，民情難通：

今天下非不稍變舊法也，洋差商局學堂之設，開礦公司之事，電線機器輪船鐵艦之用，不濱其利，反以敝奸。夫泰西行之則富強，中國行之而奸蠹何哉？上體太尊而下情不達故也。君上之尊宜矣，然自督撫司道守令乃下至民，如門堂十重，重重隔絕，浮圖百級，級級難通。〔註30〕

〔註27〕 《葉吏部與劉先端、黃郁文兩生書》，《翼教叢編》卷六，上海：上海書店出版社 2002 年版，第 17 頁。
〔註28〕 康有為：《上清帝第二書》，《康有為政論集》上冊，北京：中華書局 1981 年版，第 130 頁。
〔註29〕 賴光臨：《中國新聞傳播史》，臺北：三民書局 1983 年版，第 66 頁。
〔註30〕 康有為：《上清帝第一書》，《康有為政論集》上冊，北京：中華書局 1981 年版，第 59 頁。

夫中國大病，首在壅塞，氣鬱生疾，咽塞致死；欲進補劑，宜
除嗌疾，使血通脈暢，體氣自強。今天下事皆文具而無實，吏皆奸
詐而營私。上有德意而不宣，下有呼號而莫達。同此興作，並為至
法，外夷行之而致效，中國行之而益弊者，皆上下隔塞，民情不通
所致也。〔註31〕

因而有「通下情」之議。康有為最初希望借鑒漢代的「議郎」制度，增設「訓
議之官」，以使在上者明目達聰，通達民情。不僅如此，他認為「議郎」制度
具有「與民共治」之「先王遺意」，故還有「通憂共患，結合民志」之大效。
在《上清帝第四書》中，他進一步有「設議院以通下情」的奏言：「人皆來自
四方，故疾苦無不上聞；政皆出於一堂，故德意無不下達；事皆本於眾議，
故權奸無所容其私；動皆溢於眾聽，故中飽無所容其弊。」除了在政治制度
上的這種重新設計之外，康有為突出強調了報刊明目達聰的作用：「四曰設報
達聰。《周官》訓方誦方掌誦方慝方志，庶周知天下，意美法良，宜令直省要
郡各開報館，州縣鄉鎮亦令續開，日月進呈，並備數十副本發各衙門公覽，
雖鄉校或非宵旰寡暇，而民隱咸達，官匿皆知。中國百弊，皆由蔽隔，解蔽
之方，莫良於是。」〔註32〕康有為的這個設報刊以達下情於上的思想與來華
傳教士、以及王韜等早期改良派的相關論述並無區別。他對報刊本身的闡釋，
也同樣以傳統話語出之：「查報館之義，原於古之陳詩，古者太師乘輶軒采詩
萬國，以觀民風。臚列國之政，達小民之隱，改設官督報，實為三代盛制。
馮桂芬《校邠錄抗議》即有請復陳詩之議。」〔註33〕康有為在此實際上全是
借用馮桂芬的觀點。這樣，報刊即是在「君臣之倫」的範圍內促成民情上達
的一個重要管道。

　　既然康有為變革政制的一個重要目的即在於去塞、求通，以終致國家自
強，則開辦報刊以「通下情」，同樣是自強之道。康有為以日本政治家伊藤博
文的觀點作為佐證：「為政之道，貴通不貴塞，貴新不貴陳，而欲求通欲求新，
則報館為急務矣。昔日本維新之始，遣伊藤博文等遊歷歐、美，討論變法次

〔註31〕康有為：《上清帝第二書》，《康有為政論集》上冊，北京：中華書局 1981 年
版，第 134 頁。

〔註32〕康有為：《上清帝第四書》，《康有為政論集》，北京：中華書局 1981 年版，第
158～159 頁。

〔註33〕康有為：《恭謝天恩條陳辦報事宜摺》，《康有為政論集》上冊，北京：中華書
局 1981 年版，第 332 頁。

第，及歸則首請設官報於東京，報章一依西例，而伊藤自著筆記，乃至舉西人一切富強之源，皆歸功於報館。」〔註34〕康有爲對報刊的論述，與來華傳教士以及早期維新派的觀點互爲呼應。即主要是在「君臣之倫」的原則下強調報刊的下情上達功能，以去除政府與民衆之間的隔閡。

作爲戊戌維新運動的領導者，康有爲最早是以游說、請願等方式開始其政治生涯的。任何政治改革往往既是一場政治運動，也是一場思想運動。康有爲的變法除了需要尋求君主和高級官吏的支持，也需要士人和中下級官吏的響應。爲此，開展教育性和宣傳性的活動就顯得尤爲必要。「他和他的門徒們出版通訊與報紙，並在京城以及其他地方創立學會。他相信集合同志於學會，不僅將促使新思想的傳播與近代觀點的形成，而且可加強這些人的影響力。」〔註35〕因此康有爲同樣重視報刊作爲社會教育機構的啓蒙宣傳職能。「夫天下民多而士少，小民不學，則農工商賈無才。產物成器，利用厚生，既不能精；化民成俗，遷善改過，亦難爲治，非覆幬群生之意也。故教有及於士，有逮於民，有明其理，有廣其智。能教民則士愈美，能廣智則理愈明。今地球既闢，輪路四通，外侮交侵，閉關未得，則萬國所學，皆宜講求。」〔註36〕他強調，國家強弱與「才智之士」的多寡有直接關係。除了改革教育考試制度之外，康有爲也力主辦報：

> 《周官》誦方訓方，皆考四方之慝；《詩》之《國風》、《小雅》，欲知民俗之情。近開報館，名曰新聞，政俗備存，文學兼述，小之可觀物價，瑣之可見士風。清議時存，等於鄉校，見聞日闢，可通時務。外國農業、商學、天文、地質、教會、政律、格致、武備各有專門，以爲新報，尤足以開拓心思，發越聰明，與鐵路開通，實相表裏。宜縱民開設，並加獎勸，庶禅政教。〔註37〕

康有爲的這一觀點與花之安、林樂知等的論述也是十分相近的。正因爲報刊「開民智」的巨大功效，康有爲聯繫「泰西」各國報館的設立情況，得出了

〔註34〕康有爲：《奏改時務報爲官報摺（代宋伯魯擬）》，《康有爲政論集》上冊，北京：中華書局 1981 年版，第 322 頁。

〔註35〕蕭公權：《近代中國與新世界：康有爲變法與大同思想研究》，江蘇人民出版社 1997 年版，第 184 頁。

〔註36〕康有爲：《上清帝第二書》，《康有爲政論集》上冊，北京：中華書局 1981 年版，第 130 頁。

〔註37〕康有爲：《上清帝第二書》，《康有爲政論集》上冊，北京：中華書局 1981 年版，第 132 頁。

報館愈多國愈富強的結論：「大抵報館愈多者其民愈智，其國愈富且強。」〔註38〕如前文所述，何啓、胡禮垣也曾有「今外國之興衰強弱無不視報館之多寡以為定程」的觀點。不過何、胡主要是從報刊伸公理、別是非等輿論功能，視報刊為「濫觴於孔子之《春秋》」出發來說的，即報刊之多寡往往標誌著國家政治溝通管道的通暢情況。而康在此則主要是要強調報刊「開民智」的意義。

在《奏改時務報為官報摺（代宋伯魯擬）》中，康有為對報刊之「益」做了綜合闡述：「報館之益，蓋有四端：首列論說，指陳時事，常足以匡政府所不逮，備朝廷之采擇，其善一也；臚列各省利弊，民隱得以上達，其善二也；翻譯萬國近事，借鑒敵情，其善三也；或每日一出，或間日一出，或旬日一出，所載皆新政之事，其善四也。故德相俾士麥之言：『與其閱奏疏，不如閱報，奏疏多避忌而報皆徵實也；與其閱書，不如閱報，書乃陳迹而報皆新事也。』此報館與民智國運相關之大原也。」則報刊於「通下情」、「開民智」之外，尚有「通中外」、「助謀議」等作用。不過康有為的關注最顯著者，還是「通下情」、「開民智」。康有為對報刊主要角色（視報刊作為達下情於上的傳通渠道和社會教育機構）的認識，在來華傳教士以及早期改良派處都可以找到類似的看法。

出於推廣政治主張的需要，康有為在不斷上書光緒帝同時，也積極組織學會，創辦報刊。1895 年 11 月，康有為等在北京成立強學會，即將辦報作為主要事務，於同年 12 月將《萬國公報》更名《中外紀聞》，以作為強學會的機關報。1895 年 11 月，康有為等還在上海成立了強學會。在給上海強學會制定的章程中，他將刊印報紙作為強學會「最要者四事」之一：「陳文恭公勸士閱邸報以知時務，林文忠公常譯《澳門月報》以覘敵情，近來津滬各報，取便雅俗，語涉繁蕪，官譯新聞紙，外間未易購求。今之刊報，專錄中國時務，兼譯外洋新聞，凡於學術治術有關切要者，鉅細畢登，會中事務附焉。其邸鈔全分，各處各種中文報紙，各處新事，各人議論，並存鈔以廣學識，各局互相鈔寄。」〔註39〕1896 年 1 月，上海強學會的機關報《強學報》創刊。這

〔註38〕康有為：《奏改時務報為官報摺（代宋伯魯擬）》，《康有為政論集》上冊，北京：中華書局 1981 年版，第 322 頁。

〔註39〕康有為：《上海強學會章程》，《康有為政論集》，上冊，北京：中華書局 1981 年版，第 174 頁。

兩種機關報的創辦，實爲後來政黨機關報之萌芽。如上所引，此時康有爲對機關報的認識以「廣見聞」、「開風氣」爲主，則在辦報宗旨和報刊內容上，不可避免地要與其所屬的政治團體聯結起來。《強學報》之論說大都出自康氏門人之手，「專以發明強學之意爲主」，明確闡述了維新派的一些政治主張；1897 年春，康有爲在爲聖學會所寫作的緣起中，更是較爲明確地指出了這一點：「今之刊報，專以講明孔道，表彰實學，次及各省新聞，各國政學，而善堂美舉，會中事務附焉。」〔註 40〕康有爲對機關報的較早倡導和關注，是具有重要意義的。「戊戌變法期間的維新黨，首要業務即是在創立學會與發行報紙，作爲啓迪民智、宣傳變法的機關，北京的『中外公報』（亦名中外紀聞，北京強學會的機關報）及上海的『強學報』（上海強學會的機關報），就是維新黨最早的報紙。之後學會遍佈各地，每一學會多有附屬的刊物發行，這就是政論報紙最早的酵母。」〔註 41〕康有爲並沒有直接參與報刊業務，但作爲維新派思想領袖，其觀點自然影響到整個團體的活動。辦報遂成爲全國各地維新團體的主要事項之一。報刊與中國近代政治運動和政治團體之密切關係，於是而開其端緒。維新運動期間，每家改良派報刊的主編往往就是當地維新運動的組織者和領導者，政治報刊成爲報刊事業的主角。這不僅開闢了中國近代政治家辦報的潮流，同時也使辦機關報的理念逐漸深入人心。國人對近代報刊角色的認知也開始呈現出一個新的視野。

　　二、梁啓超的報刊角色觀。梁啓超（1873～1929），字卓如，號任公，又號飲冰室主人、飲冰子等，廣東新會人。梁啓超從小接受傳統教育，16 歲鄉試中舉。1890 年赴京會試，落第。歸經上海，得《瀛環志略》和上海機器局所譯西書，眼界大開。次年就讀康有爲創辦的萬木草堂，接受康有爲的改良思想。1895 年春再次赴京會試，積極參與「公車上書」。此後全力投入維新運動，他先後主持北京《萬國公報》（後改名《中外紀聞》）和上海《時務報》筆政。其政論影響極大：「當《時務報》盛行，啓超名重一時，士大夫愛其語言筆箚之妙，爭禮下之。自通都大邑，下至僻壤窮陬，無不知有新會梁氏者。」〔註 42〕1897 年，梁啓超應邀任長沙時務學堂總教習，培養維新人才。1898 年

〔註 40〕康有爲：《兩奧廣仁善堂聖學會緣起》，《康有爲政論集》，上冊，北京：中華書局 1981 年版，第 189 頁。
〔註 41〕曾虛白主編：《中國新聞史》，臺北：三民書局 1984 年版，第 194 頁。
〔註 42〕胡思敬：《戊戌履霜錄》，《戊戌變法四》，上海：神州國光社 1953 年版，第 47 頁。

回京，助康有為開保國會。「百日維新」中，受光緒帝召見，獲賞六品銜，負責辦理京師大學堂譯書局事務。戊戌政變後，梁啓超逃亡日本，先後創辦《清議報》和《新民叢報》，繼續宣傳改良思想，大量介紹西方社會政治學說。作為改良派主要發言人，梁啓超曾一度與革命派展開為時數年的論戰。後組織政聞社，宣傳立憲。辛亥革命後歸國。民國初年支持袁世凱，以立憲黨為基礎組成進步黨，出任司法總長，後反對袁復辟帝制，與蔡鍔策劃武力反袁。袁死，梁啓超組織研究係，出任段祺瑞北洋政府財政總長兼鹽務總署督辦。1916 年 9 月，孫中山發動護法戰爭。11 月，段內閣被迫下臺，梁啓超也隨之辭職，從此退出政壇。1925 年曾應聘任清華國學研究院導師。梁啓超一生於學術建樹頗多，對於中國近代報刊思想的發展，也很值得稱道。黃天鵬指出：「光宣年間，國難日殷，有志人士奮起，新聞界人才盛極一時；梁任公氏以一代宗師，捨政從事文字生涯，新聞記者之聲價頓增萬倍，梁氏於新聞學頗有心得，飲冰室文集中數見論報之作。同時報章雜誌，亦有探討新聞之篇，此十數年間可謂新聞運動之醞釀時期，而梁氏實此運動之開山祖也。」〔註43〕

戊戌變法期間，梁啓超追隨康有為，積極鼓吹維新變法，先後發表了《變法通議》、《論中國講求法律之學》、《古議院考》、《論中國積弱由於防弊》、《論君政民政相嬗之理》等文，反復倡議變法、民權和救國。他認為，中國積貧積弱的根源在於君權過高。他抨擊中國專制政治「僞尊六藝，屏黜百家，所以錮民之心思，使不敢研究公理也；屬禁立會，相誡講學，所以錮民之結集，使不得聯通聲氣也；仇視報館，興文字獄，所以錮民之耳目，使不得聞見異物也；罪人則拿，鄰保連坐，所以錮民之舉動，使不得獨立無懼也」。而思想、信教、集會、言論、著述、行動之自由，正是今日文明諸國所最為尊重者。〔註44〕故要變革社會，就必須開議院、興民權。他主張君主立憲，借議院和內閣以限制君權。在討論專制制度如何轉變為議院制度時，梁啓超突出強調了「開民智」的重要性。他看到，民權與民智是成比例的，欲伸民權，必開民智：「是故權之與智相倚者也。昔之欲抑民權，必以塞民智為第一義；今日欲伸民權，必以廣民智為第一義。」〔註45〕歷來以「康梁」並稱，實際上，梁啓超的政

〔註43〕黃天鵬：《新聞運動之回顧》，《新聞學名論集》，上海：上海聯合書店 1930 年版，第 5 頁。

〔註44〕梁啓超：《中國積弱溯源論》，《飲冰室合集・文集》五，第 33 頁。

〔註45〕梁啓超：《上陳寶箴書論湖南應辦之事》，《戊戌變法五》，上海：神州國光社 1953 年版，第 551 頁。

治思想並沒有完全限制在君民共主的框架之內。梁啓超對「君史」、「民史」的區隔，在言辭上是十分尖銳的；他突出強調民主的價值：「國之強弱，悉推原於民主。民主斯固然矣。君主者何？私而已矣；民主者何？公而已矣。」〔註46〕梁啓超在《中國近代三百年學術史》中，亦自謂其爲倡導民權之先時人物。〔註47〕史學家張灝這樣評價梁啓超：「對民權的熱情讚美，從種族上對清廷滿族血統的非難，以及建議湖南脫離中央政府，這一切使梁及其同伴的政治方案幾乎難以與正在興起的資產階級革命運動相區別。」〔註48〕

　　戊戌變法時期，梁啓超一躍而名重天下，實得益於他卓越的報刊宣傳。而梁啓超對報館業務，也是全力以赴。他記述了在《時務報》時期的一段工作：「每期報中論說四千餘言，歸其撰述；東西文各報二萬餘言，歸其潤色；一切奏牘告白等項，歸其編排；全本報章，歸其復校。十日一冊，每冊三萬字，經啓超自撰及刪改者幾萬字，其餘亦字字經目經心。六月酷暑，洋蠟皆變流質，獨居一小樓上，揮汗執筆，日不遑食，夜不遑息。記當時一人所任之事，自去年以來，分七八人始乃任之。」〔註49〕矜矜業業，坐而待旦。蓋欲辦報以爲倡始，有厚望焉。

　　和康有爲一樣，梁啓超突出強調「通」之於國家強盛的重要意義。而報刊則正是「去塞求通」的利器：

　　　　覘國家之強弱，則於其通塞而已。血脈不通則病，學術不通則陋，道路不通，故秦越之視肥瘠漠不相關。言語不通，故閩越之與中原邈若異域。惟國亦然：上下不通，故無宣德達情之效，而舞文之吏因緣爲奸；內外不通，故無知己知彼之能，而守舊之儒反鼓其舌。中國受侮數十年，坐此焉耳。

　　　　去塞求通，厥道非一，而報館其導端也。無耳目、無喉舌，是曰廢疾。今夫萬國並立，猶比鄰也。齊州以內，猶同室也。比鄰之事而吾不知，甚乃同室所謂不相聞問，則有耳目而無耳目；上有所

〔註46〕梁啓超：《與嚴幼陵先生書》，《飲冰室合集·文集》一，第109頁。

〔註47〕參見張朋園：《梁啓超與清季革命》，長春：吉林出版集團有限責任公司2007年版，第32頁。

〔註48〕【美】張灝：《梁啓超與中國思想的過渡》，南京：江蘇人民出版社1995年版，第73頁。

〔註49〕梁啓超：《創辦〈時務報〉源委》，《〈飲冰室合集〉集外文》，北京：北京大學出版社2005年版，第46～47頁。

措置不能喻之於民，下有所苦患不能告之君，則有喉舌無喉舌；其

有助耳目喉舌之用而起天下之廢疾者，則報館之為也。〔註50〕

「通塞」關係到國家「強弱」，而報館則是「去塞求通」的「導端」。不能瞭
解中外形勢，是之謂「有耳目而無耳目」；無由溝通上下之情，是之謂「有喉
舌而無喉舌」。報館「有助耳目喉舌之用而起天下之廢疾」，實際上主要指的
是其傳達消息、溝通情況的功能。在《論報館有益於國事》中，梁啟超對中
國古代類似於報館的「求通」方式進行了分析：「報館於古有徵乎？古者太師
陳詩以觀民風；饑者歌其食，勞者歌其事，使乘輶軒以採訪之，鄉移於邑，
邑移於國，國移於天子，猶民報也。公卿大夫，揄揚上德，論列政治，皇華
命使，江漢紀勳，斯干考室，駉馬畜牧，君以之告臣，上以之告下，猶官報
也。又如誦訓掌道方志，以詔觀事，掌道方匿，以詔辟忌，以知地俗。外史
掌四方之志，達書名於四方，撢人掌誦王志，道國之政事以巡天下之邦國而
語之，凡所以宣上德達下情者，非徒紀述兼有職掌，故人主可坐一室而知四
海，士夫可誦三百而知國政，三代盛強，罔不由此。」這裡主要分析了中國
古代上情下喻，下情上達的方式和管道，梁啟超在此既重申了報館存在之歷
史根據，同時也從歷史的角度再次論證了報館之於國家強盛的重要意義。在
同一文中，梁啟超又以西方國家報刊實踐作為例證，闡明由於報刊的傳通功
能，以致「任事者無隔閡蒙昧之憂，言學者得觀善濯磨之益」，並在對西方國
家的觀察中同樣有「報館愈多者其國愈強」的論斷。由於「通」的重要性，「報
館有益於國事」自然就不難理解，辦報也就是當然之事。梁啟超的這一番論
證，正是欲破解國人對報刊的成見，尤其是守舊派對報刊的謠諑和詆毀。1896
年《中外紀聞》的被封禁，即源於御史楊崇尹等的彈劾。而該報在被禁之前，
即有「謠諑濱起，送至各家門者，輒怒以目，馴至送報人懼禍及，懸重賞亦
不肯代送」〔註51〕之遭遇。

　　然而梁啟超所言的「去塞求通」，並不僅僅是限於「通上下之情」，而更
多的是從一般意義上強調報刊對知識、信息和思想的流動的重要意義。梁啟
超尤為重視的是其開風氣的功效。他看到，由於政治制度和文化水準不一，
西方的報刊實踐很難照搬到中國來，自然也就不可能在中國「復西人之大

〔註50〕梁啟超：《論報館有益於國事》，《飲冰室合集·文集》一，第100頁。

〔註51〕梁啟超：《鄙人對於言論界之過去及將來》，《飲冰室合集·文集》二十九，第
　　　　2頁。

觀」。從中國亟宜講求變法的現實出發，梁啓超認爲報刊在「去塞求通」方面主要能做四項工作：「廣譯五洲近事，則閱者知全地大局與其強盛弱亡之故，而不至夜郎自大，做智井以議天地矣。詳錄各省新政，則閱者知新法之實有利益，及任事人之艱難經畫與其宗旨所在，而阻撓者或希矣。博搜交涉要案，則閱者知國體不立，受人嫚辱，律法不講，爲人愚弄，可以奮厲新學，思洗前恥矣。旁載政治學藝要書，則閱者知一切實學源流門徑與其日新月異之迹，而不至八股八韻考據詞章之學，枵然而自大矣。」〔註52〕報刊之功能在「通」，而「通」的功效在此主要就是開風氣、開民智。《論報館有益於國事》發表於《時務報》第一冊，實爲該報辦報主張之綱領性闡述。而此段文字正指出了該報的辦報方向。故梁啓超作此文之旨歸，也必然在此。日本學者村尾進在分析梁啓超《變法通議》時指出：「……要將康學的方法通過報刊，在不知不覺中滲透進讀者的腦中以養成風氣，若使用《樂群》的說法，即是將『小群』培養成合天下之規模的『大群』，是梁啓超再三地隱晦的眞正企圖。」〔註53〕實際上，戊戌維新時期梁啓超的整個報刊活動都是以開風氣爲根本目的。在協助康有爲創辦《中外紀聞》和強學會時，梁啓超在分別給夏穗卿、汪穰卿的信中就反復強調了這一點：

> 項欲在都開設報館，已略有端緒，此舉有成，其於重心力量頗大也。（五月二十九日《與穗卿足下書》）

> 項擬在都設一新聞館，略有端緒，度其情形，可有成也。……此間亦欲開學會，頗有應者，然其效甚微。度欲開會非有報館不可，報館之議論浸漬於人心，則風氣之成不遠矣。（五月間《與穰卿足下書》）〔註54〕

《中外紀聞》被禁後，梁啓超「流浪於蕭寺中者數月，益感慨時局，自審捨言論外末由致力，辦報之心益切。」〔註55〕這種愈挫愈切的辦報心迹，正是

〔註52〕 梁啓超：《論報館有益於國事》，《飲冰室合集・文集》一，第102頁。

〔註53〕 【日】村尾進：《萬木森森──〈時務報〉時期的梁啓超及其周圍的情況》，陝間直樹編：《梁啓超・明治日本・西方》，北京：社會科學文獻出版社2001年版，第58頁。

〔註54〕 丁文江、趙豐田編：《梁啓超年譜長編》，上海：上海人民出版社1983年版，第40頁。

〔註55〕 梁啓超：《鄙人對於言論界之過去及將來》，《飲冰室合集・文集》二十九，第2頁。

其報刊活動的主要動因。梁啓超最早涉足報刊工作，是任《萬國公報》編輯。而《萬國公報》之社會反響，已證明報刊在開發人心上確然能產生功效：「報開兩月，輿論漸明。初則駭之，繼而漸知新法之益。」〔註56〕至於梁啓超後來任主筆之《時務報》，其開風氣之功更得到了社會的廣泛讚譽。如張之洞說：

> 查上海新設時務報館，每一旬出報一本，本部堂披閱之下，具見該報識見正大，議論切要，足以增廣見聞，激發志氣……實爲中國創始第一種有益之報。〔註57〕

陳寶箴認爲：

> 上年以來，上海設有時務報館，月出三冊，議論極爲明通，所譯西報，尤多關係，其激發志意，有益於諸生者，誠非淺鮮。湘省人材蔚興，當使不媿通材，周知四國，自應廣爲流佈，以開風氣而廣見聞。〔註58〕

而梁啓超在《時務報》之議論，也往往陳詞激烈，動人心魄：「舉國趨之，如飲狂泉」。〔註59〕如在《變法通議》中，梁啓超疾聲呼籲：「法者天下之公器也，變者天下之公理也。大地既通，萬國蒸蒸，日趨於上，大勢相迫，非可關制。變亦變，不變亦變。變而變者，變之權操諸己，可以保國，可以保種，可以保教。不變而變者，變之權讓諸人，束縛之，馳驟之。嗚呼，則非吾之所敢言矣！」〔註60〕將平易暢達之理以包含感情的筆墨出之，更能引發社會共鳴。梁啓超也十分注重變法宣傳和思想啓蒙的方法。在致嚴復的一封信中，他曾自述，在報刊上爲一般人說法，常不得不用附會的辦法。日本學者村尾進對梁啓超的「附會」做了這樣的評價：「這種獨特的方法的必然結果是強調普遍性，對《時務報》的讀者來說，這很可能形成梁啓超的論說的巨大的魅力。」〔註61〕梁啓超的報刊議論之所以能夠產生強烈的社會反響，一方面固

〔註56〕《康南海自編年譜》，《戊戌變法》四，上海：神州國光社1953年版，第133頁。

〔註57〕《鄂督張飭行全省官銷時務報箚》，《時務報》第6冊，第9a頁。

〔註58〕《湘撫陳購時務報發給全省各書院箚》，《時務報》第25冊，第7a～b頁。

〔註59〕梁啓超：《清議報一百冊祝辭並論本館之責任及本館之經歷》，《飲冰室合集・文集》六，第52頁。

〔註60〕梁啓超：《變法通議》，《飲冰室合集・文集》一，第8頁。

〔註61〕【日】村尾進：《萬木森森──〈時務報〉時期的梁啓超及其周圍的情況》，陝間直樹編：《梁啓超・明治日本・西方》，北京：社會科學文獻出版社2001年版，第49頁。

然與其變法言論契合中國當時之時代氛圍和社會心理有關，另一方面也應看到，爲圖變法而開風氣之先，梁啓超在報刊宣傳的言辭和技巧等方面，推敲磨礪，付出了巨大努力。

戊戌變法時期，梁啓超利用報刊等所做的變法宣傳，自然引起了清末保守派的抨擊。在湖南守舊士紳中，王先謙、劉鳳苞、葉德輝等鑒於梁啓超報刊議論之影響廣泛，紛紛上書，要求禁止。同時著文駁斥，指梁啓超「傷風敗俗」、「誤盡天下蒼生」，將任公比做「會匪」、「文妖」。對此，梁啓超流亡日本後則以樂觀自信態度視之：

> 舉國皆敵我，吾能勿悲！吾雖吾悲而不改吾度兮，吾有所自信
> 而不辭。世非混濁兮不必改革，眾安混濁而我獨否兮，是我先與眾
> 敵。闡哲理指爲非聖兮，倡民權謂曰畔道；積千年舊腦之習慣兮，
> 豈旦暮而可易？先知有責，覺後是任；後者終必覺，但其覺匪今。
> 十年以前之大敵，十年以後皆知音。君不見蘇格拉底瘐死兮，基督
> 釘架，犧牲一身覺天下！以此發心度眾生。得大無畏兮自在遊行，
> 眇軀獨立世界上，挑戰四萬萬群首，一役戰罷復他役。文明無盡兮，
> 競爭無時停，百年四面楚歌裏，寸心炯炯何所攖！〔註62〕

從這首詩中實際上也透露了作者對其啓蒙宣傳工作的自覺意識：先覺喚醒後覺，即使與眾「敵」也在所不惜。

從以上的分析看，戊戌維新時期，梁啓超雖然對報刊「去塞求通」的多方面功能有較爲廣泛的認識，如在《論報館有益於國事》中，他這樣分析西報：「西人之大報也，議院之言論紀焉，國用之會計紀焉，人數之生死紀焉，地理之險要紀焉，民業之盈絀紀焉，學會之程課紀焉，物產之品目紀焉，鄰國之舉動紀焉，兵力之增減紀焉，律法之改變紀焉，格致之新理紀焉，器藝之新制紀焉。其分報也，言政務者可閱官報，言地理者可閱地學報，言兵學者可閱水陸軍報，言農務者可閱農學報，言商政者可閱商會報，言醫學者可閱醫報，言工務者可閱工程報，言格致者可閱各種天、算、聲、光、化、電專門名家之報。有一學即有一報，其某學得一新義，即某報多一新聞，體繁者證以圖，事賾者列爲表，朝登一紙，夕布萬邦。」他並用「耳目喉舌之用」生動形象地描述了報刊的傳通功能。然而他辦報議報的根本目的，主要看重

〔註62〕梁啓超：《舉國皆我敵》，《飲冰室合集‧文集》四十五下，第16～17頁。

的是「閱報愈多者其人愈智；報館愈多者其國愈強」﹝註63﹞，欲藉報刊之「通」以開風氣、開民智。這與他對變法改良的路徑選擇是一致的。這樣，在梁啓超處，報刊就主要是一個思想啓蒙和變法宣傳的工具，一個欲使古老中國進於近代世界的社會教化機關。

　　三、譚嗣同的報刊角色觀。譚嗣同（1865～1898），字復生，號壯飛，湖南瀏陽人。清末巡撫譚繼洵之子。少讀經書，於文史百科皆廣泛涉獵。鄙視科舉，喜好今文經學。好任俠，喜遊歷，曾往來於直隸、甘肅、新疆、陝西、河南、湖北、湖南、江西、江蘇諸省，「察視風土，物色豪傑」，有「風景不殊，山河頓異；城郭猶是，人民復非」的感慨，對中國社會現實有比較真切的瞭解。1895 年中日中日甲午戰爭後，譚嗣同「學術更大變」﹝註64﹞，呼號奔走，提倡變法維新。先是在瀏陽組織算學社，在南臺書院設立史學、掌故、輿地等新式課程，開湖南維新風氣之先；1896 年底至第二年初寫成《仁學》；1897 年協助湖南巡撫陳寶箴等設立時務學堂；1898 年參與《湘報》工作；1898 年 4 月作為新政人才被徵入京，擢四品卿銜軍機章京，參與新政。同年 9 月，戊戌變法變法失敗，譚嗣同英勇就義。同時被害的維新人士還有林旭、楊深秀、劉光第、楊銳、康廣仁。六人並稱「戊戌六君子」。

　　譚嗣同一生十分短暫，出現在歷史舞臺上不過三四年時間，在中國近代史上算不上出色的思想家﹝註65﹞。在報刊活動方面，譚嗣同參與編輯的《湘報》也不及《時務報》、《國聞報》等維新報刊所具有的全國性影響。然而在中國近代報刊觀念的演進史上，譚嗣同卻以其特有的情感激越的報刊論述，給人留下深刻印象。戊戌變法時期，譚嗣同的報刊角色觀念體現了鮮明的時代色彩，反映了時代最為進步的方向。這既表現在他對報刊的思想啓蒙和宣傳角色（「助人日新之具」）所做的最富情緒性的闡述上，也體現在他的「民史」、「民口」觀所具有的鮮明的近代民權色彩上。

　　譚嗣同生長的時代是十九世紀的最後四十年，其思想進入成熟階段大致是 1895 年至 1911 年，正處於中國思想文化發生劇變的「轉型時代」。﹝註66﹞

﹝註63﹞ 梁啓超：《論報館有益於國事》，《飲冰室合集·文集》一，第 101 頁。

﹝註64﹞ 譚嗣同：《與唐紱臣書》，《譚嗣同全集》上冊，北京：中華書局 1981 年版，第 259 頁。

﹝註65﹞ 【美】張灝：《思想與時代》，上海文藝出版社，2002 年，第 244 頁。

﹝註66﹞ 【美】張灝：《近代思想史上的轉型時代》，《張灝自選集》，上海教育出版社，2002 年，第 109 頁。

這時，對傳統統治秩序的懷疑已經在中國的先進士人中普遍可見。譚嗣同的特殊之處在於，他的批評顯得更為激越。「並非像大多數同儕那樣，是出於民族主義和實用主義的富強觀念而向君主政體挑戰，相反，譚的批判標準主要是出自激進的世界主義價值觀，其基礎則是對仁的思想的理解。顯然，譚對傳統中國統治觀念的懷疑，並非是基於致用主義的政治活力論，而是根據道德合理性。」〔註67〕如同他英雄般走向死亡的動人事迹一樣，譚嗣同的思想論述中從不乏激情，和一往無前的氣概。這可能要歸結於他孤苦痛楚的童年經歷和任俠嫉惡的個性。他對君主專制的激烈批判，在一定程度上已經超越了改良思想的藩籬，具有民主革命的傾向。「今中外侈談變法，而五倫不變，則舉凡至理要道，悉無從談起，又況於三綱哉。」〔註68〕這種對君主專制的文化基礎——名教綱常的反省顯然比「君民隔閡」、「獨夫民賊」等議論要來得深刻徹底。在《仁學》中，譚嗣同斷然否認君權的神聖性和合理性：「生民之初，本無所謂君臣，則皆民也。民不能相治，亦不暇治，於是共舉一民為君。夫日共舉之，則非君擇民，而民擇君也……君也者，為民辦事者也；臣也者，助民辦事者也。賦稅之取於民，所以為辦事之資也。如此而事猶不辦，事不辦而易其人，亦天下之通義也。」〔註69〕譚嗣同對傳統的猛烈轟擊，以及其激情批判中包含的理想建構因子，已經成為近代精神歷史前進的一個重要標誌。

甲午戰敗以後，中國的民族危機進一步加深。康有為、梁啓超等領導的改良運動迅速席捲全國。康、梁維新變法的核心是試圖以君主立憲政體取代傳統的專制體制。「康、梁維新變法的活動，就是以創立學會發行報刊做為宣傳主義的方法。」〔註70〕為了推動變法，康、梁等改良派積極組織學會、并先後創辦了大量報刊。1897年底，各地已建立以變法自強為宗旨的學會33個，新式學堂17所，出版報刊19種。到1898年，學會、學堂和報館達300多個。1895年，譚嗣同赴京拜訪康有為，與梁啓超結識，由此加入改良派行列。和眾多改良派人士一樣，譚嗣同也積極參與了報刊宣傳和啓蒙工作。在《湘報》創辦初的兩個多月裏，譚嗣同一共發表了十多篇政論，包括《湘報後敘》、《論

〔註67〕【美】張灝：《危機中的中國知識分子》，新星出版社，2006年，第117頁。
〔註68〕譚嗣同：《仁學》，《譚嗣同全集》，下冊，中華書局，1981年，第348頁。
〔註69〕譚嗣同：《仁學》，《譚嗣同全集》，下冊，中華書局，1981年，第339頁。
〔註70〕曾虛白：《中國新聞史》，三民書局，1966年，第198頁。

湘粵鐵路之益》、《治事篇》等。主要是在這一時期，譚嗣同也集中發表了他對報刊在國家社會中之基本角色的看法。譚嗣同的思想個性也體現在他對報刊角色的論述之中。

譚嗣同的報刊角色觀念，主要體現在以下兩點：一是強調報刊在維新政治運動以及社會進化中的積極功用，強調報紙為「助人日新之具」。康、梁在推動改良運動時，對報刊的作用即有明確認識。康有為自陳：「中國風氣，向來散漫，士夫戒於明世社會之禁，不敢相聚講求，故轉移極難。思開風氣，開知識，非合大群而不可，且必合大群而後力厚也。合群非開會不可……故自上書不達之後，日以開會之議，號之於同志。陳次亮謂辦事有先後，當以報先通其耳目，而後可舉會。」﹝註71﹞梁啟超也回憶：「當甲午喪師以後，國人敵愾心頗盛，而全營於世界大勢。乙未夏秋間，諸先輩乃發起一政社，名強學會者……彼時同人固不知各黨有所謂政黨，但知欲改良國政不可無此種團體耳。而最初著手之事業，則欲辦圖書館與報館」。﹝註72﹞他們十分看重報刊開民智、開風氣的巨大效用，積極辦報以為維新變法的順利推行提供輿論準備、智力支持和社會基礎。另一位改良思想家嚴復也從他的「原強」理論出發，對報刊「開民智」的功效做了系統深入的闡述。譚嗣同之熱心從事報刊活動，根本目的同樣是要宣傳和普及維新思想。《湘報》的創辦，「專以開風氣，拓見聞為主，非藉此謀生者可比」。﹝註73﹞譚嗣同積極參與了《湘報》的工作，並將其視為南學會的主要業務之一。當其師歐陽中鵠對他的政治宣傳提出異議時，譚嗣同回信說：「既不許美，又不許罵，世間何必有報館」，「嗣同等於輕氣球，壓之則彌漲，且陡漲矣！」﹝註74﹞從這種目的出發，譚嗣同對報刊的定位，首先重視的自然是報刊在改變人們思想觀念中所具有的「新」的作用：報紙是助人「日新」的工具，日日「闡新理」、「紀新事」，「使新人」。譚嗣同認為，報刊的這種角色十分重要。在〈湘報後敘上〉中，他以「夷狄中國」說開篇：

﹝註71﹞　《康南海自編年譜》，《戊戌變法（四）》，上海，神州國光社，1953年，第133頁。

﹝註72﹞　丁文江、趙豐田（主編）：《梁啟超年譜長編》，上海人民出版社，1983年，第40頁。

﹝註73﹞　《湘報館章程》，《湘報》，第27號，1898年4月26日。

﹝註74﹞　譚嗣同：《與歐陽中鵠》，《譚嗣同全集》，下冊，中華書局，1981年，第478頁。

　　春秋傳曰：「中國亦新夷狄。」孟子曰：「亦以新子之國。」新
之為言也，盛美無憾之言也。而夷狄中國同此號者，何也？吾嘗求
其故於詩矣。周之興也，僻在西戎，其地固夷狄也。自文王受命稱
王，始進為中國。秦雖既有雍州，春秋仍不以所據之地，而不目之
為夷。是夷狄中國，初不以地言。故文王之詩曰：「周雖舊邦，其命
維新」。舊者夷狄之謂也，新者中國之謂也，守舊則夷狄之，開新則
中國之。新者忽舊，時曰新夷狄；舊者忽新，亦曰新中國。〔註75〕

這種以「新」、「舊」來區分華夷的觀點與中國近代的華夷天下觀截然不同。
而守舊則中國落為夷狄，開新則夷狄進為中國的言論也足以令人震撼。這就
強調了「開新」的重要。譚嗣同進一步論述，「言新必極之於日新」，以往人
們以書為「助人日新之具」，但書籍由於出版周期的原因，是跟不上世界情勢
的發展的，即便十日一出的《湘學新報》也同樣如此：「謂之新可也，謂之日
新不可也。」故有《湘報》每日一出，合於日新之義。譚嗣同的這個觀點，
重要的也許並非他對「新」之時間性的強調，而是突出了報刊在「新民」、「新
中國」過程中所能扮演的積極角色。

　　以「新」的概念來闡述報刊對「民」之思想觀念變化的作用，在來華傳
教士中即有強調。甘霖即將「任設報館」視為中國所當推行的「新民之政」，
他認為，中國若推行包括「任設報館」在內的「四新法」，則「吾知不三十年，
可立見一新中國矣。」〔註76〕林樂知同樣將「開設報館」作為「新民之法」，
並強調其「育才之本」、「強國之基」的作用。〔註77〕實際上，許多維新人士
在論述報刊「廣聞見」、「開民智」等作用時，雖沒有明確提出「新」這一概
念，但在思想要旨上，與以上引述中譚嗣同對報刊功能的認識是有相通之處
的。戊戌變法後，流亡日本的梁啟超更明確提出了以養成近代國民品格為目
標的「新民」理論。總體上看，譚嗣同的「日新」之說在思想旨趣上與他們
十分接近。他指出，新民之具有「三要」，包括學堂、學會和報紙。「報紙出
則不得觀者觀，不得聽者聽。學堂之所教，可以傳於一省，是使一省之人，
遊於學堂矣；書院之所課，可以傳於一省，是使一省之人，聚於書院矣，學

〔註75〕譚嗣同：《湘報後敘上》，《譚嗣同全集》，下冊，中華書局，1981 年，第 416
　　　　頁。

〔註76〕甘霖：《中國變新策》，《戊戌變法三》，上海，神州國光社，1953 年，第 265
　　　　～268 頁。

〔註77〕林樂知：《險語對》，《萬國公報文選》，三聯書店，1998 年，第 347 頁。

會之所陳說，可以傳於一省，是使一省之人，晤言於學會矣。且又不徒一省然也，又將以風氣浸灌於他省，而予之耳而授以目，而通其心與力，而一切新政新學，皆可以彌綸貫午於其間而無憾矣。」〔註78〕由於報紙的廣泛傳播功能，其在普及新的思想學說、報導新的事實變動方面尤為快捷高效，因此在開風氣、廣識見方面能起到不可限量的作用；風氣既開，則新政新學之推行也就十分順暢了。

　　然而譚嗣同的「日新」說仍然具有十足的警醒力量。這主要是由於其驚世駭俗的表述方式。相對於譚嗣同，包括傳教士在內的其他論述大都是從正面，即致中國富強的角度來強調報刊「新民」的意義，而譚嗣同則是從不「開新」則中國落為夷狄的角度來加以強調：「為中國乎？為夷狄乎？吾寧自新，毋使人有以新我矣。」〔註79〕守舊則為夷狄，開新即為中國。因此若不能自新，就只會被人視為夷狄而已。這就在情感的表達上顯得更為迫切。當然，譚嗣同認為中國不「開新」就會落為夷狄的說法並非危言聳聽。1898年6月，嚴復在《國聞報》上就曾有「中國教化之退」的論述：「今支那之民，非特智識未開，退化之後，流於巧偽，手執草木，化為刀兵，彼此相賊，日趨於困」。他並預言，如不改弦更張，中國必將「渙散淪胥」。〔註80〕

　　二是對報刊與君、民的關係進行了審察，視報刊為「民史」、「民口」。將報刊視為「日新之具」的角色，主要是傳播（宣傳）者的角度來說的。譚嗣同對報刊角色認識的深刻性在於，他並沒有止步於此。在報刊何以「新民」的問題上，譚嗣同進一步提出了「民史」、「民口」說。在《湘報後敘》中，譚嗣同有這樣一段重要論述：

　　　　且夫報紙，又是非與眾共之之道也。新會梁氏，有君史民史之說。報紙即民史也。彼夫二十四家之撰述，寧不藍焉，極其指歸，要不過一姓之譜牒焉耳。於民之生業，靡得而詳也；於民之教法，靡得而紀也；於民通商惠工務材訓農之章程，靡得而畢錄也，而徒專筆削於一己之私，濫褒誅於興亡之後，直筆既壓累而無以伸，舊

〔註78〕譚嗣同：《湘報後敘下》，《譚嗣同全集》，下冊，中華書局，1981年，第418頁。

〔註79〕譚嗣同：《湘報後敘上》，《譚嗣同全集》，下冊，中華書局，1981年，第416頁。

〔註80〕嚴復：《論中國教化之退》，《嚴復集》第二冊，北京：中華書局1986年版，第483頁。

> 聞遂放失而莫之恤。證之日官書，官書良可悼也！不有報紙以彰民
> 史，其將長此汶汶暗暗以窮天，而終古喑啞之民乎？西人論人與禽
> 獸靈愚之比例，人之所以能喻志興事以顯其靈，而萬過於禽獸者，
> 以其能言耳。而喑之，而啞之，其去禽獸幾何矣。嗚呼！「防民之
> 口，甚於防川」，此周之所以亡也；「不毀鄉校」，此鄭之所以安也；
> 導之使言，「誰毀誰譽」，此三代之所以直道而行也。吾見《湘報》
> 之處，敢以爲湘民慶，曰諸君復何憂乎？國有口矣。」〔註81〕

1895 年，譚嗣同與梁啓超在北京相見之後，兩人結爲密友，譚自稱康有爲的私淑弟子。〔註82〕在學術思想方面，譚、梁時有交流。梁啓超的《三十自述》中記載了 1897 年兩人的交往情形：「時譚復生宦隱金陵，潤月至上海，相過從，連輿解席。復生著《仁學》，每成一篇，輒與商榷」。從上面引用的話也可以看到，譚嗣同從梁啓超的「君史民史」說出發，明確將報紙歸爲民史，顯然受梁啓超史學思想的啓發。在「君史民史」論述的具體內容上，譚嗣同的思路與梁啓超也並無二致。1897 年，梁啓超在《續譯列國歲計政要敘》中明確區分「君史」、「國史」和「民史」，提出「民史」、「國史」是西方近代史學的主要內容。他說：「民史之著盛於西國，而中土幾絕」；「中土兩千年來，若正史、若編年、若載記、若傳記、若記事本末、若詔令奏議、強半皆君電也。若《通典》、《通志》、《文獻通考》、《唐會要》、《兩漢會要》諸書，於國史爲近，而條理猶有所未盡」。同年，他在《湖南時務學堂札記批》中又有這樣一段批語：「有君史，有國史，有民史。西人近專重民史。中國如九通之類，可以謂之國史矣，然體裁猶未盡善也。若二十四史，則只能謂之廿四家譜耳！」對照這些引述，可見譚嗣同關於報刊的議論也基本上是由梁的觀點引申而來。君史民史之說，完全是西方民主政治思想燭照的產物。在後來寫作的《新史學》一書中，梁啓超對傳統史學觀念做了進一步清理。例如，他認爲舊史書之所以重「正統」，一是「當代君臣，自私本國也」，一是「由於陋儒誤解經義，煽揚奴性也」。「正統」之立「自爲奴隸根性所束縛，而復以煽後人之奴隸根性而已」。傳統史書中的「正統」只是服務於統治者的工具，而在英、德、日本等君主立憲國家，「以憲法而定君位繼承之律。其即位也，以敬守憲法之語誓於大眾，而民亦公認

〔註81〕 譚嗣同：《湘報後敘下》，《譚嗣同全集》下冊，北京：中華書局 1981 年版，第 418 頁。
〔註82〕 楊廷福：《譚嗣同年譜》，人民出版社 1957 年，第 71 頁。

之」。他由此指出：「統」應「在國非在君也，在眾人非在一人也。捨國而求諸君，捨眾人而求諸一人，必無統之可言，更無正之可言」。以「君」為中心的史學，服務於君主專制政治的需要；「民史」要研究的則是國民進化的歷史。強調「民史」，就是要肯定國民在史書書寫和被書寫中的主體地位。譚嗣同肯定報刊的「民史」地位，主要強調了報刊應當具有兩個方面的特質：一是要「直道」，成為「民口」。「且夫報紙，又是非與眾共之之道也」，即報紙立場、是非判斷的標準，要與廣大民眾一致。「國有口矣」之「國」，自然指的是廣大國民。在《湘報後敘下》中，還有一段話值得注意，即譚嗣同將報紙等視為「假民自新之權以新吾民者」。聯繫全文理解，則報紙之傳播，固然可以「新吾民」，然而報刊之傳播權利，本身就屬於國民（「自新之權」），不過是辦報者「假」之而已。這就十分深刻地用近代民權思想闡發了報刊與國民的關係。二是報刊要以國民為反映主體。在上文的引用中譚嗣同就陳述了在「君史」中民眾缺席的情形：「於民之生業，靡得而詳也；於民之教法，靡得而紀也；於民通商惠工務材訓農之章程，靡得而畢錄也」。

　　「民史」、「民口」說標誌著中國近代報刊角色觀念的一個顯著進步。在此之前，改良派對報刊角色的觀察，大都限定於「君臣之倫」的框架之內，視報刊為在上者「博采輿論」的工具，在下者建言陳情的平臺，如王韜：「韜雖身在南天，而心乎北闕，每思熟刺外事，宣揚國威。日報立言，義切尊王，紀事載筆，情殷敵愾，強中以攘外，諏遠以師長，區區素志，如是而已。」〔註83〕如康有為：「查報館之義，原於古之陳詩，古者太師乘輶軒采詩萬國，以觀民風。臚列國之政，達小民之隱，改設官督報，實為三代盛制。馮桂芬《校邠錄抗議》即有請復陳詩之議。」〔註84〕即便是思想超前的鄭觀應，將報刊視之為「泰西民政之樞紐」，在直接描述報刊的時候，也未免有「謗木」、「諫鼓」之類的傳統話語。而譚嗣同則鮮明地標舉「民」，強調「民」之於報刊活動的主體地位。這就超越了「君臣之倫」的傳統思維框架。值得一提的是，譚嗣同的「民史」、「民口」觀儘管較多地吸收了梁啟超民權思想，然而在這一時期，梁啟超在報刊論述方面「未敢倡言」，並未大膽徹底地將他的民權思想貫徹到報刊論述之中。

〔註83〕王韜：《上潘偉如中丞》，《弢園尺牘》，北京：中華書局1959年版，第206頁。
〔註84〕康有為：《恭謝天恩條陳辦報事宜摺》，《康有為政論集》上冊，北京：中華書局1981年版，第332頁。

　　然而,「民史」、「民口」說的意義還不僅在此。譚嗣同總體上是從「日新」的角度來展開報刊論述的。在他看來,報刊之所以能作爲「日新之具」,不僅在由於其廣泛傳播的功能,更在於其作爲「民史」、「民口」的進步屬性。國民之「生業」、「教法」、「通商惠工務材訓農之章程」等,皆可藉報刊以紀錄之;國民之意志願望,也能借助於報刊而獲得伸張。譚嗣同引用西人的觀點認爲,人與禽獸的區別,即在於人能通過「言」來「喻志興事」。則報刊作爲「民史」、「民口」,正可以使國民走出長久以來「汶汶暗暗」之狀態,化「暗啞之民」而爲靈智之民。正是基於對「助人日新之具」與「民史」、「民口」觀念之內在聯繫的深刻認識,譚嗣同以報刊發達情況作爲考察國家和民眾文明程度的標準:「嗣同以各新聞紙爲絕精之測量儀器,可合測其國,兼可分測其人。國愈盛者,出報必愈多……人至極暗陋,必不閱報。」〔註85〕從「民史」、「民口」說來論證報刊作爲「日新之具」的效用,這種視野是十分精闢的,甚至可以說是超前的。差不多同一時期的梁啓超、嚴復等人大都只論述了報刊的啓蒙宣傳作用:梁啓超將報刊視爲「去塞求通」的「導端」,嚴復認爲報刊是「通上下」、「通中外」以致國強的傳播工具。而鮮少用近代民權思想來直接闡釋報刊的本體地位,並將之與「新民」聯接起來。直至戊戌變法後,流亡日本的梁啓超先後提出的「新民」、「輿論之母」與「輿論之僕」等概念,才大致能夠見出與譚嗣同相似的報刊思想路向。

　　「民史」、「民口」觀可以見出譚嗣同深刻的民權思想。其報刊角色觀念如此,其報刊言論宣傳實踐中更是以興民權作爲重要方向。在給友人的一封信中,譚嗣同這樣評價《湘學報》:「蓋方今急務在興民權,欲興民權在開民智。《湘學報》實鉅聲宏,既足以智其民矣,而立論處處注射民權,尤覺難能可貴。」〔註86〕

　　四、嚴復的報刊角色觀。嚴復(1854～1921),字幾道,福建侯官(今福州)人。1866 年,嚴復考入福州船政學堂,學習英文及近代自然科學知識,五年後以優等成績畢業。1877 年至 1879 年,嚴復等被公派到英國留學。留英期間,嚴復廣泛涉獵了大量西方政治學說,對西方社會實際有深入暸解。回

〔註85〕譚嗣同:《與唐紱臣書》,《譚嗣同全集》上冊,北京:中華書局 1981 年版,第 262 頁。

〔註86〕譚嗣同:《與徐仁鑄書》,《譚嗣同全集》上冊,北京:中華書局 1981 年版,第 270 頁。

國後長期擔任天津北洋水師學堂總教習（教務長）、會辦（副校長）、總辦（校長）等職。此外還擔任過京師大學堂譯局總辦、上海復旦公學校長、安慶高等師範學堂校長，清朝學部名辭館總編輯。甲午戰敗以後，嚴復積極投身維新變法的宣傳活動，1895 年，他先後在天津《直報》發表《論世變之亟》、《原強》、《闢韓》等文，並翻譯《天演論》。在《天演論》中，嚴復以「物競天擇」、「適者生存」的生物進化理論闡發其救亡圖存的觀點，提倡鼓民力、開民智、新民德。此後他又陸續翻譯《原富》、《群學肄言》、《法意》、《群己權界論》等，成為中國近代介紹西方學說的最一人。嚴復曾於 1897 年與王修植、夏曾佑在天津創辦《國聞報》，並在該報發表論說 20 餘篇，倡言變法。

　　嚴復所介紹的進化論思想是戊戌維新思潮中重要的理論武器。他同樣以進化論解釋人類社會。「其始也種與種爭，及其稍進，則群與群爭，弱者常為強肉，愚者常為智役」；「動植如此，民人亦然，民人者，固動物之類也。」〔註87〕他認為，人類社會的競爭，主要是智、德、力三者的較量，而智的較量尤為關鍵。故社會進化的主要問題就是開民智。嚴復看到，正是長期以來的君主專制抑制了民智、民力、民德的發揮，從而使國家日弱。而西方國家之富強靠的就是利民：「質而言之，不外利民云爾。然政欲利民，必自民各自能自利始，民各自能自利，又必自皆得自由始；欲聽其皆得自由，尤必自其各能自治始」。〔註88〕因而在致梁啟超的一封信中，嚴復強調：「是以今日之政，於除舊，宜去其害民之智、德、力者；於布新，宜立其益民之智、德、力者。以此為經，而以格致所得之實理真知為緯。」〔註89〕

　　從變法自強的視角出發，嚴復極力強調，報刊「通」的功能的重要意義：

　　　　《國聞報》何為而設也？曰：將以求通焉耳。夫通之道有二：
　　　　一曰通上下之情，一曰通中外之故。為一國自立之國，則以通下情
　　　　為要義；塞其下情，則有利而不知興，有弊而不知去，若是者國必
　　　　弱。為各國並立之國，則尤以通外情為要務；昧於外情則坐井而以
　　　　為天小，捫籥而以為日圓，若是者國必危。〔註90〕

〔註87〕嚴復：《原強》，《嚴復集》第一冊，北京：中華書局 1986 年版，第 5、6 頁。
〔註88〕嚴復：《原強》，《嚴復集》第一冊，北京：中華書局 1986 年版，第 27 頁。
〔註89〕嚴復：《與梁啟超書》，《嚴復集》第三冊，北京：中華書局 1986 年版，第 514頁。
〔註90〕嚴復：《《國聞報》緣起》，《嚴復集》第二冊，北京：中華書局 1986 年版，第453 頁。

圖書所載，四五千年紅黑黃白之族，民皇帝之政，興亡倚伏，狉主扶輿，何莽然其不一致也！然求其公理，蔽以一言，不過相通則治進，相閉則治退而已。〔註91〕

就其本身言之，報刊只是一個「通上下」、「通中外」的傳播工具，而就國家治理來說，報刊又是重要的強國之器。強調「通」的重要性，事實上也是改良派報刊思想中的共同焦點。正如他自己所說，改良派人士創辦報刊，一個重要目標就是求「通」：「自上年今大冢宰孫公奏設《官書局彙報》於京師，而黃公度觀察、梁卓如孝廉、汪穰卿進士繼之以《時務報》，於是海內人士，稍稍明於當世之務，知四國之爲矣。踵事而起者，乃有若《知新報》、《集成報》、《求是報》、《經世報》、《萃報》、《蘇報》、《湘報》等報。講專門之業者，則有若《農學》、《算學》等報。雖復體例各殊，宗旨互異，其於求通之道則一也。」〔註92〕康有爲認爲：「大抵報館愈多者其民愈智，其國愈富且強」，並借伊藤博文的觀點強調報館爲國家富強之源；何啓、胡禮垣視報刊爲「泰西文治之法」，將「日報」比之爲國家「耳目」。與嚴復的思路都十分相近。只是嚴復對報刊的認識基於他的「原強」理論，故在論述上相對比較系統深入。

「通」何以能致國強？嚴復首先將民智視爲富強之原〔註93〕。在《原強》一文及其修訂稿中，嚴復對中國民智之「下」做過深入分析。他看到，自開放海禁以來，中國仿行西法並不爲少，但「西洋至美之制」，移至中國卻只能引起人們淮橘爲枳之歎。嚴復認爲其原因是：「今夫中國人與人相與之際，至難言矣，知損彼之爲己利，而不知彼此之兩無所損而共利焉，然後爲大利也。故其敝也，至於上下舉不能自由，皆無以自力；而富強之政，亦無以行於其中。強而行之，其究也，必至於自廢」；「公司者，西洋之大力也。而中國二人聯財則相與爲欺而已矣。是何以故？民智既不足以與之，而民力民德又弗足以舉其事故也。」〔註94〕由此可見，變法必須標本兼治，不以「開民智」、

〔註91〕嚴復：《〈國聞彙編〉敍》，《嚴復集》第二冊，北京：中華書局1986年版，第456頁。

〔註92〕嚴復：《〈國聞報〉緣起》，《嚴復集》第二冊，北京：中華書局1986年版，第453頁。

〔註93〕嚴復：《原強修訂稿》，《嚴復集》第一冊，北京：中華書局1986年版，第29頁。

〔註94〕嚴復：《原強》，《嚴復集》第一冊，北京：中華書局1986年版，第15頁。

「鼓民力」、「新民德」爲本，則「標」不久亦將自廢。報刊之「通」與開民智關係極大，嚴復由此闡述了報刊之「通」與國家富強的內在聯繫：

> 積人而成群，合群而成國，國之興也，必其一群之人，上自君相，下至齊民，人人皆求所以強，而不自甘於弱；人人皆求所以智，而不自安於愚。夫而後士得究古今之變，而不僅以舊德之名世爲可食也；農得盡地利之用，而不徒以先疇之畎畝爲可服也；工得講求藝事，探索新理，而不復拘拘高曾之規矩爲不可易也；商得消息盈虛，操計奇贏，而不復斤斤於族世之所鬻爲不可變也。一群之民智既開，民力既厚，於是其爲君相者，不過綜其大綱，提挈之，宣佈之，上既不勞，下乃大治。泰西各國所以富且強者，豈其君若臣一二人之才有以致此哉？亦其群之各自爲謀也。然則今日謀吾群之道將奈何？曰：求其通而已矣。〔註95〕

> 閱茲報者，觀於一國之事，則足以通上下之情；觀於各國之事，則足以通中外之情。上下之情通，而後人不自私其利；中外之情通，而後國不自私其治。人不自私其利，則積一人之智力，以爲一群之智力，而吾之群強；國不自私其治，則取各國之政教，以爲一國之政教，而吾之國強。〔註96〕

報刊之「通」，首在開每一個人之智，而終在開「一群」之智。嚴復等所創辦的報紙名爲「國聞」，大概就有從國家層面增廣見聞的意思。報刊之「通」固然意義廣泛，然而在嚴復處，其所對應者主要是「開民智」。因而在總體上，嚴復是以社會教育、啓蒙和宣傳機關來看待報刊的主要角色的。這種思想，與嚴復的翻譯事業和報刊事業等是互爲表裏的。對此，史華慈頗爲中肯地進行了評價：「人們確實可以說，嚴復在這方面的活動合乎邏輯地反映了他關於中國急務的思想。中國的士大夫們在能夠擔起開民智的重任之前，還不得不首先開啓自己，而嚴復正是承擔了教育士大夫的任務。」〔註97〕以教育爲信條，通過對士大夫的教育，使之具有新的眼光和新的知識，進而推動全社會

〔註95〕 嚴復：《〈國聞報〉緣起》，《嚴復集》第二冊，北京：中華書局1986年版，第454頁。

〔註96〕 嚴復：《〈國聞報〉緣起》，《嚴復集》第二冊，北京：中華書局1986年版，第455頁。

〔註97〕 【美】本傑明·史華慈：《尋求富強：嚴復與西方》，江蘇人民出版社1996年版，第74頁。

的「開民智」工作，這正是嚴復在 1895 年至 1898 年關注的重點之一。

嚴復也隱約表達了對於報刊作爲維新派政治宣傳工具的認知。在《國聞彙編》的創刊號敘言中，他有這樣一段論述：

> 洎乎甲午之役，世變益亟。並世賢達，群謀譯報，圖效桑榆，寡婦惜緯，單禽塡海。凡爲同種，共諒其心。任士所勞，盡於此矣。徒以川原綿隔，舊習湛久，麼弦孤唱，收效實難。西士斯賓塞爾有言：人生於群，如質之點，難以一點，化其全質。然而運會所鑄，積微成著。知能信守，有天有人，造化之機，借斯作徑。道在吾黨，毋狃其習，毋欺其意，毋餒其氣；維新守舊，擇善而從。其說行，時也；其不行，亦時也，二者將各有所宜，而吾所能爲，獨無妄而已矣。其言如此，此以見民智之事，會異觀通，獨難爲功，而眾易爲力也。〔註 98〕

雖然對報刊的宣傳效用未免有些許悲觀，但也有「積微成著」的恒心和毅力。尤其是「此以見民智之事，會異觀通，獨難爲功，而眾易爲力也」一句，指出了報刊宣傳將可達到的政治遠景：開通民智，依靠「群」的力量來變革中國。

同樣值得注意的是，嚴復較早提及了他對西方政黨報刊的認識。在 1898 年 8 月發表於《國聞報》的《說難》一文中，他對報館之「難」進行了分析：「若夫報館，則職在論說與記載天下之事變。方日出而無涯，眾生之意念又不可以紀極，而欲以一二人之力應之。」因而一些報刊就形成了模棱兩可、含糊敷衍的行文習氣：「支那之設報館三十年矣，向見各報，其論事也，詭入詭出，或洋洋數千言，而茫然不見其命意之所在。記事也，似是而非，若有若無，確者十一，虛者十九。」〔註 99〕嚴復認爲，相形之下，西方的政黨報紙則不存在這一弊端：

> 報館之多，無如東西各國，分黨之熾，亦莫如東西各國，而報館之府怨，若不如此之甚者，何也？彼各黨之人，各有宗旨，均明言而不諱。各黨即有各黨之報，各黨自觀之，亦互觀之。其互觀之也，所以證其是非，而非行其意氣；所以互通其消息，而非所以供

〔註 98〕嚴復：《〈國聞彙編〉敘》，《嚴復集》第二冊，北京：中華書局 1986 年版，第 456～457 頁。

〔註 99〕嚴復：《說難》，《嚴復集》第二冊，北京：中華書局 1986 年版，第 491 頁。

其排擠。故報館立言記事，均有一定之方向，而閱此報者，亦有一
定之責備也，則報館易爲也。〔註100〕

西方的「各黨之報」由於皆有一定的宗旨和方向，其立言記事明言不諱，故
「皎然易明白也」。嚴復明言當時中國並沒有黨，自然也就無所謂黨報。但是
他對西方「各黨之報」的觀察和瞭解，卻是中國近代報刊角色觀念發展和演
變的一個重要節點，標誌著國人對近代報刊角色的考察，開始納入政黨政治
的視野。

第三節　小結

中日甲午戰爭以後，民族危機進一步加深。維新呼籲遂演變爲以師法西
洋政教爲主要目標的政治實踐。改良派一方面加強了對西學的介紹，另一方
面積極組織政治團體，並辦報宣傳變法。報刊作爲大眾傳播工具，一開始即
受到改良派的重視。康、梁深受傳教士辦報宣教的啓發，開會辦報即爲他們
「最初著手之事業」。

爲此，改良派在強調報刊「通」的功能的基礎上，尤其看重報刊在宣傳
啓蒙中的重要作用。康有爲的報刊話語總體上雖然並未超越早期維新思想
家、來華傳教士的論述範圍，但是作爲改良運動領袖，他也是改良派報刊活
動的重要發起者和組織者，在爲強學會等維新政治團體寫作的章程中，他明
確將辦報作爲學會的主要業務之一。改良派辦報促進了報刊與政治運動的直
接結合，報刊在政治運動尤其是政黨活動中的宣傳作用逐漸爲國人所熟悉。
梁啓超、譚嗣同、嚴復等人突出強調辦報與「開民智」的關係。梁啓超對報
刊「去塞求通」功能的具體闡述，就是報刊能夠「廣譯五洲近事」、「詳錄各
省新政」、「博搜交涉要案」、「旁載政治學藝要書」，使「閱者」知曉中外情勢，
對「新法」、「新學」、「實學」有較好的瞭解。譚嗣同則將報刊角色直接定位
爲「助人日新之具」。譚言辭激烈，認爲不「日新」則中國必淪爲「夷狄」。
由此則報刊作爲「助人日新之具」的意義也就更爲重要、迫切。嚴復論述報
刊「通上下」、「通中外」與開民智的關係，而民智爲國家富強之原；則報刊
的之「通」與國家富強有著極爲重要的關係。對「開民智」的集中強調，標
誌著中國近代報刊重啓蒙、教育和宣傳的精英主義傳統在思想上的成型。

〔註100〕嚴復：《說難》，《嚴復集》第二冊，北京：中華書局 1986 年版，第 492 頁。

　　戊戌變法時期，康梁等組織的改良派團體並無統一明確的政治綱領，也沒有嚴格的組織體系。他們只是寬泛地濱勒了報刊的政治角色，並未形成鮮明的政黨機關報理論。他們強調報刊開民智、開風氣的效用，自然有「合大群」，為改良運動提供社會共識和政治支持的目的。在這一意義上，改良派報刊也可以說是灌輸意識形態的「機關」。作為一種「運動型報刊」，康、梁等人對之的角色考察也必然加入新的內容。他們明確將辦報視為學會的重要事項之一，這就在對報人、報刊、政府和社會等關係因素的關注之外，加入了新的考察因素：政治團體。清末民族危機的加深促成了改良運動的迅猛發展；改良團體的出現導致了報刊活動的轉型。人們的報刊角色觀念，也由此出現新的面貌。

　　戊戌變法時期改良派對報刊角色的描述中仍然使用了「附會」的話語策略。如「補鄉校於未備」、「《周官》訓方誦方掌誦方匽方志，庶周知天下」等，體現了他們試圖使報刊合法化的努力。由於對西學瞭解的加深，以及改良氛圍的逐漸形成，這一時期部分改良派人士在對報刊角色的論述中更加入了西方近代政治學的內涵。譚嗣同將報刊視為「民史」、「民口」，徹底顛覆了「君臣之倫」的傳統秩序；嚴復也首次提及了他對西方近代政黨報刊的認知；梁啓超在報刊方面雖然未敢倡言，但從他同時期的政治理念看，他對報刊角色的認知，也理當具有了立憲政治的基本視野。

第五章　戊戌變法後改良派的報刊角色觀──以梁啓超爲考察中心

　　戊戌政變後，譚嗣同等「戊戌六君子」被殺，康有爲、梁啓超逃亡日本。然而維新變法思潮並沒有因此而消失。相反在經過短暫的低落之後又迅速高漲。列強的侵略有增無已，《辛丑條約》的簽訂使中國的民族危機更趨深重。「天下愛國之士，莫不焦心竭慮，憂國之將亡，思有以挽回補救之策。」〔註1〕流亡海外的康有爲、梁啓超在華僑和留學生中繼續他們的變法宣傳和組織活動。康有爲創立了中國維新會（保皇會），梁啓超主辦《清議報》、《新民叢報》和《新小說》。1900年前後眾多維新人士重新聚集，創辦了大量維新刊物。戊戌之後，梁啓超超越康有爲，逐漸成爲改良派知識分子中最有影響力的領導者，其所創辦的《清議報》、《新民叢報》成爲改良派主要的輿論機關。

　　與西方民主學說的廣泛接觸，使戊戌變法後改良派的立憲思想得到了進一步的發展。而流亡海外的特殊處境則使梁啓超等人的思想可以自由充分地表達。以梁啓超爲例，「由於政治活動的暫時中斷，使梁有充裕的時間發揮他的思想才華。並且，在居住日本期間，他免除了在中國肯定會被強加上的各種限制和不便，可以自由地表達他的思想。最後，在日本他很快學會閱讀日

〔註 1〕 芙峰：《日本憲法與國會之原動力在於日本國民》，《譯書彙編》第二年第 12
　　　　 期，1903 年 3 月 13 日。

文，吸收新思想，從而為使他的思想發展到在中國不可能有的高度提供了一個理想的環境。」〔註2〕這些都影響到他們對報刊角色的闡述。

第一節　致力君憲與報刊宣傳

1898 年 9 月 21 日，慈禧發動政變。一時間，改良派的學會、學堂全毀，維新報刊「亦如西山殘陽，倏忽匿影，風吹落葉，餘片無存」〔註3〕。然而慈禧雖能扼殺新法，卻無法阻擋改良思潮的深入發展。戊戌政變以後，康有為、梁啓超等不久就在日本等地重建了自己的宣傳陣地。

1899 年夏，康有為在加拿大成立第一個保皇會組織，不久保皇會的活動即遍佈海外。1900 年前後，改良派在海外創辦和控制了 30 多家報刊。在美洲，宣傳保皇立憲的報刊先後有《文憲報》、《文興報》、《金港日報》、《大同日報》、《新中國報》、《日新報》、《墨西哥朝報》等；在澳洲有《東華報》；在東南亞有《天南新報》、《益友新報》、《泗水日報》、《蘇島日報》等。1900 年以後，改良派在國內也有辦報活動。一些與康、梁有很深淵源的知識分子先後在全國各地創辦了一批報刊，如《外交報》、《選報》、《嶺海報》等。1904 年，狄楚青奉康有為之命，在上海創辦《時報》。在香港，保皇會 1903 年創辦了《實報》，1904 年創辦了《商報》。在澳門，除 1897 年創刊的《知新報》外，1899 年又有《澳報》、《濠境報》等報刊創辦。

戊戌後改良派的報刊活動，以梁啓超創辦的《清議報》和《新民叢報》的影響最大。1898 年 12 月，《清議報》在日本橫濱創立，梁啓超主持，麥孟華、歐榘甲佐之。這是康、梁在海外的第一個機關報。《清議報》出完一百冊停刊後，《新民叢報》很快於次年元旦組成。《新民叢報》的作者陣容，除梁啓超之外，還有蔣智由、馬君武、黃與之、康有為、章炳麟、蔣方震、馮邦幹、麥孟華、徐勤、狄楚卿、韓文舉、歐榘甲等，黃遵憲、嚴復也曾寄文或書函在該報發表。這裡既有康門弟子，也有其他維新派名士，還有革命派人物。在主持《時務報》時，梁啓超已經聲名遠播，而至《清議報》和《新民叢報》時期，他更成為中國輿論界執牛耳者。1902 年，黃遵憲在致梁啓超的

〔註2〕 【美】張灝：《梁啓超與中國思想的過渡》，南京：江蘇人民出版社 1995 年版，第 149 頁。
〔註3〕 梁啓超：《清議報一百冊祝辭並論報館之責任及本館之經歷》，《飲冰室合集‧文集》六，第 53 頁。

信中高度評價了《新民叢報》的影響：「清議報勝時務報遠矣，今之新民叢報又勝清議報百倍矣。驚心動魄，一字千金，人人筆下所無，卻爲人人意中所有，雖鐵石人亦應感動。從古至今文字之力之大，無過於此者矣。」〔註4〕由於梁啓超出色的宣傳，「這時康有爲似乎已失去了領袖地位，在保皇黨中，眞正有精神感召力量的是梁啓超。」〔註5〕《清議報》每期銷行數千冊，《新民叢報》則至萬餘冊。清廷嚴禁之下，仍風行海內外，一方面固由於梁筆端常富感情，另一方面更因爲他言人之所欲言，反映了社會人心的需要。1902 年11 月，梁啓超還在橫濱創辦了以「新一國之民」爲根本宗旨的近代最早的文學期刊《新小說》。

《清議報》創刊後，以「尊皇」、「保皇」爲旗號，醜詆慈禧等頑固派。「戊戌八月出亡，十月復在橫濱開一《清議報》，明目張膽，以攻政府，彼時最烈矣。」〔註6〕庚子自立軍失敗以後，康梁政治活動的主要口號逐漸從「保皇」轉向爭取實現「預備立憲」。梁啓超的思想更以 1903 年爲界：「光緒二十九年（1903）以前的任公與以後的任公，其言論幾若判作兩人；過去說要革命，以後則反對革命。」〔註7〕也正是這一年，保皇會與革命派拉開了思想論戰的序幕。1905 年 8 月《民報》創刊，其與《新民叢報》的對壘成爲兩派的主力戰。在立憲與革命的關係問題上，改良派與革命派存在著不同的前提。張朋園先生分析道：「革命黨方面以爲國民有要求立憲的權利，但是立憲還得視政府是否可以共事；如果可以共事，雖君主立憲亦可以，如其不可，則只有直接『撲滅』而另建政府。革命後的政府，當然是民主立憲政府。對於滿清，他們決定了國民不能與之共事，因此非革命不可。任公所立的大前提，認爲政府的好壞，由國民決定，國民強則政府亦強。改造國民，即可以改造政府。因此他的大前提是先決定國民的強不強，國民不強，當先改造國民，國民改造之後，再促使政府改進。他重視的是國民不是政府。改造國民首重教育，無需革命。」〔註8〕

〔註 4〕　見丁文江、趙豐田：《梁啓超年譜長編》，上海：上海人民出版社 1983 年版，第 274 頁。

〔註 5〕　曾虛白：《中國新聞史》，臺北：三民書局 1966 年版，第 201 頁。

〔註 6〕　梁啓超：《鄙人對於言論界之過去及將來》，《飲冰室合集・文集》二十九，第 2 頁。

〔註 7〕　張朋園：《梁啓超與清季革命》，長春：吉林出版集團有限公司 2007 年版，第 107 頁。

〔註 8〕　張朋園：《梁啓超與清季革命》，長春：吉林出版集團有限公司 2007 年版，第 139 頁。

　　梁啓超強調改造國民的思想，在他的《新民說》等文章中多有論述。從這種觀點出發，梁啓超一方面使《清議報》、《新民叢報》等成爲了戊戌後改良派宣揚黨派政見的有力機關，另一方面尤爲重視的則是報刊的思想啓蒙功能。這一辦報取向，戊戌時期譚嗣同、嚴復等人即有明確論述。康、梁之最早辦報，也以開風氣爲根本目的。只是戊戌後梁啓超在論述報刊的啓蒙角色時，進一步提出了「新民」、培養近代國民的歷史任務。戊戌後改良派在思想啓蒙方面所做重要的事項之一，即是譯介和研究西方社會政治學說，以改造傳統舊學、闡明和宣揚近代民權原理。戊戌政變後介紹和傳播西學，不限於改良派，但改良派所佔的比重較大。梁啓超曾生動描述了 20 世紀初自日本轉口輸入中國的西學熱潮：

　　　　戊戌政變，繼以庚子拳禍，清室衰微益暴露。青年學子，相率求學海外，而日本以接境故，赴者尤眾。壬寅、癸卯間，譯述之業特盛，定期出版之雜誌不下數十種。日本每一新書出，譯者動數十家。新思想之輸入，如火如荼矣。然皆所謂「梁啓超式」的輸入，無組織，無選擇，本末不具，派別不明，惟以多爲貴，而社會亦歡迎之。〔註9〕

當時的譯書出版機構，比較重要的有商務印書館、譯書彙編社、廣智書局、作新社、教育世界出版社、文明書局、國學社、新民叢報支店、東大陸圖書局等，大多直接或間接地處於改良派的控制和影響之下。當時報刊如留日學生刊物《譯書彙編》和《游學譯編》等專以譯介西學爲主；其他如在日本出版的《國民報》、《浙江潮》、《江蘇》、和在上海出版的《大陸》、《新世界學報》等，也十分注意西學的介紹；但影響最廣、成就最大的當推《新民叢報》。介紹西學的內容在該報佔據了重要位置。以 1902 年爲例，該報刊行 24 期，其中第一、二篇都是介紹西方思想文化的有 23 期；全年刊登 80 幅卷首插圖，有 75 幅屬於西國景物或人物的題材；在全年 340 多個篇目的文章、資料中，評價西方思想文化的文字達 180 多篇。當然改良派的宣傳和啓蒙文章，更常見的是吸收西方近代民權思想所做的「獨立」闡述。如麥孟華對「國」與「民」之關係的分析：「國民者，國家之主也，一變而爲客，再變而爲傭，三變而爲奴隸。既奴隸矣，而國民遂絕迹於天壤之間，此西人所以謂專制政體之下，

〔註9〕 梁啓超：《清代學術概論》，《飲冰室合集·專集》，三十四，第 71 頁。

止有服從君主之人民，而必無服從國家之國民也。夫既已無民，何以安國？」〔註10〕這種啓蒙話語的理論底蘊，即爲西方近代民權思想。

正是對報刊的思想宣傳和啓蒙角色的認識，歐榘甲在主張廣東自立時，也強調從立報館以培養廣東人之自立自主精神開始。他運用社會契約論原理解釋國家與國民的關係，將國家比作一個大公司，而人民則是公司股東，「公司者合無數股東而成，國者合無數人民而成」，「如公司股東甚多，不能人人在輔，唯公舉掌櫃與司事以理之。故夫人民者股東也，政府者掌櫃也」。而現在清政府這個掌櫃尸位無能，故全國四萬萬股東當然可以「拆股自理」，實行自立。〔註11〕他認爲，廣東欲圖自立，首先宜立報館：

> 故其國或欲立一義，行一事，莫不以報館爲之先聲。報館者，全國人之咽喉也。拿破侖曰：開一報館，勝於千槍。誠以報之激動人心，發其知覺憤恥，與槍之猛烈，震人之耳目，無以異也。然槍之爲功，止於其數，百槍則百槍之功而已，千槍則千槍之功而已，至於報館者，則合全國人之耳目，咸震動而發覺焉，故其功效尤勝也。今吾中國能知自立者，有幾人哉？我廣東能知自立者，有幾人哉？夫不知自立，而欲以圖自立，則戛戛乎其難，古今東西，不啻如一轍矣。然則欲使其知自立，則宜將所以必當自立之原因，與若能自立之結果，一一而詳列之，並所以不自立之害，一一而詳陳之，使彼自擇，使彼自哀，使彼自憤，使彼自恥，使彼自愛，久之久之，自立之義，大動於人人之心思，自立之說，大震於人之耳目，自立之事，大見於人之行爲，如火山之裂，如江河之流，不可向邇，不可遏抑，至是而廣東自立之勢成矣。若是者，非開自立報館不爲功。
>
> 〔註12〕

歐榘甲的激進言論已經頗具革命傾向，與當時梁啓超的「破壞」、「排滿」宣傳正相呼應。他在此極力推許報刊的威力，以報館爲「先聲」、「咽喉」，認爲「開一報館，勝於千槍」，這在日本學者松本君平的《新聞學》中也可以找到類似表述。歐榘甲更熱情地描繪了報刊自立宣傳將具有的政治前景，使人「自

〔註10〕麥孟華：《論中國國民創生於今日》，《清議報》第六十七冊。

〔註11〕歐榘甲：《新廣東》，《辛亥革命前十年間時論選集》，上海：三聯書店1960年版，第279頁。

〔註12〕歐榘甲：《新廣東》，《辛亥革命前十年間時論選集》，上海：三聯書店1960年版，第289頁。

擇」、「自哀」、「自憤」、「自愛」，動人心思、震人耳目，從而推動廣東自立的實際行動。自然，在歐榘甲的論述中，報刊所要宣傳的無疑是以西方民權思想爲主要內核的廣東自立之「理」。

戊戌後西方社會政治理論得到了更爲廣泛系統的引介。19 世紀六、七十年代以來，來華傳教士、出使人員和早期改良派已有對西方政教文化的粗略介紹。盧梭、孟德斯鳩等啓蒙思想家的生平和學說在戊戌之前已被零星提及，但從總體上看戊戌之前人們對西方近代政治學說的瞭解是不夠系統深入的。嚴復譯述《天演論》，可以說是國人系統介紹西學的開始。戊戌政變以後，梁啓超、麥孟華、歐榘甲等改良派流亡海外，他們輸入西學，範圍更廣，內容更爲豐富。他們對西方民主政治思想的把握，也更爲全面深入。一般來說，改良派傾向於介紹英、日立憲理論，革命派則熱衷於鼓吹美、法之革命學說。以下是 1898 年至 1903 年，國內翻譯介紹的西方政治理論著作主要情況〔註 13〕：

書名或篇名	著者和譯者	出版單位	出版時間
民約通義	【法】盧梭，中江篤介	上海同文譯書局	1898 年
民約論	【法】盧梭，楊廷棟等	譯書彙編	1900 年底 1901 年初
路素民約論	【法】盧梭，楊廷棟譯	上海文明書局	1902 年
萬法精理	【法】孟德斯鳩，譯書彙編社	譯書彙編社	1900 年
自由原理	【英】彌勒約翰，馬君武	譯書彙編社	1903 年
群己權界論	【英】穆勒，嚴復	上海商務印書館	1903 年
斯賓塞爾文集	【英】斯賓塞爾，曾廣銓採譯，章炳麟筆述	上海昌言報館	1898 年
原政	【英】斯賓塞爾，楊廷棟	上海作新社	1902 年

〔註 13〕 表格參考徐惟則《東西學書錄》、顧燮光《譯書經眼錄》、沈兆禕《新學書目提要》製成。引自熊月之：《中國近代民主學說史》，上海人民出版社 1986 年版，第 312～315 頁。

書名或篇名	著者和譯者	出版單位	出版時間
女權篇	【英】斯賓塞爾，馬君武	少年新中國社	1902 年
社會學原理	【英】斯賓塞爾，馬君武	少年新中國社	1903 年
斯賓塞爾干涉論	【英】斯賓塞爾，趙蘭生	帝國叢書社	1903 年
倍根文集	【英】倍根，達文社	新民譯印書局	
國家論	【瑞】伯倫知理	清議報	1899 年
國法泛論	【瑞】伯倫知理	譯書彙編社	1900 年
國家學綱領	【瑞】伯倫知理，梁啓超	上海廣智書局	
那特硜政治學	【德】那特硜，戢翼翬、王慕陶	上海商務書局	
政治學	【德】那特硜，馮自由	上海廣智書局	1902 年
政治學	【美】伯蓋司，譯書彙編社	譯書彙編社	
義務論	【美】海文，上海廣智書局	上海作新社	
共和政體論	【法】納岌爾布禮，羅博雅	上海廣智書局	
近世歐洲四大家政治學說	盧梭、孟德斯鳩等，梁啓超輯譯	上海廣智書局	1902 年
政治泛論	【美】域魯威爾遜，麥鼎華	上海廣智書局	1903 年
政治思想之源	小顰女士譯	支那翻譯會社	1903 年
國法學	【日】岸崎昌、中村孝，章宗祥	譯書彙編社	1902 年
政治原論	【日】市島謙吉，麥孟蓀	上海廣智書局	1902 年
國憲泛論	【日】小野梓原，陳鵬	上海廣智書局	
憲法要義	【日】高田早苗，張肇桐	上海文明書局	

書名或篇名	著者和譯者	出版單位	出版時間
憲法法理要義	【日】穗積八束，王鴻年摘編	日本東京王氏刻本	
萬國憲法比較	【日】辰己小二郎，戢翼翬	上海商務印書館	
憲法論	【日】菊池學而，林棨	上海商務印書館	
英國憲法論	【日】天野為之、石原健三，周逵	上海廣智書局	
日本國會紀原	【日】細川廣原，譯書彙編社	譯書彙編社	1903 年
歐美政體通覽	【日】上野貞吉，上海出洋學生編輯所	上海商務印書館	

　　除了對西方政治學理論著作的引介之外，西方各國民主革命的歷史和文獻也受到翻譯者們的重視。梁啓超、馬君武、楊廷棟等人即對西方近代著名政治家、思想家的生平、思想和學術進行了深入介紹。如馬君武的《彌勒約翰之學說》先後在《新民叢報》第二十九、三十、三十五號上連載；楊廷棟的《政治學大家盧梭傳》載於 1903 年《政藝通報》第二號；梁啓超對盧梭、孟德斯鳩、伯倫知理、斯賓諾莎等的介紹先後在《清議報》、《新民叢報》登載。

　　西方政治學說的廣泛介紹，對中國思想界的影響是十分顯著的：「他們再也不需到塵封土埋的四書五經和邈無實據的堯舜傳說中去尋覓反對專制的法寶和依據，而直接揮起從西方找來的兵戈上陣了。他們動輒『善哉西哲某某曰』，『泰西鴻哲某某曰』，一掃先前附會、改制古人的無力做法。」〔註14〕改良派是西學的積極引入和傳播者，也是積極的接受和研究者。與西學的深入接觸，使改良派的思想更加系統化了，相對於戊戌變法時期，他們的民權主張也更加明確深刻。改良派普遍接受天賦人權論和主權在民的思想，系統闡述了國民在國家中的主人地位，並將民權與國家的強弱興衰聯繫起來：

　　　國民者，國家之主也，一變而為客，再變而為傭，三變而為奴
　　隸。既奴隸矣，而國民遂絕迹於天壤之間，此西人所以謂專制政體

〔註14〕熊月之：《中國近代民主學說史》，上海：上海人民出版社 1986 年版，第 321
　　　頁。

之下，止有服從君主之人民，而必無服從國家之國民也。夫既已無
民，安能立國？然一統之世，閉關獨立，其爭亂攘奪者，要不出此
國土之中，故雖有移祚異姓之事，而其國終不至移於他國之手。今
乃海禁大啓，忽出而遇他國之國民，一人必非國民之敵，則一敗再
敗，勢驟衰而國頓危。〔註15〕

　　　夫歐美、日本各國之立公民也，使人人視國爲己，而人人公講
其利害而公議之，故上之有國會之議院，下之有州、縣、市、鄉之
議會，故其愛國之心獨切，親上之心甚至……蓋其分責一大任於數
千萬人也，乃所以陶融鑄冶數千萬人而爲一體也。夫以數千萬人而
共擔一任，其政安得不美密易舉哉；以數千萬人共治一體，則其力
安得不堅固洪大哉；以人人自謀，安得不親切哉。〔註16〕

故他們提出了興民權以救中國的主張，認爲只有興民權，國家才能起衰振弱，
而不至於亡國。梁啓超作爲民權論的鼓吹健將，其新學巨子的地位正是戊戌
政變以後，尤其是二十世紀最初幾年奠定的。他的《新民說》代表了改良派
民權論的最高水平。

　　梁啓超等改良派人士的西學知識大漲，使他們對報刊角色的考察，因而
也更具有西方近代政治學學養和眼界。加之流亡海外，清廷鞭長莫及，他們
的言論無所顧忌，故其報刊論述完全擺脫了「君臣之倫」的話語框架。他們
對報刊角色的描述，已很少使用附會傳統相關理論資源的言說策略。以歐榘
甲言之，即使是在他對局促於清廷專制格局下的報刊的回顧和分析中，也能
見出其報刊角色觀中所具有的新視野：

　　　然所謂省報，亦不過設於省中，其體例亦與各口岸日報無異，
非有專言一省之如何危亡，如何關係，如何憤發，如何聯合，如何
經營，如何改革，始可使全省人民，智識開通，張獨立不羈之精神，
不受朝廷之束縛，不受他邦之吞噬者。昔者譚烈士嗣同，唐烈士才
常，開湘報於長沙，日日發論湖南之當自立，如薩摩長門之於日本，
慷慨激昂，全湘風動。湘人以軍功聞天下，號強悍，至是知外事，
知愛國，有國家思想焉……彼夫天津、上海、香港之各大新聞，以

〔註15〕麥孟華：《論中國國民創生於今日》，《清議報》第六十七冊。
〔註16〕明夷（康有爲）：《公民自治篇》，《辛亥革命前十年間時論選集》第一卷上冊，
　　　　上海：三聯書店1960年版，第174頁。

　　主持國是，救我中華為念，雖宮庭相臣之隱惡，督撫大吏之陰私，

　　莫不穿其沙包，搜其跟腳，登報以示天下，而中國士民之耳目心思，

　　不至於全為獨夫民賊所愚弄蔽塞、墨墨而死者，賴有此耳。〔註17〕

在歐榘甲看來，報刊之作用，就是要使「人民」「張獨立不羈之精神，不受朝廷之束縛」，如湘報一樣，使湘人「知愛國」、有「國家思想」。這實際就是要使人們擺脫臣民意識，而確認現代國民之身份。報刊之功效如此，則其自身與國家的關係也必然超越「君臣之倫」，而具有平等、獨立的現代姿態。關於這一點，同一時期的梁啟超做過更為明確充分的闡述。

　　義和團事件之後，慈禧主導制訂了一個政治改革計劃。1905 年，受日本在日俄戰爭中獲得輝煌勝利的刺激，全國要求實行立憲政體的聲浪高漲，立憲改革有所進展。在這一背景下，梁啟超暫停了《新民叢報》的發行，決定成立立憲團體──政聞社，來推動立憲運動。清廷對立憲改革並無誠意，歧視漢人和無能的滿族領導也使改革沒有效率，並最終形成「皇族內閣」。然而清政府的改革姿態又在一定程度上鼓舞了人們對憲政的探討。改良派在對報刊角色的論述中，也益發融入了明確的憲政視野。《新民叢報》之後，梁啟超又先後創辦了《政論》（政聞社機關報）和《國風報》，積極鼓吹立憲。載於《國風報》第 13 期的《立憲政治與輿論》一文中，署名為長與的作者即直接闡述了立憲政治背景下「輿論」的重要地位：「立憲時代則不然，一切庶政無不取決於輿論。上之則有民選議會，以為立法之府，制一法，舉一事，非得議會之可決，則不能見之實行。下之集會、出版皆得自由，舉國國民皆得發表政見，以判論國政之得失。苟有利之當興、弊之得革，皆可侃侃直陳其意見而無所屈撓。政府不職，失國民之信任，則為輿論所不容，不能復安其位。是故行政官吏，立於輿論監督之下，雖甚不肖，皆有所畏憚而不敢為非。一國之內治外交，且必借輿論為後援。」〔註18〕在國內，如《申報》自 1907 年後「力倡立憲」〔註19〕；狄楚青之《時報》更專注於立憲之鼓吹：「蓋欲摧挫專制之末運，獎翼憲政之新機，不厭反復詳言之，使政府與國民咸洞悉其所以然之故，灼然而無所疑，而一般之心理皆趨向於立憲政治之途。以輿論而

〔註17〕歐榘甲：《新廣東》，《辛亥革命前十年間時論選集》，上海：三聯書店 1960 年版，第 288 頁。

〔註18〕長與：《立憲政治與輿論》，《國風報》第 13 期，1910 年 6 月 17 日。

〔註19〕張繼齋：《五十年中之兩個一年半》，《最近之五十年──申報館五十週年紀念》，上海：申報館 1923 年版。

造成事實，此則本報之天職，亦記者所希望也。」〔註20〕狄本人則有「吾之辦此報非爲革新輿論，乃欲革新代表輿論之報界耳」〔註21〕的主張，足見其對報刊角色的新認識；徐佛蘇主持之《國民公報》一度成爲立憲運動之大本營，其發刊預告曰：「緣起：係由各省諮議局議員多數同志組織而成。專以國民公正之意見爲主，故名爲《國民公報》。宗旨：在於監察憲政之進行，鼓吹國會之速開，培植政黨之基礎，鞏固本省諮議局之實力，輸入世界之常識。故凡關於國家之根本問題及世界之趨勢多所采輯，其事之涉於一局部者，則以政治上統系的眼光酌別論。」〔註22〕該報發刊之前，就與梁啓超約定：「報中論文應貫徹《國民公報》之名實，專對國民發言，而痛除並時報紙上兩種積習，一不對政府及私人上條陳，二不對革黨及他派下攻擊。」〔註23〕從這些報紙的辦報取向和主張看，報刊與政府、國民三者之關係建構，已完全從君臣之倫的視野中超脫出來，而更合乎近代憲政秩序之要求。

第二節　梁啓超對報刊政治角色的設想

戊戌變法後，康有爲、梁啓超等流亡海外，繼續鼓吹君主立憲。報刊成爲了他們參與和影響政治運動的主要手段。在立憲政治的目標和視野下，在與政府、國民的關係上報刊如何爲之？何以可爲？從改良的政治立場來說，他們必須說服和影響國內的政治力量，以推行自上而下的改革，爲此必須建設相應的立憲政治理論體系和推進策略，而他們所憑藉的報刊活動在立憲政治中的生存根據和辦報方向也必須運用近代學理加以論證。戊戌後梁啓超運用近代西方學理深入審察報刊與政府、國民的關係，徹底擺脫了「君臣之倫」的報刊論述框架，闡述了立憲目標下的報刊政治角色設想，提出了「政本之本」的觀點。梁啓超的這一觀點的提出，將國人對報刊的認識提升到了一個新高度，並對此後中國報刊的實踐活動產生了深遠影響。

〔註20〕《時報》，丁未（1907年）五月十五日。
〔註21〕轉引自戈公振：《中國報學史》，上海：上海古籍出版社2003年版，第173頁。
〔註22〕《時報》，宣統二年（1910年）四日二十日廣告。
〔註23〕丁文江、趙豐田編：《梁啓超年譜長編》，上海：上海人民出版社1983年版，第513頁。

一、鼓吹君憲與學理積澱

　　1898 年 9 月 21 日，戊戌政變發生，康有爲、梁啓超等流亡海外。然而在晚清特殊的中外政治格局下，慈禧能扼殺新法，卻無法阻擋改良思潮的繼續傳播。戊戌政變以後，康有爲、梁啓超等不久就在海外的日本甚至國內的上海等地重建了自己的宣傳陣地。

　　戊戌後改良派的報刊活動尤以梁啓超最爲重要。戊戌之後，梁啓超在日本先後創辦《清議報》、《新民叢報》和《新小說》等，開創了其報業生涯的黃金時代。「自是啓超復專以宣傳爲業，爲《新民叢報》、《新小說》等諸雜誌，暢其旨義，國人競喜讀之，清廷雖嚴禁不能遏。」〔註 24〕尤其是在《清議報》以及壬寅、癸卯間的《新民叢報》時期，他更被人推許爲當時「言論界的驕子」，認爲其「握言論運動界的牛耳」〔註 25〕。

　　《辛丑條約》簽訂之後，慈禧開始了所謂「新政」，迫於形勢，推動了涉及廣泛領域的變革計劃。1905 年，受日本在日俄戰爭中獲得輝煌勝利的刺激，全國要求實行立憲政體的聲浪高漲，立憲改革有所進展。在這一背景下，梁啓超暫停了《新民叢報》的發行，決定成立立憲團體——政聞社，來推動立憲運動。清廷對立憲改革並無誠意，歧視漢人和無能的滿族領導也使改革沒有效率，並最終形成「皇族內閣」。然而清政府的改革姿態又在一定程度上鼓舞了人們對憲政的探討。《新民叢報》之後，梁啓超又先後創辦了《政論》（政聞社機關報）和《國風報》等，積極鼓吹立憲。

　　既然以立憲爲目標，則改良派的報刊在與政府、民眾的關係上也必須做出相應調整，以合乎其立憲政治的理論與策略。戊戌之前，國人在對待報刊與政府的關係上大都謹守「君臣之倫」的話語秩序。如王韜、康有爲，甚至思想超前的鄭觀應都有「謗木」、「諫鼓」之類的傳統話語。值得注意的是戊戌變法時期，譚嗣同在《湘報後序》中所提出的「民史」、「民口」說反映了他對國民主體地位的認識，在很大程度上已經摒棄了「君臣之倫」的秩序限制。但是對報刊與政府的關係，譚嗣同並沒有明確闡述。同一時期，梁啓超在報刊論述方面則是「未敢倡言」〔註 26〕，僅僅主要就報刊的「耳目喉舌」

〔註 24〕梁啓超：《飲冰室主人自說》，南京，江蘇人民出版社，1999 年，第 40 頁。
〔註 25〕李劍農：《中國近百年政治史（1840～1926）年》，上海，復旦大學出版社，2002 年，第 194、197 頁。
〔註 26〕梁啓超：《清代學術概論》，《飲冰室合集・專集》三十四，第 61 頁。

作用做出闡述，在報刊政治角色的定位上未見其有民權思想的鮮明表露。流亡日本後梁啓超的西學知識大進，這對其報刊論述產生了深刻影響。加之海外無所禁忌的環境，梁啓超一掃「未敢倡言」的心理顧忌，對報刊與政府、國民的關係進行了顛覆性的設想，從而使近代國人的新聞學思索推進到一個新的階段。

戊戌之前，梁啓超所讀西書，較有影響者主要是他編輯的《西政叢書》中所搜集的著作，而與李提摩太的交往也使他能夠獲得一些西學知識。但總體上其西知來源十分有限。流亡日本後，梁啓超與西學進行了廣泛深入的接觸，這使他的思想境界有了進一步的飛躍：「戊戌九月至日本……自此居東者一年，稍能讀東文，思想爲之一變。」〔註27〕梁啓超最初接觸的是爲數眾多的日文西學書籍，流亡日久，更對孟德斯鳩、盧梭、達爾文等做了深入研讀。他先後寫作過《霍布斯學案》、《斯賓諾莎學案》、《盧梭學案》、《近世文明初祖二大家（培根、笛卡兒）之學說》、《天演學初祖達爾文之學說及其略傳》、《法理學大家孟德斯鳩之學說》、《樂利主義泰斗邊沁之學說》、《進化論革命者頡德之學說》等文，讀之可見其西學之精進。張灝先生就分析過流亡日本後梁啓超所使用的「新民」概念在內涵上的變化，認爲需要以「新的公民」這一新的概念來表達梁啓超所用的「新民」一詞的含義。〔註28〕

梁啓超根據其所掌握的西學新知，提出和引入了許多新的概念。主要的幾對有：國民與奴隸；朝廷與國家；國民與國家；權利與義務等。梁對這些概念的闡發，突出強調的是自由和民權，直接否定君主專制，閃耀著近代民主思想的光輝。張朋園先生綜述了梁啓超思想的總體變化：「二十九歲以後的梁任公，又集達爾文、盧梭、孟德斯鳩等人於一身，他肩負起開民智的責任，促使國人覺悟，恢復自由的思想，『自由乃天賦，非他人可隨意得而剝奪，也決不可隨意而放棄。』國人必須有權利，國家乃眾人的國家，決非一二專制民賊的國家。自此任公的思想成了定向的發展，言論始終不離進化、自由、民權之義。」〔註29〕梁啓超思想的這種變化，更使其報刊論述具有了深厚的西方近代政治學學養和思想底蘊。同時梁啓超對西方近代新聞理論和實踐也

〔註27〕梁啓超：《三十自述》，《飲冰室合集·文集》（十一），第18頁。
〔註28〕【美】張灝：《梁啓超與中國思想的過渡》，南京，江蘇人民出版社，1995年，第88頁。
〔註29〕張朋園：《梁啓超與清季革命》，瀋陽，吉林出版集團有限責任公司，2007年，第30頁。

有較為廣泛的吸收和瞭解。其中又尤以盧梭和日本新聞學者松本君平的影響最為顯著。

　　西學知識的廣泛吸取，使戊戌後梁啟超的報刊論述具有了充沛的近代思想資源和理論依據。在海外自由的言論環境下，梁暢所欲言，融合西方近代學理重建報刊與政府的關係，在濱勒立憲政治圖景的同時也在描繪著立憲目標下的報刊的面貌，與梁本人，也在很大程度上與改良派其他報人的報刊活動交相輝映。

二、「政本之本」：立憲目標下的報刊政治角色構想

　　在立憲政治所包涵的民權原則下，「君」與「民」的關係就不再是傳統的「君臣之倫」。關於這一點，早期的維新思想家們在介紹西方政教制度時就有所論述：「泰西之為國如釀然，君不甚貴，民不甚賤，其政主於人之自得，民訴諸君，若訴諸其友」；「國有大事，謀常從下而起；歲之常用，先一歲以定之。有大兵役，國會群謀而許，然後量出為入，加賦而斂，於官所不可一兵之發，一錢之稅，一條教之變，上不能獨專也。」〔註30〕何啟、胡禮垣在《新政論議》一文中更做了進一步分析，「政者民之事而君辦之者也，非君之事而民辦之者也。事既屬乎民，則主亦屬乎民」，作者以類似於盧梭的社會契約說觀點進行推演，得出了「民主即君主也，君主亦民主也」的結論。國民是國家的主人，君不過是國民的公僕而已。這種思想，嚴復在《闢韓》篇中也曾有類似表述。只是他們的觀點並未延伸應用到國內現實的報刊活動領域。流亡日本後，梁啟超進一步將之引申到國民、報刊與政府三者關係的論述之中：

　　　　報館者，非政府之臣屬，而與政府立於平等之地位者也。不寧惟是，政府受國民之委託，是國民之雇傭也，而報館代表國民發公意以為公言者也。故報館之視政府，當如父兄之視子弟。其不解事也，則教導之，其有過失也，則撲責之。〔註31〕

正是基於這種認識，梁啟超與視報刊為政府附庸的觀念拉開了距離：「然其意曰『吾將為政府之顧問焉，吾將為政府之拾遺補缺焉。』若此者，吾不敢謂非報館之一職，雖然，謂吾職而盡於是焉，非我等之所以自處也。」〔註32〕

〔註30〕邵作舟：《異勢・邵氏危言》卷上，上海，上海商務印書館，第7～8頁。
〔註31〕梁啟超：《敬告我同業諸君》，《飲冰室合集・文集》（十一），第37～38頁。
〔註32〕梁啟超：《敬告我同業諸君》，《飲冰室合集・文集》（十一），第37頁。

報刊不是政府的「臣屬」，而政府卻是國民的「雇傭」，只是受公眾委託「辦理最高團體之事業者」；因此報刊對於政府，不僅不應當成爲其「顧問」，做「拾遺補缺」的「臣屬」工作，反而應該監督政府。報刊之所以具有輿論監督權，梁啓超的理由是：「雖然，吾國民一分子也。凡國民皆有監督其公僕之權利。吾不敢放棄此權利。吾又業報館也。凡報館皆有代表國民監督其公僕之責任。吾不敢放棄此責任。」〔註33〕報刊監督政府，只是代表主人行使其正當權利而已。這就徹底顛覆了許多早期維新思想家們局限於「君臣之倫」的報刊論述。監督政府的目的在於防止其濫權，而報刊輿論監督正是民主政治的組織框架之外一種有力的制衡政府權力的補充措施。這段引文值得注意的是梁啓超並未滿足於報刊與政府的獨立平等關係，而是進一步譬之爲「父兄」與「子弟」的關係。這就將報刊的地位甚至置之於政府之上了。「其不解事也，則教導之，其有過失也，則撲責之」，則報刊之主張和議論，對於政府來說也已不再是「臣」對「君」的諫言，而更近乎政府施政的指南了。

　　何以至此？這就涉及到梁啓超戊戌後提出的一個重要觀點：「政本之本」。作爲國人中對《新聞學》的較早閱讀者，梁啓超受松本君平的影響是較爲顯著的。梁的報刊論述中多次借鑒或直接引用過松本君平在《新聞學》中的觀點。在《清議報一百冊祝辭並論報館之責任及本館之經歷》一文中，梁啓超依據他對西方新聞界的觀察，尤其是借鑒松本君平的觀點，明確提出了「報館者政本之本」的重要命題。在這篇文章中，可以看到松本君平的深刻影響。例如，梁啓超直接引用了松本君平的論述：

　　　　英國前大臣波爾克，嘗在下議院指報館記事之席（各國議院議
　　　事時，皆別設一席以備各報館之傍聽記載）而歎曰：「此殆於貴族、
　　　教會、平民三大種族之外，而更爲一絕大勢力之第四種族也。」（英
　　　國議院以貴族、教徒、平民三階級組織而成。蓋英國全國民實不外
　　　此三大種族而已）日本松本君平氏著「新聞學」一書，其頌報館之
　　　功德也，曰：「彼如豫言者，驅國民之運命；彼如裁判官，斷國民之
　　　疑獄；彼如大立法家，制定律令；彼如大哲學家，教育國民；彼如
　　　爲大聖賢，彈劾國民之罪惡；彼如救世主，察國民之無告痛苦而與
　　　以救濟之途。」〔註34〕

〔註33〕　梁啓超：《敬告當道者》，《飲冰室合集・文集》（十一），第35頁。

〔註34〕　梁啓超：《清議報一百冊祝辭並論報館之責任及本館之經歷》，《飲冰室合集・文集》（六），第50頁。

必須指出的是，這裡除了直接引述的部分外，此段關於波爾克對報館的論述實際上也引自松本君平的《新聞學》（松本的《新聞學》1903 年中譯本將「波爾克」譯爲「普魯古氏」）。進一步比較還可以發現，梁啓超在該文中討論「報館之勢力與責任」時，其前半部分的絕大部分觀點和材料都可以在松本君平的《新聞學》中找到出處。在《新聞學》中，松本君平對「新聞紙」的社會影響做了高度肯定，指出其爲「近世文明之基礎」，同時也是思想自由和文明進化之「猛大勢力」：「於輿論則爲先導者，於公議則爲製造家，於國民則爲役使之將帥，挾三寸之管作全國之主動力」。〔註35〕松本君平在《新聞學》中熱情讚頌報刊之於國民的引導和教育作用，但對報刊在國家政治中的意義卻鮮有明確闡述。那麼梁啓超何以得出了「報館者政本之本」的結論呢？

在松本君平《新聞學》1903 年的中譯本中，譯者附加的「原序」裏對此有一段議論或許可以作爲解答：「如政府之命令，議會之決裁，非新聞紙之贊成，不能實行邦國。此果何故耶？曰：在平民時代，不外代表國民中最聰強、最高尚之思想感情而已。蓋平民時代，非謂以多數人民之意見爲國政之標準，乃以國民中之最聰強、最高尚之思想感情，爲多數國民之向導，且由其力而可疏通國政也。」〔註36〕此段文字強調了民意在民主政治實踐中的重要性。其特殊之處在於，作者並未將「國政之標準」直接寄託於「多數人民之意見」，而是強調了「新聞紙」由於代表了「國民中之最聰強、最高尚之思想感情，爲多數國民之向導，且由其力而可疏通國政」，因而對政府的施政產生決定性影響。這是一種精英主義的報刊主張：「政府之命令」與「議會之決裁」皆取決於民意；而民意之「本」則在於新聞紙。松本君平既然強調了「新聞紙」在「輿論」、「公議」、「國民」中的主導地位，按「原序」作者的觀點，自然也不難得出報刊作爲「政本之本」的結論。梁啓超顯然也主要是從這一思路來肯定報刊的這種政治角色的。

梁啓超在此後的論證中，又進一步吸收了盧梭的觀點。他運用盧梭的「公意」思想〔註37〕，從近代輿論學的角度對報刊的「政本之本」角色做了深入

〔註35〕【日】松本君平：《新聞學》，《新聞文存》，北京，中國新聞出版社，1987 年，第 7 頁。

〔註36〕【日】松本君平：《原序·新聞學》，《新聞文存》，北京，中國新聞出版社，1987 年，第 7 頁。

〔註37〕輿論一詞，通常指的是在一定社會範圍內，消除個人意見差異，反映社會知覺和集合意識的、多數人的共同意見。在《社會契約論》中，盧梭首次將拉

闡述。一方面，梁啓超認爲，所謂輿論，即「多數人意見之公表於外者也」，其無形而至大，「天地間最大的勢力，未有能御之者」，「凡政治必藉輿論之擁護而始能存立」〔註 38〕；另一方面，他又對輿論抱持一種清醒的批判態度，認爲「輿論之所在，未必爲公益之所在」〔註 39〕；「夫輿論之足以重天下，固若是矣。然又非以其名爲輿論而遂足貴也。蓋以瞽相瞽，無補於顚僕；以狂監狂，只益其號咷。俗論妄論之誤人國，中外古今，數見不鮮矣。故非輿論之可貴，而其健全之爲可貴。」〔註 40〕強調盲目的、狂熱的輿論乃「國家之病」，唯「健全輿論」可擔重責。梁啓超的這個關於輿論未必合乎公益、強調「健全輿論」看法頗有盧梭「公意」說的影子。盧梭將輿論分爲公意和眾意。眾意是個別利益的加和，不具有政治實踐意義；公意則是指人們最初自由結爲共同體時的協議、約定、公共意願，它是「普遍的意志」和「有機結合的意志」。盧梭認爲，公意「必常以公益爲目的」，故能賦予國家主權以生命和意志。在盧梭看來，「公意永遠是公正的，而且永遠以公共利益爲歸依」〔註 41〕，「公意若要眞正成爲公意，就應該在他的目的上以及在他的本質上都同樣的是公意。」〔註 42〕可見，公意的本質並非如其字面上體現出的含義（即「所有人或大多數人同意」這個數量標準），而在於公共利益。

　　值得注意的是，盧梭將公意的實現最終寄託於宛如神明的非凡的立法者身上，這種人需要「有一種能夠洞察人類全部感情而又不受任何感情支配的最高的智慧；他與我們的人性沒有任何的關係，但又能認識人性的深處；他

丁文字體系中的「公眾」與「意見」兩個詞彙聯結起來，用以表達人們關於社會性的或者公共事務方面的意見（即「輿論」，法文原詞 Opinino Publique）。梁啓超對盧梭的這一著作十分推崇，認爲「歐洲近世醫國之國手，不下數十家。吾視其方最適於今日之中國者，其惟盧梭先生之《民約論》乎。」1901年他在《清議報》發表《盧梭學案》，對《民約論》做了淺易通透的介紹，稱其「精義入神，盛水不漏」。第二年，他將該文以《民約論巨子盧梭之學說》爲題，在《新民叢報》轉載。當上海廣智書局出版《近世歐洲四大政治學說》一書時，梁啓超又將該文收入書中。因此，盧梭《社會契約論》中的「公意」說對梁啓超當有一定的啓發和影響。事實上在流亡日本後期的一系列相關論述中，梁啓超的報刊論述即在多個方面借鑒了盧梭的思想。

〔註 38〕 梁啓超：《讀十月初三日上諭感言》，《飲冰室合集·文集》（二十五上），第 145～146 頁。

〔註 39〕 梁啓超：《輿論之母與輿論之僕》，《飲冰室合集·專集》（二），第 83 頁。

〔註 40〕 梁啓超：《國風報敘例》，《飲冰室合集·文集》（二十五上），第 19 頁。

〔註 41〕 【法】盧梭：《社會契約論》，商務印書館，2005 年，第 35 頁。

〔註 42〕 【法】盧梭：《社會契約論》，商務印書館，2005 年，第 39 頁。

自身的幸福雖與我們無關，然而他又很願意關懷我們的幸福。」〔註43〕梁啓超則將造成健全輿論的責任寄望於精英知識分子，強調言論倡導者的「公益」目的，同時不同於盧梭「公意」說中的這種神秘色彩，他從經驗現實主義出發探討了精英知識分子所必須具備的種種道德修養和業務能力。在《輿論之母與輿論之僕》一文中，梁啓超指出：「謂格公爲輿論之母也可，謂格公爲輿論之僕也可。彼其造輿論也，非有所私利也，爲國民而已。苟非以此心爲鵠，則輿論必不能造成。彼母之所以能母其子者，以其有母之眞愛存也。母之眞愛其子也，恒願以身爲子之僕，惟其盡爲僕之義務，故能享爲母之利權。」〔註44〕故「豪傑」之「敵輿論」、「母輿論」，皆須從「公益」出發。在《國風報敘例》中，梁啓超將報館視爲造成健全輿論之有力機關。爲造成健全輿論，梁啓超特別提出了「五本」、「八德」說。「五本」即「常識」、「眞誠」、「直道」、「公心」、「節制」；「八德」有「忠告」、「向導」、「浸潤」、「強聒」、「見大」、「主一」、「旁通」、「下逮」。因此與其說報館代表國民「輿論」，毋寧說是代表國民「公益」。因爲「世界貴有豪傑，貴其能見平常人所不及見，行尋常人所不敢行也。」〔註45〕何況健全輿論之形成，亦必借助於報館。在梁啓超看來，報刊如果能夠代表「公益」，就可以成爲政府行爲的指導者，即「政本之本」。

梁啓超的「政本之本」觀點是具有強烈的精英主義色彩的。梁啓超相信，如果大多數報館都具有良好的道德水準和職業素養，則政府、國民皆能從中受益，而國家也終將進乎內外皆治之境：

> 吾竊嘗懷此理想，謂國中苟有多數報館能謹彼五本而修此八德者，則必能造成一國健全之輿論，使上而政府大臣，及一切官吏，下而有參政權之國民，皆得所助，得所指導，而立憲政體，乃有所託命，而我德宗景皇帝憑几末命所以屬望於我國民者爲不虛。而國家乃可以措諸長治久安，而外之有所恃以與各國爭齊盟。〔註46〕

梁啓超的政治思想中也常常有一種強烈的精英主義情結。例如，在1905年的兩篇文章中都凸顯了他的這一取向。在《論私德》中，他認爲中國人私德喪

〔註43〕【法】盧梭：《社會契約論》，商務印書館，2005年，第49頁。
〔註44〕梁啓超：《輿論之母與輿論之僕》，《飲冰室合集·專集》（二），第84頁。
〔註45〕梁啓超：《輿論之母與輿論之僕》，《飲冰室合集·專集》（二），第83頁。
〔註46〕梁啓超：《國風報敘例》，《飲冰室合集·文集》（二十五上），第23頁。

亡，欲移風易俗，就必須由少數人來推動：「自古移風易俗之事，其目的雖在多數人，其主動恒在少數人。」〔註47〕這少數人，主要就是信奉儒家思想的紳士階層。在《論政治能力》中，他指出，自19世紀90年代以來，推動中國之改革進化者，也無不是「此輩人」：「試觀數年以來，倡政治改革之人，非即倡教育改革之人乎？以實業論，則爭路權者此輩人，爭礦權者亦此輩人，提倡其他工業者亦此輩人也。以教育論，則組織學校者此輩人，編教科書者此輩人，任教授者此輩人也。以政治論，明言革命者此輩人，言暗殺者此輩人，言地方自治者亦此輩人也。」〔註48〕梁啓超相信，真正能救中國者，是這些屬於「中等社會」的人們。他們才是社會的中堅。他們不僅在思想上開社會風氣之先，在變革和推動社會進步的行動中，也是當然的前鋒和組織者。在梁啓超處，報刊從業者也當屬「此輩人」之列。梁啓超不僅僅要藉報刊教育國民，還要勸導政府。在《申報》刊登的發刊廣告中，《國風報》的辦報宗旨正是這樣表述的：「本報以忠告政府，指導國民，灌輸世界之常識，造成健全之興論爲宗旨。」〔註49〕梁啓超強調「政本之本」，主要就是從原初意義上來肯定精英報刊的這種作用。

戊戌後梁啓超的報刊政治角色設想，可以說是立憲改良派藉報刊參與政治的行動綱領。它的精英主義色彩，決定了其理論取向仍然是以宣傳作爲基調。而報刊宣傳事實上也是改良派參與政治的主要途徑。然而梁啓超又吸收了西方近代政治學和新聞學等相關學理因子，試圖重建報刊與政府、國民的關係藍圖，以建構與改良派立憲主張相一致的報學理論，這無疑又是具有建設性的，是改良派立憲主張和方略在報刊活動領域的創造性發展和運用。

三、「政本之本」的意義及影響

戊戌變法以後，對西學的大量攝取，使梁啓超對報刊在國家社會中所處角色的設想更具有近代學理的底蘊。梁啓超在立憲政治的視野下對報刊作爲社會興論機關的地位展開了論述，完全顛覆了「君臣之倫」的報刊話語秩序。他將報刊視爲「政本之本」，明確強調報刊代表國民「發公意以爲公言」，並

〔註47〕梁啓超：《新民說·論私德》，《飲冰室合集·專集》（四），第125頁。
〔註48〕梁啓超：《新民說·論政治能力》，《飲冰室合集·專集》（四），第156～157頁。
〔註49〕國風報第一冊出版，申報，宣統二年（1910年）一月十二日廣告。

用近代民主政治的理據對報刊與政府的關係做了深入論證。這在近代國人對報刊角色的認識史上是具有突出意義的，標誌著國人在報刊與政府關係的認識上眞正從君臣倫理框架中擺脫出來，而樹立一種符合近代憲政秩序的新型關係，從而眞正實現了報刊觀念的近代化。

不僅於此，作爲戊戌後改良派君憲運動方略在報刊活動方面的學理性探索，「報館者政本之本」命題在一定程度上也是契合中國當時的政治和社會現實的。在民智未開的局面下，驟行民主政治的確會引發許多人的擔憂。鄭觀應在《盛世危言》中就提出過這樣的看法：

> 雖然，公舉議員陪審之法固甚善，亦由泰西學校多、教育人才之盛所致，矧其無處不設日報館，無人不觀日報，中外之事老少咸知。我國學校尚未振興，日報僅設數處，公舉議員之法，殆未可施諸今日也。蓋議院爲集眾是以求一當之地，非聚群囂以成一鬨之場。必民皆智慧，而後所舉之員乃賢；議員賢，而後議論措置乃得有眞是非。〔註50〕

議員選舉對選民也有高度要求。要選舉出眞正的「英奇之士」、「才智之民」，選民必須有良好的判斷力；這樣國家的治理才有可靠的保障。鄭觀應的解決辦法是振興學校，廣設報館，以提高國民的智識。戊戌後改良派也意識到了國民的智識問題，爲此才有《新民叢報》「維新吾國，當先維新吾民」的宗旨。在《新民說》中，梁啓超大聲疾呼「新民爲今日第一要務」，強調要改變中國貧弱的狀況，「必非恃一時之賢君相可以彌亂，亦非望草野一二英雄可以圖成。必其使吾四萬萬人之民德、民智、民力皆可與彼相埒。……今日捨此一事，別無善圖」。然而「新民」是不可能一蹴而就的，而立憲政治卻應該努力推行。這樣，先進知識分子的主導作用就顯得尤爲重要。「報館者政本之本」的命題，實際上就肯定了「此輩人」的這種作用。

戊戌後梁啓超對報刊政治社會角色的設想，在改良派報人的報刊論述中迅即獲得深刻回應。戊戌後改良派報人的辦報宗旨和實踐基本上可以說就是梁啓超報刊角色設想的具體體現。

清末革命派對梁啓超的報刊論述也有借鑒，而主要吸收的是其精英主義的辦報取向。如孫中山主張《民報》之創辦，就是要發揚三民主義，「由之不貳」，「抑非常革新之學說，其理想灌輸於人心而化爲常識」，以成「輿論之母」。

〔註50〕鄭觀應：《盛世危言》，瀋陽，遼寧人民出版社 1994 年版，第 62～63 頁。

即直接引用了梁啓超的「輿論之母」概念。在《民呼日報宣言書》中，于右任闡述報刊的價值時也主張「輿論之母」：「蓋報紙者，輿論之母也。泰西諸國今日享有自由之樂而胎文明之花者，皆報紙爲之也。」〔註51〕革命派將報刊視爲宣傳、教育和鼓動民眾的重要工具，並普遍具有「先知」向導「後覺」的精英情結，這在一定程度上也受到了梁啓超的報刊理論和實踐的啓發。

近代以來的政治家辦報傳統，是以康有爲、梁啓超在戊戌變法時期的報刊活動開啓端緒的，其中梁啓超的報刊活動和思想主張更是聲譽卓著。自梁啓超的思想傳播以後，國人借報刊以參與政治，大都受梁激勵和啓發。在諸多辦報實踐和經驗中，精英主義的辦報方向、「母輿論」之事業追求等，皆成爲鮮明之特色。如許特色之形成與積澱，很大程度上要歸因於梁啓超戊戌以後在對報刊政治角色觀上的基本論述。

戊戌變法時期，嚴復較早對西方的政黨報刊有所介紹。戊戌變法以後，梁啓超對西方政黨報刊有了更加直接深入的認識，並多次發表他對政黨報刊的看法。梁啓超從事的報刊活動一開始即帶有黨派性質，而且隨著清末改良派向近代政黨的逐漸過渡，這一特徵日趨明顯。然而梁啓超的報刊論述中卻始終含有欲超越黨派偏見的取向。在《清議報》時期，梁啓超就有過「一人之報」、「一黨之報」和「世界之報」的報刊分類。他認爲《清議報》正介於黨報與國報之間，期望該報「全脫離一黨報之範圍而進入於一國報之範圍，且更努力漸進以達於世界報之範圍」；〔註52〕在《〈新民叢報〉章程》中，他明確主張報刊應以「公益」爲目的，而「不偏於一黨派」；創辦國風報時，梁啓超也提出過「凡論說及時評皆不徇黨見」〔註53〕的主張。嚴復在《說難》中對西方「各黨之報」抱持的則是一種肯定和讚賞的態度。相比之下，梁啓超的批評和反省態度顯然更加深刻。

第三節　梁啓超對報刊啓蒙角色的設想

來華傳教士林樂知、甘霖等在戊戌變法之前即論述了通過報刊改造國民素質的問題。如林樂知就主張，近代中國之病首在人心，要轉換觀念、增進

〔註51〕《民呼日報宣言書》，民呼日報，1909 年 5 月 15 日。
〔註52〕梁啓超：《清議報一百冊祝辭並論報館之責任及本館之經歷》，《飲冰室合集‧文集》六，第 57 頁。
〔註53〕梁啓超：《國風報敘例》，《飲冰室合集‧文集》二十五（上），第 25 頁。

知識從而造就「新民」，則辦報不失為一個有效舉措。戊戌時期，康有為、梁啟超、譚嗣同和嚴復等更是重點闡述了報刊開民智、開風氣的重要性。梁啟超更對報刊如何開民智進行初步探討：「廣譯五洲近事，則閱者知全地大局與其強盛弱亡之故，而不至夜郎自大，做智井以議天地矣。詳錄各省新政，則閱者知新法之實有利益，及任事人之艱難經畫與其宗旨所在，而阻撓者或希矣。博搜交涉要案，則閱者知國體不立，受人嫚辱，律法不講，為人愚弄，可以奮厲新學，思洗前恥矣。旁載政治學藝要書，則閱者知一切實學源流門徑與其日新月異之迹，而不至八股八韻考據詞章之學，枵然而自大矣。」〔註54〕而譚嗣同則主張通過使報刊成為「民史」、「民口」的辦法來開啟民眾的「靈明」。總體來看，戊戌及戊戌之前對報刊啟蒙作用的論述，基本上是圍繞論政辦報啟蒙的重要性、必要性來展開的，具體到報刊如何啟蒙，以及報刊啟蒙的目標是什麼等則沒有深入的分析。戊戌後梁啟超從立憲的政治主張出發，結合西學新知，較為系統地闡述了他的報刊啟蒙思想。

一、君憲思想與辦報啟蒙

流亡日本初期，梁啟超一度有革命、破壞等激烈言論。「今日之中國，又積數百年之沉濱，合四百兆之痼疾，盤距膏肓，命在旦夕者也。非去其病，則一切調攝滋補榮衛之術，皆無所用，故破壞之藥，遂成為今日第一要件，遂成為今日第一美德」〔註55〕。既然晚清局勢已是病入膏肓，則非用大刀闊斧的手段，不足以起死回生，不經徹底改造，必不能躋身列強。故有破壞主義之主張。不過梁啟超的革命言論並沒有持續多久。1903年2月，他在《敬告我國國民》一文中轉而對破壞主義持懷疑態度：「若夫持破壞主義者，則亦有人矣。吾又勿論其主義之為福、為毒於中國，惟請其自審焉，果有實行此主義之能力與否而已。今之中國，其能為無主義之破壞者，所至皆是矣；其能為有主義之破壞者，吾未見其人也」。1906年，梁啟超在《新民叢報》上連續發表《開明專制論》，可以算是對他「不敢倡言革命」的一種解釋。他認為，當時之中國不僅沒有具備民主共和的條件，即使是君主立憲也無法立剋實行，只能以開明專製作為過渡。這是因為幾千年的專制統治和愚民政策，使國人只有部民而無國民資格，在這種條件下，欲立刻建立共和政體，必難成

〔註54〕梁啟超：《論報館有益於國事》，《飲冰室合集·文集》一，第102頁。
〔註55〕梁啟超：《十種德性相反相成義》，《飲冰室合集·文集》五，第50頁。

功：「昨日就專制，而今日已共和，如兩船相接觸，而絕無一楔子以行其間，則其衝突之程度，必極猛烈，顯而易見」。而開明專制則正是這一「楔子」。在開明專制時代，人民的權利和利益不僅可以得到保障，而且它以逐漸發展人民的權利和利益爲最終目的。

　　這就透露了梁啟超政治思想「流質多變」背後的一致性因子。戊戌變法時期，梁啟超即已有欲伸民權必開民智的主張，強調中國政治改革的關鍵在於開啟民智，培養人才，故要求廢除科舉制度，建立全國的學校系統。流亡日本初期，梁啟超一方面鼓吹破壞、排滿，另一方面也對中國積弱不振的深層原因做了深層探討。1901 年，他在《清議報》發表的《積弱溯源論》即指出：「吾國之受病，蓋政府與人民皆有罪焉。其馴致之也非一時，其釀成之也非一人，其敗壞之也非一事。……淺識者流徒見夫江河日下之勢極於今時，因以爲中國之弱，直此數年間事耳，不知其積弱之源，遠者在千數百年以前，近者亦在數十年之內，積之而愈深，引之而愈長。」他認爲，國民「愛國之心薄弱，實爲積弱之最大根源」，而「造成今日之國民者，則昔日之政術是也」，故政府和人民皆有責任。1902 年，在其創辦的《新小說》的緒言──《新中國未來記》中，梁啟超借書中人物黃毅伯的議論，更明確表達了他的這種看法：「黃君道：我和現在朝廷是沒有什麼因緣，難道我的眼光只會看到朝廷，不會看見國民嗎？……至說到專制政體，這是中國數千年來積痼，卻不能把這些怨毒歸在一人一姓。我想我今日若是能夠一步開到民主的地位便罷，若還不能，這個君位總要一個人坐鎮。但使能夠有國會、有政黨、有民權，和那英國、日本一個樣兒，那時這把交椅誰人坐它，不是一樣呢？若說嫌他不是一個民族，你想我四萬萬民族裏頭，卻又哪一個有這種資格呢？」

　　1902 年，梁啟超創辦《新民叢報》。該刊以「維新吾國，當先維新吾民」爲宗旨，認爲「中國所以不振，由於國民公德缺乏，智慧不開，故本報專對此病而藥治之。」新民的涵義有二：「一曰淬厲其所本而新之；二曰採補其本所本無而新之。二者缺一，時乃無功」。新民的方法則是：「務採合中西道德以爲德育之方針；廣羅政學理論，以爲智育之原本」，欲糅合中西文化的精華來塑造中國的新型國民。在《新民說》中，梁啟超不僅對中國國民的劣根性進行了深刻的揭露，而且強調要對國民進行德、智、體、群的訓練，廣泛宣傳公德、私德、權利、自由、進取冒險、政治能力等思想，力圖養成國人作爲近代公民所應具備的素質。梁啟超反復強調，若不解決國民素質低下的問

題，中國的進步就無從談起。爲此，他大聲疾呼「新民爲今日第一要務」，要改變中國貧弱的狀況，「必非恃一時之賢君相可以彌亂，亦非望草野一二英雄可以圖成。必其使吾四萬萬人之民德、民智、民力皆可與彼相埒。……今日捨此一事，別無善圖」。

二、西學新知與辦報啓蒙思想的深化

對開民智的一貫強調，正是梁啓超辦報議報的一個重要思想前提。必須指出的是流亡日本後梁啓超的西學知識大進，同樣也對其報刊論述產生了深刻影響。戊戌變法時期，改良派思想家大都提出報刊「開民智」的主張。但總體上他們的論述尚顯簡單，主要從報刊之「通」與「開民智」的關係的角度展開論述。梁啓超流亡日本以後，其創辦的《清議報》、《新民叢報》同樣強調「開民智」，但他對報刊「開民智」的內容安排、方法途徑、具體目標等都進行了深入闡述，這些都標誌著他對報刊作爲啓蒙宣傳工具的認識更加全面、深刻和透徹。

在《清議報》和《新民叢報》時期，梁啓超相關的報刊論述所最爲強調的，即是報刊開發民智的問題。《清議報》即以「開發民智爲主義」〔註56〕，在《清議報一百冊祝辭並論報館之責任及本館之經歷》一文中，梁啓超並對此做了詳細闡述：

> 清議報之特色有數端。一曰倡民權。始終抱定此義，爲獨一無二之宗旨。雖說種種方法，開種種門徑，百變而不離其宗。海可枯，石可爛，此義不普及於我國，吾黨弗措也。二曰衍哲理。讀東西諸碩學之書，務衍其學說以輸入於中國，雖不敢自謂有所得，而得寸則貢寸焉，得尺則貢尺焉。華嚴經云未能自度，而先度人，是爲菩薩發心，以是爲盡國民責任於萬一而已。三曰明朝局。戊戌之政變，己亥之立嗣，庚子之縱圍，其中陰謀毒手，病國殃民，本報發微闡幽，得其真相，指斥權奸，一無假借。四曰厲國恥。務使吾國民知我國在世界上之位置，知東西列強待我國之政策。鑒觀既往，熟察現在，以圖將來。內齊國而外諸邦，一以天演學物競天擇優勝劣汰之公例，疾呼而棒喝之，以冀同胞之一悟。此四者，實惟我清議報

〔註56〕梁啓超：《清議報改訂章程告白》，《清議報》第 11 冊。

之脈絡之神髓。一言以蔽之，曰廣民智振民氣而已。〔註57〕

這裡介紹了《清議報》「開民智」的主要著手點：「倡民權」、「衍哲理」、「明朝局」、「厲國恥」。相對於《時務報》時期梁啓超要求報刊所做的四項工作，即「廣譯五洲近事」、「詳錄各省新政」、「博搜交涉要案」、「旁載政治學藝要書」，此處的概括顯然更爲全面深刻。對於評判報刊良否的四個標準（「宗旨定而高」、「思想新而正」、「材料富而當」、「報事確而速」），梁啓超也主要是圍繞「開民智」而加以展開的。如對宗旨「定」的闡述：「宗旨一定，如項莊舞劍，其意常在沛公。且旦而聒之，月月而浸潤之，大聲而呼之，譎諫而逗之，以一報之力而發明一宗旨，何堅不摧，何艱不成？」〔註58〕強調的是報刊的啓蒙宣傳要持之以恒；再如對「思想新而正」的闡述：「凡欲造成一種新國民者，不可不將其國古來誤謬之理想，摧陷廓清以變其腦質，而欲達此目的，恒須藉他社會之事物理論輸入之而調和之……而報館之天職，則取萬國之新思想以貢於其同胞者也，不寧惟是，凡一新理之出世也，恒與舊義不相容，故或舉國敵之，一世棄之，固又視其自信力何如焉。信之堅而持之毅，此又前者所謂定宗旨也。若夫處今日萬芽齊茁之世界，其各各新思想，殽列而不一家，則又當校本國之歷史，察國民之原質，審今後之時勢，而知以何種思想爲最有利而無病，而後以全力鼓吹之，是之謂正。」〔註59〕可見「新」和「正」同樣是針對「開民智」而言的。由此觀之，「開民智」可以說是梁啓超在《清議報》時期報刊理論主張的關注焦點。

　　梁啓超以宣傳、啓蒙爲目的的報刊活動，始終和他的政治活動結合在一起。「他的所有揮灑著報人天分、充滿了情感、意在開啓民智的燦爛篇章，都是從政治實踐的角度寫就的。」〔註60〕流亡日本後，與其政治主張一致，梁啓超辦報的基本方向即是通過改造國民性以促進中國的革新。在《〈新民叢報〉章程》中，梁啓超闡述了借報刊「新民」的主張，並就報刊的具體方針進行了闡述：

〔註57〕梁啓超：《清議報一百冊祝辭並論報館之責任及本館之經歷》，《飲冰室合集‧文集》六，第 54 頁。

〔註58〕梁啓超：《清議報一百冊祝辭並論報館之責任及本館之經歷》，《飲冰室合集‧文集》六，第 50 頁。

〔註59〕梁啓超：《清議報一百冊祝辭並論報館之責任及本館之經歷》，《飲冰室合集‧文集》六，第 51 頁。

〔註60〕【日】陝間直樹：《〈新民說〉略論》，陝間直樹編：《梁啓超‧明治日本‧西方》，北京：社會科學文獻出版社 2001 年版，第 68 頁。

一、本報取《大學》「新民」之義，以爲欲維新吾國，當先維新吾民。中國所以不振，由於國民公德缺乏，智慧不開。故本報專對此病而藥治之，務採合中西道德，以爲德育之方針；廣羅政學理論，以爲智育之本原。

一、本報以教育爲主腦，以政論爲附從。但今日世界所趨，重在國家主義之教育，故於政治亦不得不詳。惟所論務在養吾人之國家思想，故於目前政府一二事之得失，不暇沾沾詞費也。

一、本報爲吾國前途起見，一以國民公利公益爲目的，持論務極公平，不偏於一黨派。不爲一灌夫罵座之語，以敗壞中國者咎非專在一人也；不爲危險激烈之言，以導中國進步當以漸也。〔註61〕

梁啓超認爲，中國之所以積弱不振，主要在於民眾「公德缺乏」、「智慧不開」，爲此必須結合「中西道德」與「政學理論」進行德育和智育。就報刊而言，則應以「教育」爲主，以「政論」爲從，致力於「國家主義」教育和「國家思想」的培養。在立場上必須以「公益」爲目的，不爲「危險激烈之言」，以逐漸引導中國進步。則該報實際上仍以「開民智」爲主旨，其目的是要造成鎔鑄「中西道德」和「政學理論」的「新民」，使中國進化爲類似歐美和日本的近代民族國家。

1902 年 10 月，梁啓超在《新民叢報》第 17 期發表《敬告我同業諸君》。從該文可以看出，梁啓超已經開始從近代輿論學的角度來思考報刊宣傳與國民思想觀念變化的關係。他指出，報館的天職之一即是「向導國民」：

所謂向導國民者何也？西哲有言：「報館者現代之史記也。」故治此業者不可不有史家之精神。史家之精神何？鑒既往，示將來，導國民以進化之途徑者也。故史家必有主觀客觀二界。作報者亦然。政府人民所演之近事，本國外國所發之現象，報之客觀也；比近事、察現象，而思所以抽繹之、發明之，以利國民，報之主觀也。有客觀而無主觀，不可謂之報，主觀之所懷抱，萬有不齊，而要之以向導國民爲目的者，則在史家謂之良史，在報界謂之良報。〔註62〕

報刊在事實報導之外，必然有其特定的主張和看法，即「主觀之懷抱」，當以

〔註61〕 梁啓超：《〈新民叢報〉章程》，《〈飲冰室合集〉集外文》上編，北京：北京大學出版社 2005 年版，第 75～76 頁。

〔註62〕 梁啓超：《敬告同業諸君》，《飲冰室合集·文集》十一，第 38 頁。

向導國民爲目的。值得注意的是梁啓超分析了報刊與學校、書籍在影響人們的精神世界方面的區別：「抑報館之所以向導國民也，與學校異，與著書亦異。學校者築智識之基礎，養具體之人物者也；報館者作世界之動力，養普通之人物者也。著書者規久遠明全義者也；報館者救一時明一義者也。故某以爲業報館者既認定一目的，則宜以極端之議論出之。雖稍偏激焉而不爲病。」〔註63〕梁啓超認爲，相對於學校和書籍，報館的作用具有普泛性、非系統性，故在宣傳方式上也當有所區別。爲此，他提出了「變駭爲習」、「過兩級」的報刊宣傳方法。梁啓超的這個宣傳方法科學與否姑且不論，他明確將報刊與學校、書籍的作用方式區分開來，將「開民智」進一步細化爲「向導」，正凸顯了他對報刊傳播規律的認識的深入。

第四節　小結

　　戊戌變法失敗使康、梁等改良派喪失了國內的政治舞臺，使他們不得不在海外從事改良的宣傳和組織活動。由於對西國的近距離觀察，對西學的廣泛吸收瞭解，康、梁等人尤其是梁啓超的改良思想得到了全面深入的發展。而國外無所顧忌的言論環境又使他們能夠做出充分闡述。

　　這一時期，改良派力主啓蒙宣傳，以對國人進行近代國民教育。他們廣譯西學著作，通過報刊介紹西方各種政治和社會學說。他們繼續強調了報刊「開民智」的作用，將報刊視爲重要的社會宣傳和教育機關。由於對西方民主政治瞭解的加深，他們較爲系統地提出了「新民」理論。戊戌變法時期，梁啓超對報刊「開民智」方面的闡述，主要就是聯繫報刊的傳通功能，指出報刊能夠「廣譯五洲近事」、「詳錄各省新政」、「博搜交涉要案」、「旁載政治學藝要書」，使「閱者」知曉中外情勢，對「新法」、「新學」、「實學」有較好的瞭解。譚嗣同也將報刊角色直接定位爲「助人日新之具」。這些觀點當然也包含了報刊要啓蒙民眾的思想，但還顯得相對簡單，並有直接配合和服務現實的變法運動，爲變法鼓吹的取向。變法失敗後，梁啓超意識到，要變革中國，必須從培養國人的近代國民意識開始。他以近代民權思想爲指引，對報刊「開民智」的內容安排、方法途徑、具體目標等都進行了分析，明確主張以「開發民智爲主義」。

〔註63〕梁啓超：《敬告同業諸君》，《飲冰室合集・文集》十一，第38頁。

　　此後梁啟超又提出了「向導國民」的主張。認爲報館作用於人認識世界的特點是「救一時明一義」，因而在宣傳方式上可以「變駭爲習」。流亡日本期間，梁啟超對反映西方近代新聞學觀點的著作已有所接觸。將報刊視爲國民之「向導」，即與松本君平《新聞學》中的觀點「於輿論則爲先導者，於公議則爲製造家，於國民則爲役使之將帥，挾三寸之管作全國之主動力」頗爲一致。戊戌變法時期，譚嗣同在談到報刊的「新民」作用時，對報刊傳播的廣泛性、時效性等已有所闡述。但他並沒有明確指出報刊與學堂、學會在「開民智」方面的具體區別。梁啟超在此則結合報刊的大眾傳播性質對報刊「新民」進行了分析，這樣，報刊的角色在「社會教育機關」之外，其「大眾傳播工具」的角色也得到了進一步的確認。

　　戊戌變法以後，改良派對報刊角色認知的另一個突出表現，是明確將報刊視爲社會輿論機關。梁啟超從西方近代憲政思想出發，對報刊、政府、國民三者的關係進行了深入闡述。梁啟超將報刊置於與政府平等的地位，而政府不過是國民公僕，報刊有權代表國民對政府進行監督。梁啟超的輿論觀又頗受盧梭「公意」說的啟發，他所強調的代表國民輿論監督政府，更多的是指代表公共利益。這就要求從事報刊業的精英知識分子能夠有「五本」、「八德」，以促成符合「公益」的健全輿論。由於對報刊從業者所持的這種精英主義意識，梁啟超進一步將報刊視爲「政本之本，教師之師」。戊戌變法時期，譚嗣同的「民史」、「民口」說已反映了他對國民主體地位的認識，則報刊立言也必然擯棄「君臣之倫」的秩序限制。而梁啟超在此的論述則明確地強調了報刊代表國民「發公意以爲公言」，獨立於政府並對之進行輿論監督的地位。他並用近代民主政治的理據對報刊監督做了深入論證。清廷統治的最後幾年，國內立憲改革的呼聲高漲，當局不得不做出改革姿態。國內的立憲改良派也開始明確以立憲政治的原理闡發報刊在國家中的地位和角色。早期維新思想家中，如鄭觀應、何啟和胡禮垣等也闡述過西方立憲政治下報刊所處的角色，但他們的闡述更多的是介紹性質的，沒有也不可能付諸於當時中國的報刊實踐；戊戌變法後改良派的報刊角色觀念則是和他們的報刊實踐結合在一起的，決定了他們的辦報宗旨和方向。

　　對西學瞭解的加深，以及言論環境的改變，戊戌變法以後改良派對報刊角色的論述在總體上更加具有西方政治學、新聞學等學理素養和眼界。論報話語也由此完成了向近代化的轉型。值得注意的是，梁啟超等改良派報人在

對待政黨與報刊的關係上，常常有要求報刊超越黨派性的傾向。強調立言爲公而不偏於一黨，這裡顯然也體現了西方近代自由主義思潮的影響。當然，改良派的報刊角色論述並不是全盤「西化」的，從根本上說，他們的報刊思想與他們變革中國的主張和政治實踐是結合在一起的；梁啓超強調報刊的啓蒙宣傳和「向導」角色，強調造成健全輿論，即與他對中國社會現狀的判斷，以及由此而設想的變革方略有著密切關係。即便是改良派提出的頗合於西方近代憲政民主原理的報刊主張，如強調報刊獨立於政府行使監督職能等，也與他們的立憲政治主張是一致的。

　　戊戌後梁啓超對報刊政治角色和社會啓蒙角色的設想，標誌著梁啓超報刊思想的成熟。也正式標誌著晚清以來國人報刊思想的近代化。這一時期，梁啓超所全面展開的報刊論述，對後人的報刊實踐和報刊觀念具有深遠影響。

第六章　革命派的報刊角色觀

　　清末革命運動的最早實踐，可以推溯到 1894 年 11 月孫中山在檀香山成立的興中會。甲午以後，國勢日危，而清廷頑固派之愚昧如故。「滿人猜忌閉塞，根本不足與有為。維新諸公雖苦口大聲，不能喚醒清廷之醉夢。所謂不可與言而與之言，其事亦大可哀而已。」〔註1〕孫中山以革命大義號召天下，走的是一條與康、梁不同的救國道路。其間雖屢遭挫敗，然終於有功成辛亥之壯舉。

　　報刊在孫中山領導的革命事業中，也發揮了十分重要的作用。尤其是 1900 年以後，革命報刊在海內外不斷創立，革命風潮的影響迅速擴大。1900 年至 1912 年民國創立，海內外革命志士所創辦的報刊達 200 種以上。孫中山高度評價了革命報刊的功績：「革命推到滿清，固然有賴軍人們的力量，但是海內外人心一致，則是各報館宣傳之功。」〔註2〕而隨著中國近代具有政黨性質的革命團體（中國近代第一個正式政黨是 1905 年由孫中山在日本東京成立的同盟會）的發展，他們的報刊也日益具有政黨機關報的性質。辦報鼓吹革命，以及報刊與政黨活動結合的背景，決定了革命派對報刊角色的基本闡述。

第一節　反清革命與辦報鼓吹

　　清末，民族危機和社會矛盾不斷加深。而當政者愚昧貪私，致使中國的

〔註1〕蕭公權：《中國政治思想史》，瀋陽：遼寧教育出版社 2001 年版，第 635 頁。
〔註2〕孫中山：《言論務須一致》，轉引自賴光臨：《中國新聞傳播史》，臺北：三民書局 1978 年版，第 776 頁。

富強之夢，日見無望。孫中山從事實際的革命運動，即是上書李鴻章無果之後開始的，「乃赴檀香山創立興中會，以別求民族自存自強之途徑。」〔註3〕加之長期存在的滿漢矛盾，更使革命之推行，易爲響應。繼1894年在檀香山組織興中會之後，第二年，孫中山在香港建立興中會總會，並提出「驅除韃虜，恢復中華，創立合眾政府」的革命目標。不久，興中會即謀劃了廣州起義。

廣州起義失敗後，1896年10月，孫中山在倫敦被清廷駐英公使誘捕，後得康德黎醫生解救。在英期間，孫中山根據他對西方國家的觀察，補充其先前提出的民族、民主革命觀點，初步形成了民族主義、民權主義和民生主義的三民主義革命宗旨。經過廣州一役以及倫敦被捕的經歷，孫中山漸有聲譽，並且逐漸形成一套革命思想。但是直到1900年以前，孫中山的革命宣傳和組織發動都十分艱難，革命並未取得實質性進展。義和團事件之後，孫中山在國內和留日學生中獲得了熱情支持，革命社團紛紛湧現。如1902年4月和這一年冬天，蔡元培、蔣智由等在上海建立中國教育會和愛國學社；1902年冬，秦毓鎏、葉瀾等留日學生建立青年會；1904年2月，黃興、陳天華、宋教仁等在長沙成立華興會；同年7月，曹亞伯、張難先等在武昌成立科學講習所；1904年10月，陶成章、秋瑾、徐錫麟等在上海成立光復會。

在組織建設的同時，革命派相繼創辦宣揚民主革命的報刊。1894年至1900年，革命黨人主要利用《隆記報》、《鏡海叢報》等僑商和外商報紙進行宣傳，沒有設立專門的機關報。1900年1創刊的《中國日報》被稱爲「革命黨機關報之元祖」。該刊由陳少白擔任社長兼總編輯，其辦報宗旨是「以開中國人之風氣識力，袪中國人之萎靡頹庸，增中國人奮興之熱心，破中國人拘泥之舊習，而欲使中國維新之機勃然以興。」〔註4〕《中國日報》之後，在留日學生和新加坡、緬甸、美國等地革命黨人中辦報之風漸熱。主要的報刊有《國民報》、《湖北學生界》、《浙江潮》、《江蘇》、《二十世紀之支那》和《圖南日報》、《仰光新報》等。興中會會員，也有一部分光復會和華興會會員及其他革命青年主辦了這些報刊的編輯出版工作。義和團事件之後，革命派在國內的辦報活動也有很大進展。1903年以前創辦的主要有《大陸》、《蘇報》等，多數在上海出版，以《蘇報》的影響最大。《蘇報》被封不久，《國民日日報》、《警

〔註3〕蕭公權：《中國政治思想史》，瀋陽：遼寧教育出版社2001年版，第777頁。
〔註4〕《中國報序》，《中國旬報》，1900年1月25日。

鐘日報》、《二十世紀大舞臺》、《萃新報》等很快又相繼出版。在國內辦報者多爲華興會、光復會和龍華會會員。

1905 年 8 月，孫中山聯合各革命團體成立同盟會。孫中山的三民主義原則成爲了同盟會的革命宗旨，不過來自於華興會和光復會的同盟會成員更注重民族主義和民權主義。同盟會的成立，爲全國主張激進革命的力量提供了一個統一的中央組織，極大地改變了革命的特徵和方式。同盟會時期，革命宣傳的聲勢更爲壯闊。1905 年 11 月，同盟會總部機關報《民報》在日本東京創辦，胡漢民、章太炎等相繼主編。《民報》系統地宣傳了同盟會的政治綱領和孫中山的三民主義思想，並就民族革命、民主革命、土地國有等問題和《新民叢報》展開激烈論戰。《民報》之外，革命派還在國外創辦了大量報刊，主要有《四川》、《雲南》、《河南》、《民生日報》、《中興日報》、《光華日報》、《大漢日報）等。1907 年以後，革命派報刊宣傳工作的重點逐漸轉向國內。1907年至 1911 年，革命派在國內創辦的報刊，主要有在上海出版的《中國女報》、《神州日報》、《民呼日報》、《民吁日報》、《民立報》、在漢口出版的《商務報》、《大江報》，在廣州出版的《南越報》、《人權報》、《可報》，在北京出版的《國風日報》、《國光新聞》等。其中以于右任主辦的《民呼日報》、《民吁日報》、《民立報》，和詹大悲主辦的《大江報》影響最大。此外，革命派在廣西、湖南、貴州、河南、山東、四川、安徽、東北幾省也創辦了大量報刊。

革命派主要從革命宣傳和鼓動的角度使用報刊。「中華民國之創造，歸功於辛亥前革命黨之實行及宣傳紙二大工作。而文字宣傳之工作，尤較軍事實行之工作爲有力而且普遍。」﹝註 5﹞以陳少白的《中國日報》爲例，《興中會史要》評述說：

> 《中國報》者，唯一創始之公言革命報，亦革命過程中一繼往開來之總樞紐也。自己未（一八九五）廣州事敗，同志星散，團體幾解。《中國報》出，以懸一線未斷之革命工作，喚醒多少國民昏睡未醒之迷夢，鼓吹中國乃中國人之中國之主義，戰敗康氏保皇之妖說，號召中外，蔚爲大革命之風。不數年，國內商埠，海外華僑，聞風興起，同主義之報林立。而惠州之役（一九〇〇），固亦以《中國報》館爲機關之地也。﹝註6﹞

﹝註 5﹞ 馮自由：《革命逸史》第三集，北京：中華書局 1981 年版，第 136 頁。
﹝註 6﹞ 轉引自陳孟堅：《民報與辛亥革命》上冊，臺北：正中書局 1986 年版，第 65〜66 頁。

革命派對報刊角色的論述，與他們的報刊宣傳實踐正相一致。改良派之辦報宣傳，其著眼點在「合大群而後力厚」。革命派則充分闡述了教育、指導處於蒙昧狀態的民眾的重要性。「經營革命之事業，必以下等社會爲根據地……下等社會者，革命事業之中堅也」〔註7〕；「天下只有窮人有革命的資格，其餘的都夠不上。中國愈窮，革命黨愈多，革命軍起得愈早，成事也就愈快。」〔註8〕但是必須讓民眾知道革命的道理，這就需要「達識之士」的指導。革命者必須深入民眾，輸入革命思想，以組成新型的革命團體。鄒容在《革命軍》中指出：「革命者，國民之天職也，其根柢源於國民」，「意大利建國豪傑瑪志尼日『革命與教育並行』。吾於是鳴於我同胞前日，『革命之教育』，更譯之日，『革命之前，須有教育，革命之後，須有教育』。」〔註9〕具體到報刊宣傳，孫中山在《〈民報〉發刊詞》中的論述頗爲簡練：「抑非常革新之學說，其理想灌輸於人心而化爲常識，則其去實行也近。」報刊宣傳的根本目的是要推動革命，這就需要借助報刊將革命的主義灌輸到民眾中去，從而積聚革命力量。對此，胡漢民的闡釋是：「革命報之作，所以使人知革命也。蓋革命有秘密之舉動，而革命之主義，則無當秘密者。非惟不當秘密而已，直當普遍之於社會，以斟灌其心理而造成輿論……或謂革命者，非徒以觸發社會之感情而已，必且導其知識，養其能力，三者具，而後革命可言」〔註10〕。胡漢民尤其強調革命機關報進行理論說服的重要性，認爲輿論之眞正具有價值，貴在其依於理性判斷。他認爲革命報刊可以觸發人的感情，但感情是不能持久的。因此「革命報」的責任，更在於使人眞正知道革命的目標和道理。可以說胡漢民是在革命理論的宣傳和接受規律層面上，深化了孫中山的論述。關於「主義」與「實行」的關係，《南報》的發刊詞則從宣傳的恒心和毅力層面進行了闡述：「主義者，實事之母也。然自主義而發生實事，其間非可一蹴而幾，必灌溉以多數學子之心血，而主義始存立於社會，必累積以經久有恒之歲月，而主義始浸潤於人心。存立矣，浸潤矣，然後實事近焉。」〔註11〕鑒

〔註7〕 《民族主義之教育》，《辛亥革命前十年間時論選集》第一卷上冊，上海：三聯書店 1960 年版，第 408 頁。

〔註8〕 林獬：《國民意見書》，《辛亥革命前十年間時論選集》第一卷下冊，上海：三聯書店 1960 年版，第 921 頁。

〔註9〕 鄒容：《革命軍》，北京：華夏出版社 2002 年版，第 35～36 頁。

〔註10〕 胡漢民：《「民報」之六大主義》，《辛亥革命前十年間時論選集》第二卷上冊，上海：三聯書店 1960 年版，第 373 頁。

〔註11〕 《〈南報〉發刊詞》，《辛亥革命前十年間時論選集》第三卷，上海：三聯書店1960 年版，第 747 頁。

湖女俠秋瑾在《中國女報發刊辭》中，則從「一盞精燈，導無量眾，盡登彼岸」的慈悲情懷出發，對《女報》做了如下定位：

> 然則具左右輿論之勢力，擔監督國民之責任者，非報紙而何？
> 吾今欲結二萬萬大團體於一致，通全國女界聲息於朝夕，為女界之
> 總機關，使我女子生機活潑，精神奮飛，絕塵而奔，以更進於大光
> 明世界。為醒獅之前驅，為文明之先導，為迷津筏，為暗室燈，使
> 我中國女界中放一大光明燦爛之異彩；使全球人種，驚心奪目，拍
> 手而歡呼。〔註12〕

革命者普遍具有「先知」向導「後覺」的精英情結。從秋瑾的這一段話看，「前驅」、「先導」、「筏」、「燈」等詞彙的使用即流露出此種心理。由此看來，報刊主要是革命派宣傳、教育和鼓動民眾的重要工具。

革命派的報刊觀念，也受到西方新聞理論和實踐的影響。孫中山等革命黨人長期在海外活動，對西方的報業實踐自然耳熟能詳。于右任在創辦《神州日報》前，還有去日本考察新聞業的經歷。1903年，松本君平的《新聞學》即在上海商務印書館翻譯出版。同時，革命派民主革命理論的西方思想來源——西方近代社會政治理論中也必然常常有關於輿論、報刊、言論自由等問題的討論。故革命派對報刊的論述中也常常可見到西方思想的痕跡。孫中山、于右任就先後有「輿論之母」的提法；而報刊代表國民監督政府的「第四種族」理論也常為革命報人言論攻擊清廷提供了理論庇護。也有直接引用西方新聞學理論作為報刊論述之理據的：「松本氏嘗言：『今日之新聞如衣食住，為文明國民所必要，且為國民教育之大學校，養成國民之政治思想，涵育社會的道德，授與文明之民必要之智慧常識；使能解其他文藝、美術、政治、法律、農工商百般高尚之人道，發達必要之趣旨，天下何物足以勝之耶？故其勢力之所及至偉大也，雖黃金之力，宗教之魔，帝者之權能，皆莫能與比。』深有味乎其言。雖黃金之力，宗教之魔，帝者不尤重哉。」〔註13〕但總體來說，革命派對西方新聞思想的借鑒，主要集中在報刊的宣傳職能和重要性的闡述方面。而正如本書第五章所體現的，戊戌變法後梁啟超等改良派報人則在憲政視野下對西方思想做了較為全面的接受。這種不同也許與革命派和改

〔註12〕秋瑾：《中國女報發刊辭》，《秋瑾女俠遺集》，北京：中華書局1929年版，第73頁。

〔註13〕衛種：《二十世紀之支那初言》，《辛亥革命前十年間時論選集》第二卷上冊，上海：三聯書店1960年版，第69頁。

良派不同的關注焦點和政治使命有關。革命派和改良派的最終政治目標並無多大區別，即都主張中國實行西方近代民主政治；但革命派主張以暴力革命的手段推翻清朝政府，而改良派則主張以漸進的辦法使中國進步到憲政體制。在推翻清政府以前，革命派關注的是「破壞」，報刊即「破壞」手段之一；故革命派的報刊論述，著重發展了報刊服務於「破壞」的革命機關報「理論」的一面。改良派也將報刊視爲宣傳政見的手段，但是在他們的立憲主張中，很自然地要「改良」出發探討報刊在憲政秩序下的社會和政治角色問題。故其報刊論述中更多地借鑒了西方的成熟思想，以建構其所鼓吹的憲政秩序下的報刊「理論」。辛亥革命以前，革命派對報刊的論述，主要集中在報刊對「主義」宣傳，以及機關報宣傳技巧和效果等方面。可以說革命派的報刊論述，大多數情況屬於革命機關報「理論」的範圍，他們對西方憲政背景下的報刊理論的借鑒，是較爲有限的。當然，于右任等人也提出過十分類似於改良派的報刊主張，但很大程度上這些主張的提出實際上又往往是一種言論策略，以爲革命報刊在國內的存在提供掩護。在清王朝的最後幾年裏，憲政的進展雖然遲滯，但畢竟小有進步，而憲政的觀念則早已深入人心。

革命派雖然高舉民權主義，將實現民主共和制度作爲奮鬥目標，但是他們一般也無暇從民主憲政的視野去建構他們的報刊理論。費正清主編的《劍橋中國晚清史》深入分析了革命派對待三民主義態度：「誠然，孫中山本人無論怎樣喜歡把他的三民主義同自由、平等、博愛，以及同民有、民治、民享相提並論，卻顯然有一種超人論的色彩；和學生們一樣，他之重視人民參政卻不如他之重視強有力的領導。另外，他和學生們一樣的是，他把民主和社會正義的理想擺在迅速改變中國成爲富強國家的目標之下。民主在一定程度上是目的……民主共和政制主要是能藉以建成一個強盛中國的手段。社會正義同樣也既是目的又是手段，而以手段的成分居多」〔註 14〕。在這種總的思維方向下，革命派主要將報刊視爲革命鬥爭的手段也就是自然之事。革命派往往不是從自己的民權理論出發去展開他們對報刊論述，而更多的是從革命的現實需要出發來使用和認定報刊。結果他們的民權和憲政理論和他們對報刊的論述往往呈現出分離狀態。而這一點在戊戌變法後的改良派尤其是梁啓超那裡，似乎並不成問題。

〔註 14〕 費正清編：《劍橋晚清中國史》下卷，北京：中國社會科學出版社 1985 年版，第 567 頁。

第二節 革命派的報刊角色觀

辛亥革命前革命派對報刊的論述，以孫中山、鄭貫公、于右任和章炳麟較有代表性。孫中山是革命派領袖，也是革命機關報的重要指導者。鄭貫公、于右任和章炳麟都是革命派中具有重要影響的報人。

一、孫中山的報刊角色觀。孫中山（1866～1925），原名孫文，字載之，號日新、逸仙，廣東香山人。七歲入私塾接受傳統教育，十四歲時受長兄孫眉接濟，赴夏威夷就讀當地的教會學校。1883 年回鄉。同年在香港與陸皓東一同在公理會受洗入基督教，並就讀於拔萃書屋。1884 年入中央書院，三年後再就讀香港西醫書院，1892 年畢業。之後在廣州、澳門等地行醫，並與尤列、陳少白、楊鶴齡、陸皓東等往來，批評國事，也常談革命。1894 年 6 月，孫中山上書李鴻章，主張效法西方進行改革，未獲接見。失望之餘，他於 11 月赴檀香山，在那裡創立生平第一個革命團體興中會，從此走上傾覆清朝、創建民國的道路。

1895 年，孫中山在為香港興中會所寫的章程中，即提到了報刊「開風氣」的功能。他將報刊「開風氣」與學校「育人才」等並列，認為它們都是「利國益民」之事〔註 15〕。但在這一綱領性的革命文件裏，他並沒有明確將報刊與革命宣傳聯繫起來。孫中山真正對報刊宣傳之重要性有深切認識，可能與他個人的親身經歷有一定關係。1896 年 11 月，孫中山在倫敦被清駐英使館誘捕，密囚於一復室中，準備伺機將他押回國內。孫中山在香港西醫書院時的老師康德黎獲知後，即投書泰晤士報，揭露其事。在輿論的干預下，孫中山終於獲釋。對於這一經過，有人記述道：「總理聆言，立即發生一種感想，對於報紙左右社會之力量，至能達成政治力量所未能完成之任務，有身受其惠的深切認識，而覺革命主義之藉報紙宣傳，收效必能速於置郵，是無疑也。」〔註 16〕此後孫中山返回日本，重建策劃行動的基礎時，即命陳少白赴香港創辦《中國日報》。對於孫中山的這一感想，燕京大學白瑞德教授的《中國的報刊》一書曾鄭重述之，而胡道靜的《新聞史上的新時代》一書更認為這是國民黨黨報歷史之重要一頁。

作為職業革命家，孫中山更多從事的是報刊的實際工作，這包括報刊的

〔註15〕孫中山：《香港興中會章程》，《孫中山全集》第一卷，北京：中華書局 1981 年版，第 22 頁。

〔註16〕胡道靜：《新聞史上的新時代》，上海：世界書局 1946 年版，第 29 頁。

創辦規劃和人事安排、籌款以及撰寫宣傳文章等。他對新加坡《中興報》的關注即反映了這一點。在給革命同志的多次去信中，孫中山所談及的，都是該報的開辦和運轉問題：「《中興報》已開辦否？《天聲報》能否合併」〔註17〕；「《中興報》且夕開張，賀甚之！此後新加坡又多一文明導線，予企望之」〔註18〕；「《中興報》可望支持過年，然來歲則擬為擴充股份之辦法。因今年資本不足，屢次臨渴掘井，故報務甚為支絀」〔註19〕；「惟《中興報》於大局甚為有關，不能不竭力維持。弟再代請本埠林義順君出來司理一切。」〔註20〕與梁啓超相比，孫中山專門對報刊所做的理論闡述並不多見。尤其是戊戌變法以後，梁運用他所廣泛吸收的西方憲政知識，對報刊與政府、國民的關係進行了較為深入的闡述。他的報刊角色觀雖然具有強烈的精英主義色彩，但在一定程度也包含了對西方近代憲政秩序中的理想和正義的追求。孫中山則往往是從民主革命的實際需要出發來看待報刊的角色。

在孫中山處，報刊主要就是一個宣傳主義、鼓動人心、服務革命的言論機關。在為《民報》所寫的發刊詞中，孫中山明確表達了他對報刊宣傳的要求：

> 夫繕群之道，與群俱進，而擇別取捨，惟其最宜。此群之歷史既與彼群殊，則所以披而進之之階段，不無後先進止之別。由之不貳，此所以為輿論之母也……惟夫一群之中，有少數最良之心理能策其群而進之，使最宜之治法適應於吾群，吾群之進步適應於世界，此先知先覺之天職，而吾《民報》所為作也。抑非常革新之學說，其理想灌輸於人心而化為常識，則其去實行也近。吾於《民報》之出世覘之。〔註21〕

單從文字表述看，這一段話與梁啓超的《輿論之母與輿論之僕》頗為接近。二者都肯定「先知先覺」者（「豪傑」）應當創造或指導輿論，成為「輿論之

〔註17〕孫中山：《致張永福、陳楚楠函》，《孫中山全集》第一卷，北京：中華書局1981年版，第335頁。

〔註18〕孫中山：《復張永福、陳楚楠函》，《孫中山全集》第一卷，北京：中華書局1981年版，第339頁。

〔註19〕孫中山：《致鄧澤如函》，《孫中山全集》第一卷，北京：中華書局1981年版，第401頁。

〔註20〕孫中山：《致鄧澤如函》，《孫中山全集》第一卷，北京：中華書局1981年版，第407頁。

〔註21〕孫中山：《〈民報〉發刊詞》，《孫中山全集》第一卷，北京：中華書局1981年版，第288～289頁。

母」。所不同者，梁啓超主要是從一般、普遍的意義上來論述「輿論之母」的，他強調「豪傑」要「造輿論」，成爲「輿論之母」，必須「非有私利也，爲國民而已」。也就是說其所造之輿論必須合乎「公益」，而「豪傑」必須是「以己身爲犧牲以圖人民之利益者。」〔註 22〕同時值得注意的是梁的報刊活動儘管始終具有黨派性質，但他的報刊論述又具有超越黨派性的傾向。故他期望《清議報》「全脫離一黨報之範圍而進入於一國報之範圍，且更努力漸進以達於世界報之範圍」；〔註23〕在《〈新民叢報〉章程》中，明確主張報刊應以「公益」爲目的，而「不偏於一黨派」；創辦國風報時，也提出過「凡論說及時評皆不徇黨見」〔註 24〕的主張。這種超越與他始終根據其憲政理想來引申其報刊論述是有很大關係的。孫中山在此則是從具體的黨派之主義的宣傳這一目的來闡述「輿論之母」。在《〈民報〉發刊詞》中，孫中山對三民主義的理論普適性及其解決中國問題的指導意義無疑是充滿自信的：「余維歐美之進化，凡以三大主義：曰民族，曰民權，曰民生……是三大主義皆基本於民，遞嬗變易，而歐美之人種胥治化焉。其他旋維於小己大群之間而成爲故說者，皆此三者之充滿發揮而旁及者耳」；「今者中國以千年專制之毒而不解，異種殘之，外邦逼之，民族主義、民權主義殆不可以俟緩。而民生主義，歐美所慮積重難返者，中國獨受病不深，而去之易。是故或於人爲既往之陳迹，或於我爲方來之大患，要爲繕吾群所有事，則不可不並時而弛張之。」〔註 25〕在孫中山看來，三民主義正是中國對症之良藥、「最宜之治法」。而《民報》之創辦，就是要發揚三民主義，「由之不貳」，「抑非常革新之學說，其理想灌輸於人心而化爲常識」，以成「輿論之母」。孫中山在《民報》創刊一週年慶祝大會的演說中進一步明確指出了這一點：「《民報》發刊以來已經一年，所講的是三大主義：第一是民族主義，第二是民權主義，第三是民生主義。」〔註 26〕由此觀之，如果說梁啓超的「輿論之母」論尚屬一般輿論學的學理探討的話，孫中山在此突出強調了黨派之主義與報刊宣傳使命的一致性關係，報刊

〔註 22〕 梁啓超：《輿論之母與輿論之僕》，《飲冰室合集·專集》二，第 84 頁。
〔註 23〕 梁啓超：《清議報一百冊祝辭並論報館之責任及本館之經歷》，《飲冰室合集·文集》六，第 57 頁。
〔註 24〕 梁啓超：《國風報敘例》，《飲冰室合集·文集》二十五（上），第 25 頁。
〔註 25〕 孫中山：《〈民報〉發刊詞》，《孫中山全集》第一卷，北京：中華書局 1981 年版，第 288 頁。
〔註 26〕 孫中山：《在東京〈民報〉創刊週年慶祝大會的演說》，《孫中山全集》第一卷，北京：中華書局 1981 年版，第 324 頁。

即爲灌輸特定黨派意識形態的「機關」。這就屬於黨報論述的範圍了。

　　孫中山的其他相關論述也基本上是反復強調他的這一辦報思路。如 1906 年在致張永福的信中，在談及《革命軍》的印刷和派送工作時，他特別分析了宣傳發動工作之於革命的重要意義：「南洋各埠現下風氣初開，必要先覺之同志多用功夫，竭力鼓吹。以弟見內地各省及日本東京留學之進步，若南洋能有如此，則大事不難成矣。南洋今日初得風潮，進步不速，若再有公等鼓吹之，使風潮普及，則人非木石，想他日之進步亦不遜他方也。」〔註27〕1909 年，孫中山在致王子匡信中，提出了在巴黎的辦報策略：「此報將來可作交通內地各省有心人之機關，又可作聯絡歐洲學界之樞紐。其言論表面當主平和，以不觸滿政府之忌，而暗中曲折，引人入革命之思想。衡兄主於報外另印單張，專言激烈之事以動人，別出他名，按照看報者之地址以分寄。」〔註28〕1910 年，他分析《美洲少年》的改組問題時指出：「最好還是把《美洲少年》改組成爲一間每日出版的日報，這樣方負起大張旗鼓盡力宣傳的義務。你們不要以爲辦日報資金難籌，其實會員眾多，自然容易，向這一條路子想想是通的。擴大少年學社，公開爲中國同盟會是體，擴大《美洲少年》，改組爲日報是用，有體有用，我們黨的宗旨和作用才發揮出來。」〔註29〕孫中山對報刊的闡述，始終圍繞的是宣傳「革命主義」以推進革命風潮這一核心目標。早在戊戌變法時期，康有爲在積極組織學會的同時，也將辦報作爲學會「最要者四事」之一，以「廣見聞」、「開風氣」。上海強學會的機關報《強學報》更是「專以發明強學之意爲主」，明確闡述了維新派的改良主張。他對聖學會的報刊也提出了「今之刊報，專以講明孔道」的要求。但是當時的改良派並沒有明確的近代政黨意識，也沒有提出明晰一貫的「黨」的「主義」。1898 年，嚴復就在他的《說難》一文中明言中國尚無政黨。自然，康有爲在當時也不可能以「主義」去規範改良派的報刊宣傳。相形之下，孫中山從三民主義的革命理想出發，對「爲什麼辦報」和「以什麼爲目標辦報」的認定都十分清晰具體且一以貫之，故其論述的「機關報理論」色彩也就更爲顯著。

〔註27〕孫中山：《致張永福函》，《孫中山全集》第一卷，北京：中華書局 1981 年版，第 295 頁。

〔註28〕孫中山：《致王子匡函》，《孫中山全集》第一卷，北京：中華書局 1981 年版，第 416 頁。

〔註29〕孫中山：《與李是男黃伯耀的談話》，《孫中山全集》第一卷，北京：中華書局 1981 年版，第 439 頁。

　　孫中山的報刊論述，成爲了革命報刊的重要指針。宣揚三民主義是革命報刊的基本宗旨。「當時孫中山提出民族、民權、民生三主義後，革命報刊即循此加以闡述。」〔註30〕而其中尤以《民報》對三民主義的發揮最爲充分。「（孫中山）旋於本月十二日復集會員於赤阪阪本金彌爵邸，始決議創立民報，以振揚革命理論，闡明三民主義爲宗旨……報字曰民，所以者何？原孫總理數十年舟車棲皇，顛播海外，其孳孳不倦所提倡革命者，厥爲三民主義，曰民族，曰民權，曰民生。茲三大主義胥基於民，故民報之稱，於焉以定。」〔註31〕《民報》最初的作者，有胡漢民、汪兆銘、朱執信、宋教仁等，他們所撰寫的文章，大都以闡發三民主義爲使命。該報在與《新民叢報》的論戰中，著力鼓吹暴力革命和共和制度，反對改良和立憲，極大地促進了民主革命思想的傳播，擴大了同盟會的政治影響。

　　辛亥革命後，孫中山進一步闡述了他這種以服務於革命爲中心的報刊角色觀。他在多次公開演說中都強調「主義」宣傳的重要性：「我們黨員已爲先知先覺，應以我的先覺去覺後覺，以先知去教後知，大家負宣傳責任，更望黨員對於革命主義，時時詳細考究，倘有不明不白此種主義者，必向之宣傳，使之明瞭。」〔註32〕孫中山指出，在革命復遭挫敗的情況下，宣傳應當重新予以重視：「我們從前本手無寸鐵，何以會革命成功呢？就由於宣傳力。革命以後，大家有了軍隊，有了政權，以爲事在實行，不必注意宣傳。豈知革命成功，就只有宣傳一道，可惜大家都忘記了，現在我們要反省才好。」〔註33〕他認爲，宣傳的力量比軍隊還要大。宣傳就是要「勸人」，用「主義」去統一全國人民的心理。而要改造國家，就要從根本上即改造人民的心理做起。在另一次演說中，他甚至提出了要使革命極快成功，「宣傳要用九成，武力只可用一成」〔註34〕的觀點。在宣傳方法上，孫中山突出強調以「至誠」去感化民眾的重要性，認爲宣傳三

〔註30〕張玉法：《辛亥革命史論》，臺北：三民書局1993年版，第289頁。

〔註31〕曼華：《同盟會時代民報始末記》，《辛亥革命資料叢刊》第二冊，上海人民出版社1957年版，第438頁。

〔註32〕孫中山：《黨員須研究革命主義》，《孫中山先生演說全集》，臺北：臺灣文海出版社1966年版，第68頁。

〔註33〕孫中山：《總理演說》，《孫中山先生演說全集》，臺北：臺灣文海出版社1966年版，第69頁。

〔註34〕孫中山：《國民黨奮鬥之法宜兼注重宣傳不宜專注重軍事》，《孫中山先生演說全集》，臺北：臺灣文海出版社1966年版，第97頁。

民主義不僅是要使人「知」，更要使人受到感化，使人心悅誠服〔註35〕。

值得注意的是，辛亥革命後孫中山對報刊又有新的論述：突出強調了對報刊言論立場的約束和規範。這些論述意味著完全意義上的中國近代黨報觀念的成型。孫中山的這種報刊論述變化大概有兩個方面的原因。一是出於對自身革命和政治鬥爭的經驗總結。「二次革命」失敗後孫中山總結其原因，乃「同黨人心之渙散」。認爲思想、組織的分歧，尤其是不服從一個領袖的命令是失敗的主要原因。爲此，孫中山開始建立絕對服從其個人的中華革命黨。爲了建立領袖權威，孫中山提出黨員必須絕對服從黨魁的命令，「如有二心，甘受極刑」〔註36〕。中華革命黨總章規定：「凡進本黨者，必須以犧牲一己之生命、自由、權利，而圖革命之成功爲條件，立約宣誓，永遠遵守。」〔註37〕在入黨的方式上還採取了每人按指模的方式。這種對黨員的組織性、紀律性的強調必然也體現在對政黨機關報的要求上。二是由於向蘇聯學習的結果。孫中山向蘇俄學習的主要內容是蘇俄的建黨和建軍兩方面的經驗。孫中山引進蘇聯模式的主要原因是想解決中國兩大問題：第一，消滅「尙留陳腐之官僚系統」；第二，通過借助蘇聯的黨國政治模式，完成內部整合，進而實現眞正的三民主義。在向全國各地黨員的演講中，孫中山就俄國革命的經驗指出：「大家應把黨基鞏固起來，成爲一個有組織的有力量的機關，和俄國的革命黨一樣。此次大會之目的，也是如此。現在俄國的首領列寧先生去世了，於俄國和國際上會生出什麼影響來，我相信是決沒有的。因爲列寧先生之思想魄力、奮鬥精神，一生的工夫，全結晶在黨中。他的身體雖不在，他的精神卻仍在，此即爲我們最大之教訓」；「現在有俄國的方法以爲模範，雖不能完全仿傚其辦法，也應仿傚其精神，才能學得成功。本黨此次改組，就是本總理把個人負擔的革命重大責任，分之眾人，希望大家起來奮鬥，使本黨不要因爲本總理個人而有所興廢，如列寧先生之於俄國革命黨一樣。」〔註38〕這裡明確提出要向蘇聯學習，將領袖個人的思想化爲全黨的統一思想。孫中山認爲，「以黨治國，並不是要黨員都要做官然後中國才可以治，是要求黨的主

〔註35〕孫中山：《言語文字的奮鬥》，《孫中山先生演說全集》，臺北：臺灣文海出版社 1966 年版，第 137～139 頁。

〔註36〕鄒魯：《中國國民黨史稿》，上海：東方出版中心 2012 年版，第 155 頁。

〔註37〕鄒魯：《中國國民黨史稿》，上海：東方出版中心 2012 年版，第 156 頁。

〔註38〕孫中山：《政黨之精神在黨員全體不在領袖一人》，見鄒魯：《中國國民黨史稿》，上海：東方出版中心 2012 年版，第 571～572 頁。

義實行，全國人民都遵守本黨的主義，中國然後才可以治。簡而言之，以黨治國並不是用本黨的黨員治國，是用本黨的主義治國」〔註39〕；「從前何以不從事於有組織、有系統、有紀律的奮鬥？因為未有模範，未有先例。」現在有了模範，有了成功的先例，就是俄國共產黨。「蓋俄國革命之能成功，全由於黨員之奮鬥。……故吾等欲革命成功，要學俄國的方法組織及訓練，方有成功的希望。」〔註40〕孫中山強調以黨義統一全黨思想，強調「奮鬥」的組織性、系統性和紀律性，必然對他一貫倚重的政黨機關報實踐也提出相應的要求。

　　從政治實踐的黨化立場出發，對於報刊宣傳，辛亥革命後孫中山明確提出了「言論務須一致」的主張。辛亥之前，孫中山以三民主義統領報刊的宣傳取向，本身就蘊含了「一致」的要求。但明確提出「言論一致」的辦報規範，則是辛亥革命之後：

> 此次中國推到滿清，固賴軍人之力，而人心一致，則由於各報館鼓吹之功，各報之所以能收效果者，由於言論一致。惟今日雖已共和，尚未大定，欲其大定，必須統一。統一之法，非恃人心，則恃武力；若恃武力，其流弊必致於專制，然人心不能統一，必生禍亂……近觀上海各報，言論不能一致，今回粵省，見各報之言論，亦紊亂不按公理，攻擊政府。不知一般人民重視報紙，每謂報紙經載，必有其事，以致人心惶惶，不能統一……報紙在專制時代，則用利其攻擊，以政府非人民之政府；報紙在共和時代，則不利用攻擊，以政府乃人民政府也。〔註41〕

對章太炎在革命後提出的「革命軍起，革命黨消」的主張，他堅決批評，認為這與同盟會所持之主義「薔之」，號召黨員應戮力同心〔註42〕；1924年8月1日，《廣州民國日報》「響影錄」欄刊載胡適的《少談主義》，孫見報後當日即怒斥編輯與記者「無常識」，說「汝下段明明大登特登我之『民權主義』，

〔註39〕孫中山：《在廣州中國國民黨懇親大會的演說》，《孫中山全集》第8卷，中華書局，1986年，第282頁。

〔註40〕孫中山：《在廣州大本營對國民黨黨員的演說》，《孫中山全集》，第8卷，第436～437頁。

〔註41〕孫中山：《言論務須一致》，《孫中山先生演說全集》，臺北：臺灣文海出版社1966年版，第440～441頁。

〔註42〕孫中山：《中國同盟會意見書》，《孫中山全集》第1卷，北京：中華書局1981年版，第578頁。

而上面乃有此『響影錄』，其意何居？」，並建議將記者革出，「改良本報」〔註
43〕。這種對報刊言論立場的要求和規範，在近代報刊角色觀念的演變過程中
也十分值得注意。自康梁以來的政治運動型機關報紙，進一步被納入政黨組
織剛性約束的範圍：黨報觀念由此形成。

重視宣傳工作，強調報刊宣傳三民主義之於革命事業的重要意義，注重
從政治需要出發來定位報刊的角色，這些都是孫中山論述的基本內容。在孫
中山處，報刊主要被當做是革命政黨的宣傳機關。

二、鄭貫公的報刊角色觀。鄭貫公（1880～1906），名道，字貫一，廣東
中山人。鄭貫公16歲因家貧輟學，赴日本謀生。後受知於梁啟超，被推薦免
費入讀大同學校。在校期間，鄭貫公受西方民主學說的影響，思想上漸趨革
命。他以「中國之摩西」自居，結識了蔡鍔、唐才常、秦力山、林述唐等，
與當時寓居日本的孫中山也有來往。離校後任《清議報》助理編輯，並與馮
自由、馮思欒等成立開智會，創辦《開智錄》半月刊。因以《開智錄》鼓吹
革命，鄭貫公被《清議報》解職，《開智錄》亦停刊。1901年春，他經孫中山
介紹，在香港擔任《中國日報》記者。1903年，鄭以與主編陳少白意見相左
離開《中國日報》，與開智會數人開辦《世界公益報》。不久他先後另創《廣
東日報》及附刊《有所謂》，積極宣傳反美拒約。1906年染疾逝世。

鄭貫公主要從宣傳的角度開展他的報刊論述。在《清議報》任職期間，
鄭貫公等所成立的開智會即「以開民智爲宗旨，倡自由之言論，伸獨立之民
權，啟上下之腦筋，採中、東（指日本）、西之善法」。這與梁啟超的《清議
報》以「開發民智爲主義」和「倡民權」、「衍哲理」、「明朝局」、「厲國恥」
的主要「特色」並無多大區別。開智會旬刊《開智錄》以政治「開智」爲主，
兼及科教「開智」。其發刊緣起寫道：「民賊之輩竟欲以強力壓塞民口，敗壞
國民發言之權而奪其幸福，使自由之窒啞不能高鳴，良堪病歎，僕等久懷慨
憤，故於瀛海一隅，合眾志士，興起倡論，以爭自由之權及輸進新思想，以
鼓舞國民獨立之精神爲第一主義。」〔註44〕《開智錄》由鄭貫公主編，馮自
由、馮思欒、秦力山參與撰稿。該刊先後登載了盧梭的民約論以及《自由原
論》、《民權眞義》和《法國革命史》等著作，發表了《論帝國主義之發達及

〔註43〕孫中山：《對廣州〈民國日報〉的批示》，《孫中山全集》第10卷，北京：中
　　　　華書局1981年版，第482頁。
〔註44〕《開智會錄緣起》，《開智錄》第一期，1900年12月21日。

二十世紀世界之前途》、《義和團有益於中國說》等文章。在《論閱新聞紙之益》一文中，鄭貫公同樣提出了「啓民智」，「使盲者聰而聾者明，夢者醒而愚者智」的報刊啓蒙主張。總體來看，這一階段鄭貫公基本上沿襲了梁啓超等人的報刊論述。不過在報刊宣傳內容上，鄭貫公已然彰顯了他鮮明的革命色彩。同樣在《論閱新聞紙之益》中，鄭貫公直言不諱地指出：「欲使國爲文明之國，國民爲文明之國民，當先革除野蠻政府，歐美其先河矣！」〔註45〕

　　鄭貫公對報刊作爲宣傳工具的獨到認識，突出體現在他對革命機關報理論的自覺建構上。1905 年，他在《拒約須急設機關日報議》中對此進行了較爲全面的闡述。是年，上海、廣東等地掀起了波及全國的拒簽美國華工續約的愛國運動。鄭貫公建議開辦機關報，以加強對運動的宣傳和指導。鄭貫公指出：「報紙能宣佈公理，激勵人心，何異政令告示？報紙能聲罪致討，以警效尤，何異裁判定案？報紙能密杳偵察，以顯其私，何異偵察暗差？報紙能布其證據，直斥其人，何異警察巡兵？報紙能與人辯誣訟冤，何異律師？報紙能筆戰舌爭，何異軍人？」〔註46〕報紙之作用如此，則凡「會」必有一報做爲「機關」也就是應然之事。對於設立機關報的辦法，鄭貫公強調了「凡報須有宗旨」、「凡記者須有學問」的重要性：「無宗旨則立意靡定，直爲記事傳單」；「無學問則見理不眞，直爲浮詞滿紙」〔註47〕。具言之，則共有十大要點：

　　　　（一）報律不能不先認定也；

　　　　（二）調查不能不周密也；

　　　　（三）翻譯不能不多聘也；

　　　　（四）謳歌戲本不能不多撰也；

　　　　（五）文字不能不淺白也；

　　　　（六）門類不能不清楚也；

　　　　（七）報費不可不從廉也；

　　　　（八）校對不可不小心也；

〔註45〕貫庵：《論閱新聞紙之益》，《開智錄》第三期，1901 年 1 月 20 日。
〔註46〕鄭貫公：《拒約須急設機關日報議》，《中國新聞事業文選》，北京：中國人民大學出版社 1999 年版，第 51 頁。
〔註47〕鄭貫公：《拒約須急設機關日報議》，《中國新聞事業文選》，北京：中國人民大學出版社 1999 年版，第 51 頁。

（九）告白不可不選擇也；

（十）圖畫不可不多刊也。

其中，「報律」指的是報館之辦報方針。鄭貫公認爲「報律」制定之基本要求是：「記者有監督政界及代民鳴不平之特權，惟不能煽亂以壞治安也，又不能造謠以惑人心也，又不能侈譚猥褻以誨淫也，此其要略之大綱也。」〔註48〕總之，「報律」須合於「文明公理」。而調查周密、多聘翻譯，爲的是使報刊更好的瞭解和報導內外情勢；（四）、（五）（六）、（十）項談的是機關報的編輯、寫作等業務問題，強調報刊須有通俗性和可讀性，以適應「勞動社會」的需要；（七）、（八）、（九）談的是報刊業務及經營管理的問題。鄭貫公此文對機關報的論述雖是爲拒約運動而作，但也可以說是他對自己辦報經驗的總結。這裡實際上體現了鄭貫公試圖把握報刊傳播一般規律的努力。「所謂開通家所謂志士尙如此，安足以言辦報？夫學問既無，眼光何有？」〔註49〕鄭貫公並以東京政治學校之學課必設新聞學一科，以及松本君平的專著《新聞學》力證辦報之有學。相對於當時許多政治報人僅僅對報刊的「機關」性質做泛泛的認定和使用，鄭貫公對機關報的這種學理上的探索無疑是值得關注的。從以上所列十大要點看，鄭貫公對報刊業務、報業經營、傳受規律和傳播倫理都是有較爲專業的認識的。

作爲革命報人，鄭貫公自然十分看重報刊在民主革命中的「機關」角色。1903 年主編《世界公益報》時，其社論《活帝國與死帝國》公開主張「變專制爲共和，變滿漢爲皇漢」，鼓吹「聯袂而起，光復中國」。該報「於宣傳革命亦甚有力，世稱香港革命黨報之第二家者是也。」〔註50〕1904 年創刊的《廣東日報》仍由鄭貫公任總編輯，該報「宗旨略同《中國日報》，是爲香港革命報紙之第三種。」〔註51〕1905 年鄭貫公創辦的《有所謂》報言論更爲激烈。其創刊詞《開智社有所謂出世之始聲》誓言「以語言寒異族獨夫之膽，以批評而褫一般民賊之魄，芟政界之荊榛，培民權之萌蘗」，尖銳地指出：「異族

〔註48〕鄭貫公：《拒約須急設機關日報議》，《中國新聞事業文選》，北京：中國人民大學出版社 1999 年版，第 52 頁。

〔註49〕鄭貫公：《拒約須急設機關日報議》，《中國新聞事業文選》，北京：中國人民大學出版社 1999 年版，第 52 頁。

〔註50〕馮自由：《華僑革命開國史》，《華僑與辛亥革命》，北京：中國社會科學出版社 1981 年版，第 9 頁。

〔註51〕馮自由：《華僑革命開國史》，《華僑與辛亥革命》，北京：中國社會科學出版社 1981 年版，第 10 頁。

獅睡於上，漢奸虎倀於中，同胞牛馬於下，罹此專制野蠻之網羅，凡有血氣，莫不怦怦焉，作無可奈何之想，曰捨暗殺主義以爲民除害，吾漢族將無噍類矣。」〔註52〕在鄭貫公的努力下，《有所謂》報出版不久即風行一時，銷量一度超越《中國日報》，成爲當時省港地區最好的革命報刊。

三、于右任的報刊角色觀。于右任（1879 年～1964 年），陝西三原人，原名伯循，字誘人，後以「誘人」諧音「右任」爲名。于右任是清光緒年間舉人，因譏諷時政而遭清廷通緝，遂亡命上海，入讀震旦公學。1906 年在日本加入同盟會。于右任的報刊活動主要集中於 1907 年到 1912 年民國成立前 5 年之內。其所創辦的報刊主要有 1907 年發刊的《神州日報》，以及自 1909 年開始連續出版的三份報紙：《民呼日報》、《民吁日報》和《民立報》。

于右任也主要是從鼓吹革命的角度來思考報刊的角色。他的辦報旨趣，本在於宣傳革命。其年譜記載：「先生到上海的時期，正是革命黨人在上海的言論機關，如蘇報、警鐘日報相繼封閉之後，一天，先生看某報社論，十分生氣，爲文斥之，未能登出，於是緊接著辦學計劃的完成，又計劃辦報了。」〔註53〕故其對報刊角色的論述，也主要限於機關報的範圍。1905 年，他在日本東京寫作的《寄〈新民叢報〉書》中，即提出了報紙爲政黨機關報的觀點：「凡文明國家之大報紙，莫不操一國最上之權，爲民黨之機關，作政界之方針」〔註54〕。只是爲了避免清廷的封禁，他在國內公開發表的辦報主張與其報刊宣傳一樣，都是較爲婉轉含蓄的。

《神州日報》之創辦，是要「以祖宗締造之艱難與歷史遺產之豐富，喚起中華民族之祖國思想」，「伸張正義，激發潛伏的民族意識」。〔註55〕故《神州日報》多致力於民族主義精神的發揚。「不可疾言之，未始不可徐察之，不可莊言之，未始不可婉述之。」〔註56〕該報言論較爲謹慎，少用激烈言辭。但是卻旁敲側擊，隱含革命思想。尤其是其新聞報導常以「有聞必錄」爲口號，發表了大量有關革命活動的消息。《神州日報》後，于右任相繼創辦「豎

〔註52〕鄭貫公：《開智社有所謂出世之始聲》，《唯一趣報有所謂》創刊號，1905 年
　　　 6 月 4 日。
〔註53〕劉延濤編：《于右任先生年譜》，臺北：臺灣商務印書館 1981 年版，第 14 頁。
〔註54〕于右任：《寄〈新民叢報〉書》，《于右任辛亥文集》，上海：復旦大學出版社
　　　 1986 年版，第 6 頁。
〔註55〕于右任：《本人從前辦報的經過》，《于右任辛亥文集》，上海：復旦大學出版
　　　 社 1986 年版，第 259 頁。
〔註56〕《論本報所處之地位並祝其前途》，《神州日報》，1907 年 4 月 3 日。

三民」報。他在自述《民呼日報》、《民吁日報》的創辦經過時指出：

> 隔了一年，始組織《民呼報》。《民呼報》又被封禁，乃改稱《民
> 吁報》。「民呼」兩個字，即「人民的呼聲」之簡稱，於革命運動上
> 爲一鮮明的標幟，於文學技術上亦爲大膽的創作。因爲那時我們所
> 代表的，已不僅是復古的民族運動，而是總理的三民主義了。至「民
> 吁」之名所由來，則以籲之與呼，字形相近，用以表示人民愁苦陰
> 慘之聲；又適爲「於某之口」，於沉痛中尤含有幽默的意味。〔註57〕

在爲民呼籲的口號下，兩報的持論更爲激烈。從公開宣稱的辦報主張看，《民
呼日報》「實行大聲疾呼爲民請命之宗旨，」〔註58〕《民吁日報》則強調「覘
民情」、「存清議」、「維國學」、「表異聞」〔註59〕，宣稱要以「宣達民情、鼓
舞民氣」爲宗旨，把「振發國民精神」作爲「第一責任」〔註60〕。這些與改
良派相似的報刊主張後面，潛藏的是以三民主義爲價值指針的革命動機。實
際上，在兩報公開發表的關於辦報的文字中，即已具有此種意向。例如在《民
呼日報宣言書》中，即有民族、民權思想之表露：「《民呼日報》者，炎黃子
孫之人權宣言書也」；「第念我同胞三千年來，已受扼於獨夫民賊之手，莫或
一伸，而今者又並區區言論權亦不可得，爰用憤激糾合同志，創爲此報……
自今以往，凡向其所欲言而不敢言、不能言、不忍言者，皆將於是乎昌昌大
言之。」〔註61〕《民呼日報》對貪官污吏的攻擊不遺餘力，其「聲討民賊」，
「食其肉」、「寢其皮」，甚至欲以「弔民伐罪」的激烈態度顯然已不能用「監
督」涵之。《民吁日報》則將反日宣傳與反清宣傳結合在一起。《民立報》之
創辦，其公開的主旨則是：

> 記者當整頓全神以爲國民效馳驅，使吾國民之義聲馳於列國，
> 使吾國民之愁聲達於政府；使吾國民之親愛聲，相接相近於散漫之
> 同胞，而團體日固；使吾國民之歎息聲，日消日減於恐慌之市面，
> 而實業日昌；並修吾先聖先賢聞人巨子自立之學說，以提倡國民自

〔註57〕 于右任：《本人從前辦報的經過》，《于右任辛亥文集》，上海：復旦大學出版
社 1986 年版，第 259～260 頁。
〔註58〕 《民呼日報特別廣告》，《申報》，1909 年 5 月 5 日。
〔註59〕 于右任：《民吁日報宣言書》，《于右任辛亥文集》，上海：復旦大學出版社 1986
年版，第 31 頁。
〔註60〕 《本報四大宗旨》，《民吁日報》，1909 年 10 月 5 日。
〔註61〕 《民呼日報宣言書》，《民呼日報》，1909 年 5 月 15 日。

立之精神；搜吾軍事實業，闢地殖民，英雄豪傑獨立之歷史，以培植吾國民獨立之思想。重以世界之智識，世界之實業，世界之學理，以輔助吾國民進立於世界之眼光。〔註62〕

這種報刊主張在文字表述上也是較爲平和的。然而《民立報》時代，革命形勢迅猛發展，該報的政治傾向也日趨明朗：「《民立報》時代，可算是同盟會革命運動的急進時代。我們的任務：一面在揭發清政府之酖毒，喚起民眾；一面在研討實際問題，作建國的準備。」〔註63〕《民立報》的社長是于右任，參與報紙編撰工作的有宋教仁、呂志伊、王印川、章士釗、張季鸞、馬君武等，可謂人才薈萃。該報遂成爲革命報紙中聲勢最大的一種。馮自由尤其高度評價了《民立報》和上海另一報紙在黃花崗之後的革命宣傳：「三月廿九一役，雖不幸失敗，民立神州二報反藉此宣傳民族主義，鼓蕩革命精神，競載殉義烈士之嘉言軼事，如數家珍。遂令全國之革命思潮，有黃河一瀉千里之勢。是歲八月，武昌首義，不數月而各省絡繹響應，清祚以亡。則兩報文字之功，爲不可沒矣。」〔註64〕

　　于右任並未明言其報刊的機關報性質。在清廷的控制和管轄之下，于右任的機關報「論說」堪稱特殊。他對西方近代新聞理論也有吸收和瞭解。于右任辦報之前，「乃先赴日本考察新聞事業」〔註65〕，可見其對近代先進國家的新聞實踐也有一個學習和瞭解的過程。在《民呼日報宣言書》中，于右任闡述報刊的價值說：「蓋報紙者，輿論之母也。泰西諸國今日享有自由之樂而胎文明之花者，皆報紙爲之也。」〔註66〕「輿論之母」一說，松本君平的《新聞學》中已有類似表述，他稱「新聞」爲輿論「先導」〔註67〕。梁啓超在日本接觸了松本的著作，並有「輿論之母」與「輿論之僕」的說法。孫中山亦有對「輿論之母」的論述。梁啓超和孫中山對「輿論之母」的使用是有所區別的，筆者在前文已做分析。1903年，上海商務印書館翻譯出版了松本的《新

〔註62〕騷心：《中國萬歲　民立萬歲》，《于右任辛亥文集》，上海：復旦大學出版社1986年版，第36頁。

〔註63〕于右任：《本人從前辦報的經過》，《于右任辛亥文集》，上海：復旦大學出版社1986年版，第260頁。

〔註64〕馮自由：《革命逸史》第三集，臺北：中華書局1981年版，第334頁。

〔註65〕劉延濤編：《于右任先生年譜》，臺北：臺灣商務印書館1981年版，第14頁。

〔註66〕《民呼日報宣言書》，《民呼日報》，1909年5月15日。

〔註67〕【日】松本君平：《新聞學》，《新聞文存》，北京：中國新聞出版社1987年版，7頁。

聞學》。從文字表達看，於氏此處對「輿論之母」的理解更多是直接借引松本的原意。松本君平在《新聞學》緒論中，在談到輿論爲「先導」之前，即有近代新聞事業「創立近世文明之基礎與發達思想之自由」的說法。這與於氏在此處的行文內容正相一致。于右任也論述過「言論獨立」的問題：「是以有獨立之民族，始有獨立之國家；有獨立之國家，始能發生獨立之言論。再推而言之，有獨立之言論，始產獨立之民族，有獨立之民族，始能衛其獨立之國家。」〔註68〕聯繫國家、民族獨立來談言論獨立的重要性，無疑是對西方近代「第四種族」理論的一種引申和發揮。于右任在他的報刊公開發表的這種見解，是合乎西方近代憲政原理和秩序的，在清末最後幾年立憲思潮蔚然風起，清政府也不得不倡言預備立憲的背景下，顯然能夠爲其革命機關報活動起到一定的辯護作用。但也不能由此就否定其持有這一觀點的眞誠性。辛亥革命後，于右任欲將《民立報》辦成東方《泰晤士》報，忠告「各黨新聞記者」「斷不能以國家根本利益供政略之犧牲」〔註69〕，這種觀念顯然是淵源有自的。

四、章太炎的報刊角色觀。章太炎（1869 年日～1936 年），名炳麟，號太炎，浙江餘杭人。清末民初民主革命者、著名學者。自幼受民族主義思想薰陶，反清意識濃厚。早年接受嚴格的傳統教育，具有深厚的樸學功底。戊戌變法期間章太炎曾參與康、梁等改良派的報刊活動。戊戌政變後，章太炎因參加維新運動被通緝，流亡日本。1900 年剪辮髮，立志革命。1902 年，章太炎在日本與孫中山結交，極力牽合孫、康二派的關係。在日期間，章太炎接觸到了大量西方哲學、社會學、文字學等領域的著作。1903 年在上海愛國學社任教，結識鄒容、章士釗等。鄒容《革命軍》寫成後，章太炎爲其作序鼓吹，並發表《駁康有爲論革命書》，指斥清帝，遂發生震驚中外之「蘇報案」。1906 年他赴日本參加同盟會，擔任《民報》主筆，主持《民報》與《新民叢報》的論戰。1911 年上海光復後返國，主編《大共和日報》，並任孫中山總統府樞密顧問。曾向黃興提出「革命軍興，革命黨消」的勸告。1913 年宋教仁被刺後參加討袁，被袁囚禁，袁死後獲釋。1917 年脫離孫中山改組的國民黨，在蘇州設章氏國學講習會，以講學爲業。

〔註68〕騷心：《中國萬歲 民立萬歲》，《于右任辛亥文集》，上海：復旦大學出版社 1986 年版，第 36 頁。
〔註69〕于右任：《答某君書》，《于右任辛亥文集》，上海：復旦大學出版社 1986 年版，第 237～238 頁。

　　章太炎很早就意識到了報刊在思想啓蒙方面的巨大功效。1897 年，在爲《實學報》寫作的序言中，他將建立學會、創辦圖書館和開設報館的作用進行了比較，認爲前二者實踐起來要艱難得多，而影響範圍卻不及辦報：「今欲一言而播赤縣，是惟報章。大阪之報，一日而籀讀者十五萬人；《泰晤士報》，一日而籀讀者三十萬人。以中國擬之，則不可倍蓰計而已。」〔註 70〕章太炎早期參加了強學會，編撰《時務報》，主張中國宜發憤自強，「以革政挽革命」〔註 71〕，在政治主張上與康梁頗有一致之處。在對報刊職能的表述上，他與改良派也沒有多大區別，主要強調的是報紙的教喻作用和類似於古代史官的諷諫作用：「民不知變，而欲其速化，必合中西之言以喻之……合中西之言以喻民，斯若慈石之引鐵，與樹之相近而靡也」〔註 72〕；「惟夫上說下教，古者職之撢人，而今爲報章之屬」〔註 73〕；「證今而不爲卮言，陳古而不觸時忌。昔人以三百五篇諫者，其是謂歟」〔註 74〕。在《譯書公會敍》中，章太炎更具體提出了通過報刊傳譯西書，以開耳目、廣見聞的主張：「乃取夫東西朔方之報章，譯以華文，冠之簡端，使學者由唐陳而識窔奧。蓋自輶車使者之職以溯秘書，其陳義略備矣。」〔註 75〕他指出，譯書會之宣傳作用，將會起到微蟲之爲珊瑚、蠃蛤之積而爲巨石的累積效果。這與嚴復在《國聞彙編》創刊號敍言中所宣示的「群謀譯報，圖效桑榆，寡婦惜緯，單禽塡海」啓蒙決心也是十分接近的。戊戌時期，改良派辦報的根本目的，就是要通過報刊的啓蒙和宣傳作用，以增加變法的「愛力」，減少「阻力」，「合大群而後力厚」。章太炎這一時期的辦報思路，也大抵不出這一範圍。在《訄書》中，章太炎即明確指出：「今之合群明分者，莫亙於學士，是何也？將以變法爲辟公，必使天下之聰明耳目，相爲視聽，股肱畢強，相爲動宰，則始可以御內侮，是故合群尙已。」〔註 76〕

〔註 70〕章太炎：《實學報序》，《實學報》第一冊，1897 年 8 月 12 日。

〔註 71〕湯志均編：《章太炎年譜長篇》，北京：中華書局 1979 年版，第 41 頁。

〔註 72〕湯志均編：《章太炎年譜長篇》，北京：中華書局 1979 年版，第 47 頁。

〔註 73〕章太炎：《正學報緣起》，湯志均編：《章太炎年譜長篇》，北京：中華書局 1979 年版，第 67 頁。

〔註 74〕章太炎：《致汪康年書》，湯志均編：《章太炎年譜長篇》，北京：中華書局 1979 年版，第 36 頁。

〔註 75〕章太炎：《譯書公會敍》，湯志均編：《章太炎年譜長篇》，北京：中華書局 1979 年版，第 57 頁。

〔註 76〕章太炎：《訄書》，《章太炎全集》第三卷，上海：上海人民出版社 1984 年版，第 52 頁。

1900 年 8 月，章太炎爲了顯示其矢志反清的決心，毅然剪去對清廷表示忠順的髮辮，並致書孫中山，明示「不臣滿洲之志」。此後章太炎借助報刊積極從事革命輿論的鼓吹。對於報刊宣傳與革命運動的關係，他也做了深入總結。在爲鄒容寫作的《序革命軍》中，章太炎突出強調了革命輿論的重要性：「凡事之敗，在有其唱者而莫與爲和，其攻擊者且千百輩；故仇敵之空言，足以墮吾實事。」〔註 77〕他認爲太平天國之所以失敗，一個重要原因就是因爲這種「空言」的作用。在後來所撰的《洪秀全演義序》中，他進一步概括了革命宣傳的意義：「夫國家種族之事，聞者愈多，則興起者愈廣。諸葛武侯、岳鄂王事，牧豬奴皆知之，正賴演義爲之昭宣令聞。」〔註 78〕章太炎特別認同鄒容在《革命軍》中「叫咷恣言」的議論風格，認爲革命宣傳正需要這種「雷霆之聲」，方可以令人動容，而堪作「義師先聲」。

1903 年，《蘇報》在章太炎、章士釗等人的主持下，一變而成爲革命派在國內的重要喉舌。章太炎將駁康有爲書的一部分以《康有爲與覺羅君之關係》爲題在《蘇報》發表，同時，鄒容的《革命軍》自序和章太炎的序言也先後見報。在短短的一個月左右的時間裏，章太炎等利用《蘇報》向清廷展開了猛烈的言論攻勢。日本評論作者煙山專太郎記述了章太炎等人在當時的革命鼓吹情況：

> 陳范、章炳麟、鄒容等凤在上海英租界中組織蘇報館之新聞社，頻鼓吹革命主義，對於滿清政府，主張興起第二之長髮軍。章炳麟著書與康有爲對抗，鄒容又公刊《革命軍》，痛排現政府，目皇帝爲鼠賊……此種革新黨鼓造，支那少年之新知識極其鬱勃，倘豪傑之士一旦蹶起，掀翻自由之旗，則四方愛國之士必猛然相向，共爲推到現時之政府，有斷然也。〔註 79〕

這種自殺式的宣傳很快就引起了清廷的嫉恨。章太炎因《蘇報》案入獄後，他在獄中寫作的相關文字鮮明地表露了其辦報的革命旨趣：「夫民族主義，熾盛於二十世紀，逆胡羶虜，非我族類，不能變法當革，能變法亦當革；不能救民當革，能救民亦當革」；「吾輩書生，未有寸刃匕足與抗衡，相延入獄，

〔註 77〕 章太炎：《序革命軍》，《章太炎選集》，上海：上海人民出版社 1981 年版，第 151～152 頁。
〔註 78〕 湯志均編：《章太炎年譜長篇》，北京：中華書局 1979 年版，第 223 頁。
〔註 79〕 【日】煙山專太郎：《蘇報事件》，《國民日日報》，1903 年 8 月 18 日。

志在流血，性分所定」；「去矣，新聞記者！同是漢種，同是四萬萬人之一分子，亡國覆宗，祀逾二百，奴隸牛馬，躬受其辱。不思祀夏配天，光復舊物，而惟以維新革命，錙銖相較，大勇小怯，秒忽相衡，斥鷃井蛙，安足與知鯤鵬之志哉！」〔註80〕為了劃清界限，章太炎甚至特意強調了《時務報》時期與康、梁在報刊宣傳動機上的差異：

> 中歲主《時務報》，與康、梁諸子委蛇，亦嘗言及變法。當是時，固以為民氣獲伸，則滿洲五百萬人必不能自立於漢土。其言雖與今有異，其旨則與今同。昔為間接之革命，今為直接之革命。何有始欲維新、終創革命者哉？〔註81〕

章太炎早期結交康、梁，參與維新的事實固然不可改變，但由此也可以見出他投身革命的激烈態度。至此，報刊全然成為章太炎從事革命鼓吹的輿論工具。1906 年，章太炎東渡日本主持《民報》。他積極倡導「平民革命」，努力促進革命派的思想建設。在《民國光復》的演講中，他自述了這一段經過：

> 三年期滿，處於東渡，同盟會已由孫中山、黃克強等成立，以余主《民報》。初，孫之興中會可號召南洋華僑，皇之華興會可號召沿江會黨，徐錫麟等之光復會可號召江、浙、皖士民，三黨糾合為同盟會，惟徐錫麟未加入。黃克強係兩湖書院出身，留學生亦多通風氣。國內文學之士則未能生影響。自余主持《民報》，革命之說日昌，入會之士益眾，聲勢遂日張。〔註82〕

1906 年 9 月，《復報》第 4 號刊載的《民報廣告》也指出：「本報以發揮民族主義、國民主義、民生主義，而主張種族革命、政治革命、社會革命為目的……適遇餘杭章炳麟枚叔先生出獄至東京，遂任為本報編輯人。報事益展，銷行至萬千餘份。」章炳麟主持的《民報》在繼續深入開展革命與改良的論戰的同時，也與中國的一批無政府主義者進行了論辯。值得一提的是，以《民報》為平臺，章太炎也積極著手對革命派的思想和政治建設。他在《民報》相繼發表《無神論》、《革命之道德》和《建立宗教論》等，試圖通過提倡宗教和國粹，使革命派真正團結起來，形成一股組織緊密的力量。同時他也尖銳地

〔註80〕湯志均編：《章太炎年譜長篇》，北京：中華書局 1979 年版，第 164 頁。
〔註81〕章太炎：《獄中答新聞報》，《蘇報》，1903 年 7 月 6 日。
〔註82〕《章太炎先生講演錄》，李希泌筆記，章氏國學講習會排印本。轉引自姜義華：《章炳麟評傳》，南京：南京大學出版社 2002 年版，第 99 頁。

提出了革命者的道德修養問題，他認爲革命者必須特別倡導知恥、重厚、耿介和必信四大道德，「無道德者」不能革命。章太炎的這一富有個人特色的報刊活動，無疑爲革命派的機關報實踐提供了新的內容。

章太炎鮮有關於報刊的理論探索和學理建構。他對革命派機關報的論述，常常是以革命主張尤其是民族主義思想爲號召，以闡明革命機關報的主要內容和基本宗旨。如在《民報一週年紀念會祝辭》中，章太炎的闡述是：「相我子孫，宣揚國光，昭徹民聽，俾我四百兆昆弟，同心戮力，以底虜酋愛新覺羅氏之命。掃除腥羶，建立民國，家給人壽，四裔來享。嗚呼！發揚蹈厲之音作而民興起，我先皇亦永有攸歸。」〔註83〕在爲《漢幟》寫作的序言中，他指出：「索虜入關以來，漢乃日失其序，然後號猶與所謂滿者相對。一二豪俊得依之以生起光復之念，而後乃今將樹漢幟焉。頃者，漢族同志實基於此義，創一報，以發揚大漢之國徽，推到滿旗之色線，於是以《漢幟》定名。推斯志也，受小球大球，爲大國綴旒可也。」〔註84〕章太炎所突出關注的，正是要通過報刊「發揚蹈厲之音」，以使「一二豪俊得依之以生起光復之念」。他總結自己革命宣傳的基本旨歸是：「冀導人心於光大高明之路，乃至切指事情，則仍以排滿爲先務。」〔註85〕

第三節 小結

清末，隨著改良運動的不斷受挫，革命風潮漸起。革命黨人很快認識到了報刊廣泛傳播的力量，在反清革命的宣傳、發動和組織過程中，他們相繼創辦了大量機關報刊。革命派推動革命的實際需要出發，將報刊視爲重要的宣傳工具。他們看到，革命要取得成功，就必須使蒙昧的民眾明白革命的主義。「合大群而後力厚」，這是改良派報刊宣傳的基本動機。革命派之辦報，也抱持相同目的。

與改良派報人的精英主義意識相似的是，革命派也普遍懷有「先知先覺」

〔註83〕章太炎：《民報一週年紀念會祝辭》，湯志均編：《章太炎年譜長篇》，北京：中華書局1979年版，第229頁。

〔註84〕章太炎：《漢幟發刊序》，湯志均編：《章太炎年譜長篇》，北京：中華書局1979年版，第234頁。

〔註85〕章太炎：《復仇是非論》，湯志均編：《章太炎年譜長篇》，北京：中華書局1979年版，第248頁。

的高度自信。作為先覺者，革命派報人應該將其領悟之主義通過報刊灌輸到民眾中去，以喚醒後覺，造成輿論，從而獲得支持，壯大革命力量。革命報刊宣揚的，主要就是孫中山所闡發的三民主義。將黨派意識形態與報刊的宣傳內容、辦報宗旨等明確聯接起來，這標誌著中國近代「機關報理論」的形成。

孫中山、鄭貫公、于右任和章太炎等的報刊論述正好從不同側面反映了革命黨人機關報理論的特點。孫中山十分重視報刊宣傳之於革命事業的意義。他的報刊實踐和報刊論述的焦點，就是要通過報刊宣傳三民主義，以促進革命運動。鄭貫公則對機關報的辦報方針、報刊業務以及經營管理等問題進行探討，體現了較為專業的知識素養。于右任的辦報議報活動主要處於清廷的管轄之下，其報刊論述相對隱諱。他公開的表述，表面上與當時改良派的觀點並無二致，但卻暗含革命意向。章太炎對革命輿論之於革命運動的意義進行過總結，在他那裡，報刊就是革命輿論鼓吹的重要工具。

整體上看，革命派的報刊角色論述鮮有深入的學理探討。他們革命的目標自然是近代西方民主政治；孫中山所倡導的三民主義，即是對西方近代政治思想的一次頗具個性色彩的總結。然而，他們推倒重來的革命態度使他們更多的關注的是現實革命鬥爭，至於革命後的民主政治目標，包括憲政秩序下的報刊角色設計卻似乎並沒有明顯緊迫的壓力去促使他們醞釀、思索和表達。這樣至少在表面看來，革命派主要強調了報刊角色的工具性質，而較少從一般意義上去探尋報刊的合理性。相比之下，改良派崇奉憲政，並欲在現狀中漸進開闢出憲政圖景，因而他們的報刊角色觀念，更多地包涵了近代憲政的理論內涵。

革命派的報刊角色觀念，體現了鮮明的機關報「理論」色彩。康梁以來，政治家辦報成為了一個傳統。但是，明確將政黨「主義」與報刊宣傳聯接起來，明確將辦報視為政黨事業之重要部分者，當首推革命派的報刊論述。值得注意的是梁啓超的報刊思想中常常有欲使報刊超越黨派性的傾向。而革命派則主要從正面來建構機關報理論。這一點，最為顯著的是孫中山對報刊的論述。他在辛亥革命後對報刊言論立場的一致性的要求，更是近代黨報觀念形成的重要標誌。隨著辛亥革命的成功，革命派的報刊論述和報刊實踐極大地改變了中國社會對於報刊的一般看法，並對後來的政黨報刊活動產生深遠影響。

第七章　民初政黨政治視野下的報刊
角色觀——以章士釗爲考察
中心

辛亥革命推翻了清朝統治，結束了中國二千多年的君主專制制度。1912年元旦，孫中山就任臨時大總統，宣告中華民國正式成立。但是辛亥革命的勝利又是十分短暫的。袁世凱執政以後，民主共和國又一步步被納入專制主義軌道。民初，政黨活動十分活躍。主要的政黨包括同盟會——國民黨（包括中華革命黨、政學系等）和共和黨——進步黨（包括研究系）兩大派系。民初許多報刊在政黨惡鬥的挾裏之下，常常淪爲政治鬥爭的工具。

在政治紛擾之中，有一部分人士主張通過西方近代民主政治實踐中通常的模式和手段開展政治鬥爭，以使中國的近代民主漸上臺階。宋教仁、章士釗等可爲其中代表。以西方近代的政黨政治理念爲視境，報刊的政治和社會角色在民初也獲得了新的闡述。

第一節　民初黨爭與報格反省

隨著專制政體的束縛驟然解除，民初報刊業一度有過短暫的繁榮。民初政黨林立，革命派、立憲派和北洋軍閥實力派三大勢力相互激蕩，而政黨派系中也不斷「化分」和「化合」。在化分方面，如章太炎在辛亥革命後即退出同盟會，另組中華民國聯合會；孫武、藍天蔚等原同盟會成員擁戴黎元洪爲首領，以湖北人爲中心，組織民社；立憲派的憲友會則先後分化成國民協進

會、共和建設討論會和統一黨三派。在化合方面，章太炎改組的中華民國聯合會與前預備立憲公會的張謇等聯合組成統一黨，而該黨後又與國民協進會、民社合併爲共和黨；共和建設討論會和共和統一黨合併爲民主黨；1913年5月，這些黨派又進一步合併爲進步黨。更大的化合是1912年8月，同盟會與統一共和黨、國民共進會、國民公黨、共和實進會合併組成國民黨。政黨和政治人物都紛紛辦報以作爲言論機關。

同盟會在革命勝利後由秘密轉爲公開，是民初最大的政黨，1912年改組爲國民黨後聲勢更大。其各級組織或黨人所主持的報刊在民初各政黨中數量最多：以地方計，在上海有《民立報》、《天鐸報》、《太平洋報》、《民國西報》、《中華民報》和《民國新聞》等；在北京，有《國風日報》、《國光新聞》、《民國報》、《亞東新聞》、《民主報》、《民立報》和《中央新聞》等；在天津有《民意報》和《國風報》；南京有《民生報》；武漢有《民心報》、《大江報》、《震旦民報》、《民國日報》等；長沙有《長沙日報》、《國民日報》；廣州有《中原報》、《平民日報》、《民生報》和《中國日報》等。共和黨——進步黨派系的報刊，在上海有《大共和日報》、《民聲日報》、《東大陸報》；北京有《天民報》、《新紀元》、《北京時報》、《京津時報》；天津有《庸言》；武漢有《中華民國公報》、《群報》、《國民新報》、《共和民報》；長沙有《湖南公報》等。中國缺乏民主政治的歷史積澱，許多政治人物和政黨成員同樣缺乏近代民主的常識和素養，甚至對民主政治毫無誠意。於是，民初的政黨就具有了歐美各政黨罕見的幾種「特色」：一是黨員跨黨；二是「黨議不過是空洞的招牌」：「兩方都只注意在袁世凱身上：一方防制袁世凱，一方擁護袁世凱；這便是兩黨對抗的眞意義，黨綱不過是一種空洞的招牌罷了。」三是所有政黨都沒有民眾基礎。〔註1〕至袁世凱稱帝之後的南北混戰時代，政黨的狀況又更在其下了：「因爲民國初年的政黨雖然有黨員跨黨，黨義不著實，沒有民眾作基礎的弱點；但尚有集權分權的差別可言，尚有標舉出來的黨綱可見；南北混爭時代的政黨全然變爲個人的私黨，除了什麼『韜園』、『靜廬』『潛社』，什麼胡同十二號，什麼大街二百號，什麼系的名號以外，便只有金錢和官位；黨綱兩字全然聽不到有人說及了。」〔註2〕政黨之素質如此，加之軍閥、政客的收買，

〔註1〕李劍農：《中國近百年政治史》，上海：復旦大學出版社2002年版，第325～328頁。

〔註2〕李劍農：《中國近百年政治史》，上海：復旦大學出版社2002年版，第329頁。

民初的許多報刊常常淪爲政治鬥爭的工具。如 1913 年 2 月，在國會召開和制定憲法前夕，黑社會頭目應夔丞（已被袁世凱和國務總理趙秉鈞收買，後來成爲暗殺宋教仁的組織者）主張糾正《臨時約法》的偏頗，認爲憲法中應該規定大總統有解散國會的權力。爲了「令選舉最佔優勢的國民黨報館，鼓吹斯旨」，他就設法收買了《民強》報的王博謙、章佩乙。從以下王、章二人給應夔臣的信中可以清楚地看到這一勾當：

> 夔公偉鑒：「昨日承賜款，感感。惟區區七百元，撒手即空……前晚所商之二百元，萬乞惠下……書到後，即希寵錫三百元……」
> 應夔臣批覆：「上海民報已照撥百元，二年二月三日，飭員照送。」
>
> 夔公大鑒：「前晚暢領大教，快何如之。所談憲法上改革條件，晤洪君（洪述祖）商定，已遵命屬筆於今日本報登出半篇矣……無論如何，終須惠假我一千五百元，俾得維持過去。公我黨偉人，既有志於建設事業，區區言論機關，想無不鼎力維持也。」應夔臣批覆：「爲國會事已照撥八百元。」此批。〔註3〕

本屬革命黨的一份報紙，就這樣向袁世凱屈服了。在政治紛爭之中，不同派系的報刊爲了爭奪在政權中心的地位相互攻訐，往往毫無原則可言。爲了攻擊對方，雙方甚至不惜造謠作假，令讀者難辨是非。爭論之不足，又互揭老底，撒潑罵街，最後發展至大打出手。在北京就發生過同盟會方面七家報社的數十人搗毀共和黨的《國民公報》，並將主筆毆傷的事件。由於當時報刊的缺陷，社會普遍對其持有「誤解」：

> 認爲報紙爲無聊文人遊戲三味之筆，舞文弄墨之場。
>
> 認爲報紙爲個人之武器。
>
> 認爲報紙爲一黨一派之機關。
>
> 認爲新聞記者之目的，在爲文學家或政治家。
>
> 認爲記者個人之主張，即爲一般之主張；少數之輿論，即爲全體之輿論。〔註4〕

〔註3〕　《宋教仁被刺案內應夔臣家搜獲函電文件》，章伯鋒、李宗一主編：《北洋軍閥》第二卷，武漢出版社 1990 年版，第 97、98、99 頁。

〔註4〕　周孝庵：《中國最近新聞事業》，《東方雜誌》第 2 卷第 9 號，轉引自賴光臨：《中國新聞傳播史》，臺北：三民書局 1978 年版，第 144 頁。

其中，第2、3、4、5項「誤解」，顯然與當時的許多報刊依附於政黨和政客，不能眞正代表民意有一定關係。時人尖銳指出：

> 未幾南北意見濱起，報紙之功用，純爲私黨之利器，互相攻訐，互相詆諆，而全國報紙，遂無復虛心討論之心矣。國民黨以宋案之波折，日日以媾成大獄爲事。政府自知其理屈也，百計以彌縫之，故二次南方之革命，未始非報紙激成之。一言可以喪邦，其信然歟……一年以來，吾國報紙之態度，已成江河日下之勢……至於北方報紙，言之誠有令人寒心者。始則逢迎政府，百計獻媚。政府亦知異己者之已去也，權力之日膨脹也，於是對於報紙之言論，視之無關輕重。〔註5〕

作者對國內政治之是非判斷，未必全然準確，然而許多報紙風格淪喪，以至於完全成爲政黨相互攻訐的叫罵場，卻也是不爭事實。對於民初政黨和報刊的缺陷，蔡鍔也做了十分尖銳的批評：

> 今中國會黨亦多矣，一黨之起，列名者動以數千萬人計；一黨之機關，月出報章動以數千萬紙計。揭櫫共和，萬竅爭鳴。然還而叩之各黨中人，懵然不解共和爲何謂。亦曰歐美先進國，皆有會黨，我亦從而會黨之云耳。其然豈其然哉……今之中國政黨，無乃類是。歐美各國，用政黨以導國民；中華民國，用政黨以鬥國民。一省之內，界限判若鴻溝；一事之發，著作等於蟬噪。警若泛巨艦於重洋，無南針而盲進焉，幾何不迴旋顛簸於驚濤駭浪之中也。〔註6〕

故他主張雜誌應當「集政見而無成見，合數黨而無一黨」，「政之病在膏肓者，則施針砭以抉之；政之病在闕略者，則出針線以補之。」〔註7〕對於政黨活動，蔡鍔希望其回歸到近代「共和」政治的本來狀態；對於報刊，則希望其以一種相對超然的立場來發表對政治的看法，而不爲既定政黨偏見所縛。

宋教仁是民初熱心於在中國建設共和政體的重要政治人物。他認爲，辛亥革命的成功，只是相對於種族主義而言的，而政治革命之目的則尙未達到。

〔註5〕 劉陵：《致〈甲寅雜誌〉記者函》，《章士釗全集》第3卷，上海：文匯出版社2000年版，第163頁。

〔註6〕 蔡鍔：《〈南針雜誌〉祝詞》，《蔡鍔集》，長沙：湖南人民出版社1983年版，第289～290頁。

〔註7〕 蔡鍔：《〈南針雜誌〉祝詞》，《蔡鍔集》，長沙：湖南人民出版社1983年版，第290頁。

而政治革命首先就是要建設共和政體，以實現民權主義。他進一步提出了爭取民主共和的手段問題：「以前，我們是革命黨；現在，我們是革命的政黨。以前，是秘密的組織；現在，是公開的組織。以前，是舊的破壞時期；現在，是新的建設時期。以前，對於敵人，是拿出鐵血的精神，同他們奮鬥；現在，對於政黨，是拿出政治的見解，同他們奮鬥。」〔註8〕宋教仁主張具體通過建立責任內閣制和先定憲法、後舉總統的辦法來達成目標。他四處宣傳國民黨的政綱，積極爲競選演說。其努力最初獲得了很大成功，在1912年底至1913年初第一屆國會參眾兩院的初選中，國民黨籍議員佔據了絕對優勢。宋教仁的民主政治觀念，與章士釗頗有關係。據章士釗記載，1911年冬，他從英國返國，「謁宋遁初（教仁），寒暄乍已，主人捧剪報巨冊見示。則數年間，吾所寄京滬諸報論政文字咸在……吾笑謂遁初：『江左夷吾佲大本領，原來孕育於故紙堆中，亦自可喜。』遁初以一笑見報，兩俱莫逆。吾思之，吾重思之，遁初後來見毀，終爲此類斷爛朝報所誤。」〔註9〕宋教仁自1905年起就開始發表政論，早有對憲政及其相關問題的論述。不能說其現代政治知識皆源於章士釗；但也無疑曾受到章士釗的影響。

宋教仁熱情注視的是民主政制的運作過程，並經常著文介紹近代民主政治常識，但很少從近代民主政治尤其是政黨政治的視野來觀察和闡述報刊。章士釗則予以了較多關注。介於許多報刊在民初政黨活動中諸多不良表現，章士釗以他較爲全面系統的西方近代民主政治知識，對報刊角色做了深入審視，突出強調了報刊作爲獨立的社會言論機關的立場。這自然也是對當時許多報刊依附於政黨和政客現象的一種糾正。章士釗的主張在當時很難說具有十分廣泛的代表性。但是也不乏相近的主張。例如上文所引的蔡鍔對政黨和報刊的觀點；宋教仁在政黨政治主張方面與章士釗頗近；而于右任則更有爲章士釗辯護的經歷。針對章士釗主持《民立報》受到各方攻擊的一事，于右任回擊道：「及《民立報》態度變後，偏激派大失所望，謂《民立》不罵袁氏是改變宗旨。不知前之罵滿洲政府本是一種政策，今則當有辨別心。第一爲國，此則務爲自己少留地步。譬如袁氏作總統，我輩日日以賊呼之，假使第

〔註8〕 宋教仁：《國民黨鄂支部歡迎會演說辭》，《宋教仁集》下冊，北京：中華書局1981年版，第456頁。

〔註9〕 章士釗：《與黃克強相交始末》，《章士釗全集》第8卷，上海：文匯出版社2000年版，第315頁。

一次大選舉後，此席而屬中山，袁派依樣敬我，我將何以報之？」〔註 10〕他主張將《民立報》辦成「東方《泰晤士》」，強調「不作過激之談，亦不作過偏之論」，「斷不能以國家利益供政略之犧牲」。〔註 11〕這與章士釗的報刊角色觀念也是頗爲契合的。

然後，政黨政治的理想在近代中國全無實現基礎。民初社會普遍的是武人的驕橫跋扈，強勢人物的密室竊謀，政客的賣身投靠，普通大眾的冷漠茫然。按章士釗在《政黨政治與新聞》一文中的觀點（「新聞者與政黨政治相依爲命者也」），政黨政治既無從實現，則報刊要作爲獨立的社會言論機關而屹立於世，其難也何其巨哉。然而縱觀自民初以來中國近代報刊思想的發展歷程，章士釗等人的這種報刊觀念也常常不乏重要的響應者。早期的《新青年》雜誌就與章士釗主辦之《甲寅》有著某種意義上的傳承關係：「過往，或因主編章士釗在五四時期被目爲文化思想保守派，忽略了《甲寅雜誌》之在近代文化史上的價值」，「《甲寅雜誌》之於《新青年》雜誌，在人事在思想言論上實有不可忽視的淵源。從政治上，是民國後游離於國民黨的黨人勢力。」〔註 12〕

第二節　民初章士釗的報刊角色觀

辛亥革命時期，《民立報》宣傳革命「聲光最烈」，是同盟會的核心機關報。民初，《民立報》在章士釗主持下，一改激進論調，向代表「獨立言論」的中立報刊過渡。在民初幾次重要的政治論爭中，《民立報》公開發表與同盟會「黨議」對抗的言論，甚至與《民權報》等同盟會報刊展開論戰。只有深入分析章士釗這一時期的報刊角色觀念，方可解析《民立報》與同盟會「黨議」衝突的學理實質。從中國近代報刊思想發展的歷程言之，章士釗當時秉持的報刊角色觀念具有至爲重要的標本價值。

章士釗（1881～1973），字行嚴，湖南善化縣人。章幼讀私塾，1901 年寄讀兩湖書院，與黃興結識，後共組華興會。1903 年，章士釗被聘爲上海《蘇報》主筆，發表了大量革命言論。《蘇報》被查封後，章士釗又與陳獨秀、張繼等人

〔註10〕于右任：《答某君書》，《于右任辛亥文集》，上海：復旦大學出版社 1986 年版，第 238 頁。

〔註11〕于右任：《答某君書》，《于右任辛亥文集》，上海：復旦大學出版社 1986 年版，第 237～238 頁。

〔註12〕陳萬雄：《五四新文化的源流》，上海：三聯書店 1997 年版，第 169、12 頁。

創辦《國民日報》，繼續鼓吹革命。1905 年春赴日本留學，由此一改革命救國主張爲求學救國，發憤力學。1909 年 4 月，他進入英國愛丁堡大學學政治經濟兼攻邏輯學。留英期間，他常爲國內報刊撰稿，介紹西歐各派政治學說，於立憲政治尤多發揮，在當時的中國政壇影響頗大。1911 年武昌起義後回國，次年春到南京，受黃興、于右任之邀，主持同盟會機關報——上海《民立報》，兼任江蘇都督府的顧問。1912 年 7 月，章在《民主報》上發表《政黨組織案》，提出「毀黨造黨說」，遭到各方攻擊，於是脫離《民主報》，9 月另創《獨立周報》，繼續議論時政。1914 年 5 月，章士釗在東京與陳獨秀等人創辦《甲寅》月刊。1917 年 1 月，在北京出《甲寅》周刊。1924 年，段祺瑞以「臨時執政」之名兼任總統與總理之職，委章士釗爲司法總長。次年 4 月，再派章士釗兼教育總長。此後他先後做過大學教授、律師，擔任過國民政府參政員。

　　1903 年的《蘇報》案令章士釗一舉成名。當時，章是一個熱情忘我的革命者，辦報是他傳播思想以服務革命的手段。民國初年，章士釗進一步被推許爲可與梁啓超並稱的輿論家，有人甚至認爲民初以後，章士釗實際已取代梁啓超的地位，成爲了輿論界的驕子。在民初各政治集團關於中國應建立怎樣的政治制度的討論中，章士釗以其熟稔的西方法律政治知識、樸實說理的文風，就內閣制與總統制、主權問題、制憲問題、集權與分權問題、大借款與宋案問題等進行了深入淺出的探討。其爲文旁徵博引，談古論今，中西交融，深入淺出，不囿於黨見，惟學理論短長，在言論界大放異彩，「一時推爲宗盟」〔註 13〕。章士釗是梁啓超之外對政黨問題論述最多的人物。對於章士釗的政治議論，吳稚暉即是將之與梁啓超對舉來做評價的：「政黨之名詞，遠之拾前清立憲黨之唾餘，近之則拾行嚴先生等之唾餘。」〔註 14〕章士釗的政論廣受知識界歡迎，青年李大釗就是章士釗所主持的《獨立周報》的忠實讀者。1914 年，留學日本的李大釗給在日本流亡章士釗寫信說：「僕向者喜讀《獨立周報》，因於足下及率群先生，敬慕之情，兼乎師友。」〔註 15〕在信的結尾，李大釗爲不犯章的名諱，特意署名守常而不署大釗，也可從一個側面見出章士釗在當時所具有的高度社會威望。

〔註 13〕錢基博：《現代中國文學史》，長沙：嶽麓書社 1986 年版，第 455 頁。

〔註 14〕吳稚暉：《政黨問題》，《民立報》，1912 年 8 月 6 日。

〔註 15〕李大釗：《物質與貨幣購買力》，《李大釗文集》，北京：人民出版社 1984 年版，第 95 頁。

　　辛亥革命前，章士釗在英國留學期間閱讀了大量歐洲思想家的政治學著作，對 18～19 世紀的梅依、柏克、白知浩等人尤為推崇。加上對英國近代政治實踐的近距離觀察，他對西方民主政治有著較為全面深入的瞭解。早在清末，章士釗即在《帝國日報》發表過大量介紹西方近代政黨知識的文章。民初，《民立報》也經常發表他關於政黨政治的言論。章士釗對民主政治的認識，突出表現在他對其重要表現形式——政黨政治的鼓吹上。他對政黨政治的闡述主要有以下內容：一是主張以國會作為政黨活動的中心：「政黨者，有一定之黨綱，黨員占議席於國會，日伺現政府之隙而攻之，且謀倒之，取而代之，以實行其黨綱者也。普通政治結社，則無組織內閣之野心，不過對於一定之政治問題，發表其意見，且期意見之發生效力者也。」〔註16〕基於這個前提，他認為辛亥革命前中國還沒有政黨，同盟會只是政治團體，直至革命後其改組為國民黨才開始向政黨轉型。二是強調政黨的生命在於政綱和政策。他的「毀黨造黨」說之核心思想即是主張重造政黨，並以對政綱的充分討論為基本前提。因而政治鬥爭應當主要表現為政綱和政策之爭。三是主張兩黨政治，並強調尊重反對黨的重要性。四是指出要政黨爭取國會議席，就必須用機關報、游說等辦法使國民熟悉其政綱，以爭取他們的支持。章士釗主張按政黨政治的要求，推動國內民主政治的發展。

一、政黨政治中的報刊角色設計

　　對於民初的報刊黨爭現象，章士釗是怎樣看待的呢？章士釗的報刊角色觀，是以他所接受的西方民主政治理念為基本視境的。章士釗深受英式自由主義思想的影響。在報刊思想方面，他尤其強調報刊開展理性探討以昌明「公理」的重要性。這一點早在清末《蘇報》時期，章士釗就闡明了報刊作為社會言論機關的立場，稱：「本報當恪守報館為發表輿論之天職，敬與諸君子從長商榷，間亦忘其固陋，附有所陳，諸君子其匡我不逮」〔註17〕；「本報務以單純之議論，作時局之機關，所有各省及本埠之瑣屑新聞，概不合本報之格，嚴從沙汰。」〔註18〕而報刊之議論，又是以「闡明公理」作為根本目的：「本

〔註16〕章士釗：《中國應組織之政黨及其性質當如何？》，《章士釗全集》第 1 集，上海：文匯出版社 2000 年版，第 482 頁。

〔註17〕章士釗：《本報大注意》，《章士釗全集》第 1 集，文匯出版社 2000 年版，第 5 頁。

〔註18〕章士釗：《本報大沙汰》，《章士釗全集》第 1 集，文匯出版社 2000 年版，第 6 頁。

報之設此門，專以研究問題，闡明公理爲目的。諸君子之賜教者，本報自極歡迎。而本報或有問題願就正於諸君子，亦隸此門，名曰商榷，亦與相析疑，以期無背公理，非敢有所批評也。」〔註19〕以「公理」爲依歸，這就意味著報刊言論者不應帶有意氣和偏見，也不應受外部力量的影響和干涉，而應圍繞事理或者事物眞相開展坦誠公開的意見交流。因此與「公理」意識相對應的就是報刊獨立的意識。1912年，章士釗應邀入主《民立報》，即與于右任約定，言論「務持獨立二字」。〔註20〕他反復強調，報刊應該以「眞理」爲最高目的，在報刊言論的選取上，也只以言論本身是否「可採」爲標準：「記者之所求者在眞理，如記者求之而不得，他人舉以相示，其爲益於記者之智囊，如記者自求得之，毫無以異……記者之所信者爲眞理，如有人犯吾眞理，而彼之所見絕不足以服吾，則記者絕不以一字讓人」〔註21〕。「本報不存黨見，不立異同，苟所言無私，立論可採，無不順次刊登報端，公諸天下。」〔註22〕章士釗並不反對政黨機關報存在的合理性。他擔心的是報刊可能爲既定「黨見」甚至私利所累，而不能眞正開展自由理性的討論。他的這種以「眞理」爲最高目的，明言擯棄「黨見」，無私無偏的報刊觀點，顯然與民初的報刊黨爭現象是格格不入的。

對前述同盟會報刊人員搗毀《國民公報》事件，章士釗即有委婉批評：「邇日之黨爭，手段之不正大極矣。辱罵之既久，識微者早覺其必終於鬥爭。語雲物極必反，當世君子其鑒於鬥爭之不可尚，而少戢其無當之論鋒乎！」〔註23〕而對於民初某些報刊完全淪爲政黨相互攻訐之工具的現象，章士釗的批評更爲尖銳：「邇日新聞之失其職甚矣，不能作正大之主張以擁護其所隸屬之黨，徒於異己者之私行，尋垢而索瘢。偶一得之，至少以供十日之材料，所有市井無賴之口吻，不難於數百字論文之中盡力堆砌。甚至凡所主張之主義，

〔註19〕章士釗：《「輿論商榷」告白》，《章士釗全集》第1集，文匯出版社2000年版，第13頁。

〔註20〕章士釗：《與楊懷中書》，《甲寅周刊》，1926，1（33）。

〔註21〕章士釗：《記者之宣告》，《章士釗全集》第2集，文匯出版社2000年版，第95頁。

〔註22〕章士釗：《編輯部宣告（二）》，《章士釗全集》第2集，文匯出版社2000年版，第151頁。

〔註23〕章士釗：《論北京報館衝突事》，《章士釗全集》第2集，文匯出版社2000年版，第412頁。

恐反對黨資之以爲利，且不惜犧牲之，而移其自殺之鋒以向人。」〔註24〕在他看來，報刊要維護其所隸屬的政黨，就應當切實從事理出發作光明正大之辯護，而不應流於無謂的人身攻擊，更不能因爲一時的政治利益而犧牲政黨的「主義」，以致通過否定自己以去攻擊論敵。在民初章士釗的政黨政治思想中，有一個重要的內容即是主張政黨之間的政治鬥爭應當主要體現爲政綱和政策之爭，而政黨要爭取國會議席，就應當通過機關報、游說等辦法使選民熟悉其政綱，從而獲得他們的支持。因此報刊之議論，就是要在政黨政綱、政策這些根本問題上展開理性探討，以使國民「知所適從」，從而推動政黨政治之良性健康發展。他極力反對囿於黨見的「輿論霸權」，更將挾黨見以排斥異己的行爲稱爲「暴民專制」或「輿論專制」。

　　在《政黨政治與新聞》一文中，章士釗指出，在政黨政治國家，國民握有對政府的選舉之權，政黨要爭取選民的支持往往有賴於報刊。當兩黨「相持不下」之時，國內舉足輕重的大報之議論往往能影響選民的流向，從而促成內閣的成立：「在政黨政治之國，其新聞之言論恒不期而分爲兩黨。黨員與選民交通聲氣。每恃新聞爲機關。有事政府之命運且於新聞之論態決之。當兩黨相持不下之時，勝負決以數票，選民之從違，未易揣知於時，大新聞中有一絕明無翳之社說，深中於人心，則內閣必隨此新聞之主義而成。吁！此偉觀矣。政府與國民呼吸相通，新聞從而切其脈，非政黨政治曷克有此？亦非新聞之價值，曷克有此。」〔註25〕報刊之偉力如此，那麼報刊與政黨的關係應該是怎樣的呢？從上文的介紹看，章士釗始終強調了報刊「闡明公理」的重要性。在「公理」與「黨見」面前，章士釗無疑選擇「公理」，這就必然導致他對「報刊獨立」的強調。理想的報刊，以章士釗的一貫主張看來，當自守其獨立之立場，其對政黨的支持與否，完全取決於自身對「公理」的判斷和認同。遭到攻擊而退出《民立報》之後，章士釗旋即創辦《獨立周報》，其發端詞曰：「雖記者痛當今輿論囿於黨見，竊不自料，隨同人之改，欲稍稍以不偏不倚之說進之。至此義或不見容於當今之社會，因招巨怒極罵，人人擠排吾說，使無容頭過身之地亦未可知。天下滔滔，又誰與立？聞美洲有周

〔註24〕 章士釗：《政黨政治與新聞》，《章士釗全集》第 2 集，文匯出版社 2000 年版，第 409 頁。

〔註25〕 章士釗：《政黨政治與新聞》，《章士釗全集》第 2 集，文匯出版社 2000 年版，第 410 頁。

刊物，名彷彿與獨立相近，所謂隱棣攀頓是也。其取義未審視吾報何如，讀者試妄以隱棣攀頓呼吾報焉，或亦避狙怒之道也。」〔註26〕他進一步認爲，報刊鼓吹之言論，不必擔心其是否合於時代潮流，也不應求同於政府之意願。「言論家之天職，亦在使其言論與時代潮流相合，可以見諸實行已耳。至眞獲實行與否，非其所當問也。果不獲行，此他人之咎，於言論之眞値何與也」；「正當之言論，不僅不當刺探政府之意以爲張弛，有時正惟政府雅不願其流行，宜更高其鼓吹之幟，此見理之眞，有以迫之使然，非必故與政府爲難也。」〔註27〕正因爲對「眞」的追求，章士釗進而強調報刊的「獨立」。因爲求「眞」，報刊不應囿於黨見，也不一定要迎合社會大眾的一般看法，而有時甚至與政府「爲難」。

從以上的分析看，章士釗主要是將報刊視爲獨立的社會言論機關來看待的。在報刊黨爭激烈的民初，他的這種報刊角色觀念可謂別具一格，顯現出鮮明的理性反省色彩。

二、「獨立」理念下的報刊實踐

章士釗強調報刊應該秉持獨立品格，使他在主持《民立報》時，必然置該報於嚴重的角色衝突之中。早在清末革命時期，孫中山等革命黨人創辦機關報就是要宣傳其政治主張。孫中山在《〈民報〉發刊詞》中的指出：「抑非常革新之學說，其理想灌輸於人心而化爲常識，則其去實行也近。」革命機關報的使命，就是要將革命的主義灌輸到民眾中去，從而積聚革命力量。革命刊物《南報》的發刊詞明確闡述了「主義」宣傳與革命「實行」的關係：「主義者，實事之母也。然自主義而發生實事，其間非可一蹴而就，必灌漑以多數學子之心血，而主義始存立於社會，必累積以經久有恒之歲月，而主義始浸潤於人心。存立矣，浸潤矣，然後實事近焉。」〔註28〕因此機關報之創辦，本來就具有一定的宗旨和立場。其基本職責即是發揮宣傳和鼓動作用，以服務於特定政黨的政治理論與實踐。值得注意的是辛亥革命後不久，孫中山根

〔註26〕章士釗：《發刊》，《章士釗全集》第 2 集，文匯出版社 2000 年版，第 518～519 頁。

〔註27〕章士釗：《政治與社會》，《章士釗全集》第 3 集，文匯出版社 2000 年版，第 428～429 頁。

〔註28〕《〈南報〉發刊詞》，《辛亥革命前十年間時論選集》第三卷，三聯書店 1960 年版，第 747 頁。

據他對國內政治形勢的判斷，明確提出了「言論務須一致」的宣傳要求：「此次中國推倒滿清，固賴軍人之力，而人心一致，則由於各報館鼓吹之功，各報之所以能收效果者，由於言論一致。惟今日雖已共和，尚未大定，欲其大定，必須統一。統一之法，非恃人心，則恃武力；若恃武力，其流弊必致於專制，然人心不能統一，必生禍亂……近觀上海各報，言論不能一致，今回粵省，見各報之言論，亦紊亂不按公理，攻擊政府。不知一般人民重視報紙，每謂報紙經載，必有其事，以致人心惶惶，不能統一……報紙在專制時代，則用利其攻擊，以政府非人民之政府；報紙在共和時代，則不利用攻擊，以政府乃人民政府也。」〔註29〕

民初同盟會等政治團體對其機關報未必有嚴格的宣傳紀律和制度約束，但是至少在重大政治問題上機關報不應與「機關」衝突，理應已是絕大多數黨人的共識。黃興即曾經專門就章士釗在《民立報》所引起的黨內爭議告誡于右任：「行嚴此後文字所主張必與吾黨政策一致，因黨報性質絕無不偏不黨者也。」〔註30〕在這種情境之下，章士釗入主《民立報》而又要堅持其「獨立」的報刊理念，就必然會面臨來自同盟會內部的挑戰。

應該說辛亥革命後不久，《民立報》即有向代表「獨立言論」的中立報刊過渡的規劃。該報認為，在暴力革命行將結束之際，進入「建設時代」，言論務求穩健。一度出任《民立報》主筆的徐血兒甚至提出：「有獨立之民族、獨立之國家，即不可以無獨立之言論」〔註31〕。在《〈民立報〉之宣誓》一文中，他公開主張《民立報》既非政府和諂媚權勢的言論機關，也不是私人或黨派的言論機關，而是代表民國對內對外的、全國四萬萬民眾的言論機關。因此該報當秉持獨立立場，以引導國家共和政治的建設。《民立報》的這種轉向，正是章士釗作為非同盟會員卻能夠主持同盟會核心機關報的根本原因。《民立報》在章士釗入主後不久，很快在清帝優待條件、善後借款談判問題、陸徵祥內閣事件等重要政治論爭中，都發表了與同盟會「黨議」相異甚至對立的觀點。以下是筆者對這幾個事件的簡要陳述。

1912 年初，清帝優待條件傳出後，革命派報紙如《神州日報》、《天鐸報》

〔註29〕 孫中山：《言論務須一致》，《孫中山先生演說全集》，臺灣文海出版社 1966 年版，第 440～441 頁。

〔註30〕 《某君答于右任書》（續），《民權報》，1912 年 9 月 18 日。

〔註31〕 血兒：《獨立之言論》，《民立報》，1912 年 1 月 3 日。

等都紛紛提出異議，對存留帝號，優渥年金等內容尤爲不滿，認爲將造成虛君共和之實，並有爲袁世凱篡權創造契機的危險。與之對照的是《民立報》的態度。該報除對清帝留居北京有異議外，其他條件都表示同意。爲解釋存留帝號無關緊要，章士釗宣稱「共和」與「立憲」皆屬「多數政治」，沒必要刻意區分〔註32〕。這種觀點顯然無法爲革命派所接受。當年的立憲與革命之爭就勢同水火，而如今作爲革命派機關報的《民立報》作此論說，豈不是對當年論爭的自我否定？同年 5 月，《民權報》、《天鐸報》等同盟會報刊對熊希齡展開了激烈抨擊（在善後借款談判中，內閣總理唐紹儀拒絕四國銀行團的苛刻條件而使談判陷於僵局，財政總長熊希齡接替唐紹儀主持談判後則主動接受四國銀行團的墊款條件）。《民立報》恰逢章士釗病休半月，也參與了這一次論戰，與同盟會其他報刊保持一致立場。戲劇性的是章士釗病癒後重新檢視《民立報》的立場，一反此前維護唐紹儀、攻擊熊希齡的態度，最後將責任推究到包括唐紹儀在內的整個內閣頭上。章士釗「獨立」的報刊理念對《民立報》言論立場的影響之深，由此可見一斑。唐紹儀離職後，「超然總理」陸徵祥內閣因得不到同盟會等黨派的支持，內閣名單全遭否決，瀕臨破產。同盟會聲稱危機是由於混合內閣導致的惡果，趁機積極組建政黨內閣。上海、北京等地的同盟會報紙應聲而起，爲之鼓吹。戴季陶在《民權報》發表文章認爲，「今日非政黨內閣不足以圖政見之統一，而使政治之進行敏活」〔註33〕，主張或者由同盟會和統一共和黨組建內閣，或者由共和黨組閣。甚至《民立報》駐北京的特派記者也不斷髮回有利於同盟會組閣的報導，聲稱若組建「純粹政黨內閣」，則「可再無此險象」。而章士釗則頗不以爲然。他認爲，該次事件完全是同盟會始終主張政黨內閣說以及統一共和黨倒戈的結果，因此同盟會應對此負責。他甚至認爲當時中國尚不具備組建政黨內閣的條件，同盟會應放棄組閣努力，轉而維持陸徵祥內閣。這就與同盟會的政治主張完全對立起來了。

　　章士釗在當時輿論界的聲望極高，其爲文旁徵博引，談古論今，中西交融，深入淺出，在言論界大放異彩，「一時推爲宗盟」〔註34〕。憑藉這種聲望與出色的理論素養，章士釗主導了《民立報》的言論立場，因而成爲

〔註32〕行嚴：《論反對清帝遜位條件事》，《民立報》，1912 年 2 月 11 日。
〔註33〕天仇：《痛後痛》，《民權報》，1912 年 7 月 21 日。
〔註34〕錢基博：《現代中國文學史》，長沙：嶽麓書社，1986 年，第 455 頁。

同盟會各方人士責難的焦點，最終不得不自負其責〔註35〕，離開《民立報》。在他的主導下《民立報》發表的與同盟會「黨議」歧異的政治主張，極大地削弱了政治論爭中同盟會其他報刊的言論力量，使同盟會在輿論鬥爭中陷於不利地位。章士釗本人的政治言論被指為附會學理、不切實際，而他屢次將《民立報》置於與同盟會獨立甚至對抗的地位則更使同盟會人士激憤難忍。當其贊成存留帝號的言論一出，戴季陶就憤懣地指出：「革命時代竟出此怪誕不稽之記者，且居然登其文字於向持三民主義之報紙，不亦至可殺乎！」〔註36〕而《民立報》編輯周浩也由此憤然離職。如上文所引，黃興也因為章士釗主持的《民立報》過於偏離「黨報」宗旨而專門向于右任做出告誡。的確，《民立報》作為核心機關報，當其事者即使政見不同，在道義上也應相忍為謀，而不應完全無視機關報辦刊原則，以致與同盟會「黨議」公然對立。然而面對同盟會人士的責難，章士釗除了在政治見解上進行申辯之外，他所極力標榜的，始終是報刊「闡明公理」的宗旨。在他看來，報刊之根本職責，就是要「刺取當世發生之事實，表襮其真相，推論其原因結果，使國人知所適從也。」〔註37〕這種辦刊思想實際上已將《民立報》視為完全獨立的社會言論機關，而章士釗也明確提出了「不存黨見，不立異同」的報刊主張。正因為這樣，章士釗主持的《民立報》在許多問題上公然與同盟會黨議衝突，甚至將之斥為「黨見」：「吾為此言，亦知必為挾持黨見者所不悅。雖然，吾儕業報館者也，異日為功之首，為罪之魁，皆惟吾報館是視。」〔註38〕雖然必為「挾持黨見者」所不悅，但仍然要堅持自由獨立的言說，因為報館所負責任極大，於國家社會的發展或者「為功之首」，或者「為罪之魁」。

可以說，章士釗主導下《民立報》與同盟會黨議的衝突，既有雙方政治觀點不一的原因，而章士釗堅持獨立的報刊理念無疑促成並加劇了這種衝突。

〔註35〕章士釗：《與黃克強相交始末》，《辛亥革命回憶錄》第二集，中華書局 1962年版，第 143 頁。

〔註36〕天仇：《天仇宣言》，《天鐸報》，1912 年 2 月 12 日。

〔註37〕章士釗《論吾國當急組織新聞托辣斯》，《章士釗全集》第 1 集，文匯出版社 2000 年版，第 498 頁。

〔註38〕《嗚呼參議員》，《民立報》，1912 年 7 月 22 日。

三、報刊「獨立」觀念的簡要評價

　　章士釗在民初的報刊角色觀念，代表了民初部分有良知的國人對於報刊黨爭現象的批判和深刻反省，他們試圖借助報刊自由獨立的理性力量，以推動民初政黨政治的良性運行，其本意應該說是善良的。但是在民初的政治實踐中，普遍可見的是武人的驕橫跋扈、強勢人物的密室竊謀、政客的賣身投靠、普通大眾的冷漠茫然。章士釗在這種傳播處境下標榜報刊獨立，宣揚「不偏不倚」之政治言論，反而造成了一些負面影響。

　　如在陸徵祥內閣事件中，爲了避免全體國務員再次被否決的局面，章士釗提出重新解釋憲法的建議，認爲如果將約法第 34 條中的「國務員」一詞取「集合」而非「分配」之義，那麼約法中「總統任命國務員當得參議院之同意」就可以理解爲只要總理提名獲得參議院通過，內閣成員就不再需要參議院的審議。〔註39〕章士釗的這個主張自然受到同盟會政敵的歡迎，認爲是「今日和平救濟之第一方法，此於國民頗有研究之價値」。〔註 40〕然而，如果按章士釗的這個說法，則約法條文可以隨意重新解釋。此例一開，其最終結果很可能破壞立法本意。這對於限制總統權力，防止袁世凱專權是不利的。不僅如此，章士釗在《民立報》發表的這種主張，在客觀上又爲袁世凱擺脫約法束縛提供了口實。戴季陶即對章士釗提出了嚴厲批駁：「其立論既附會學理，拉雜他國制度而爲說，無識之士且相與尤之，是說不闢，，則不惟法學上無一線光明，而國家之事亦遂至不可問。」〔註41〕1912 年 8 月，袁世凱、黎元洪公然殺害革命人士張振武和方維，招致同盟會報刊的全力撻伐。《民立報》最初也義憤塡膺，認爲袁、黎應對此次事件負責。但是在章士釗的干預下再次改變論調。章士釗撰文指出，在內閣制下總統並無責任，中國既然實行的是責任內閣制，所以總統就不應負責，而應該由簽署命令的陸軍總長段祺瑞負責。〔註42〕章士釗這番援用學理的言論貌似合理，實際上也是有問題的。當時中國實行的並非眞正的責任內閣制，明眼人一望即知段祺瑞是受袁世凱的指使。故在外人看來，章士釗的言論無疑是在爲袁世凱開脫罪責：「行嚴之文爲不明事理乎？亦故爲辯護詞乎？」〔註43〕至此同盟會眾怒難平，章士釗已難於在《民立報》立足。

〔註39〕　行嚴：《黨爭中的憲法問題》，《民立報》，1912 年 7 月 22 日。
〔註40〕　香：《政局平議》，《神州日報》，1912 年 7 月 25 日。
〔註41〕　天仇：《約法第三十四條解釋問題》，《民權報》，1912 年 7 月 26 日。
〔註42〕　行嚴：《張振武案解決法》，《民立報》，1912 年 8 月 20 日。
〔註43〕　天仇：《張方被殺再論》，《民權報》，1912 年 8 月 22 日。

　　民初，中國並沒有走上政黨政治的正軌。袁世凱老謀深算，無意實行民主。在他面前，同盟會鬥爭經驗和實力皆有不足。章氏一介書生，對政治角鬥場之波譎雲詭以及中國國情的認識更是失之天眞。他照搬西方學理橫議其間，並未引起多大的社會回應〔註44〕。其時常與同盟會「黨見」對抗的「獨立」言論，倒是對同盟會造成了不小傷害，固化了時人對同盟會「黨見誤國」的形象。《時報》就曾以章士釗與同盟會之言論衝突進行過一番冷嘲熱諷：「不逢迎一黨之所爲而自貢所見，進以逆耳之忠言，此某君所主張者也。然而忠言者，唯賢者乃能受之，否則反遭其辱。」〔註45〕而其言論對袁世凱則相對有利。章士釗一離開《民立報》，袁世凱即向他發來密電，籠絡之意明顯。可見在他眼中章士釗有支持他的傾向，可以利用。

　　就民初的政治實踐言之，由於缺乏政治經驗，章士釗「獨立」的報刊活動難免產生不盡人意的政治效應。這對其報刊理想來說無疑是悲劇性的。儘管如此，就中國近代報刊思想發展的歷程言之，章士釗的報刊角色觀念又有著階段性的標本意義。

　　章士釗在民初的報刊論述，主要是他針對民初報刊業現狀所做的一種反省和糾偏。實際上，他的報刊角色觀念，在當時並非個案。在民初，人們對報刊黨爭現象的批評已經成爲一種引人注目的社會思潮。報刊在政治和社會中的應然地位也吸引了人們的關注和討論。《民立報》的創辦者于右任即與章士釗持相似觀點。章士釗之入主《民立報》，即是應于右任之邀而來；于右任欲將《民立報》辦成「東方泰晤士」，當章士釗的板報方針受到各方排擊時，于右任親自撰文爲其辯護，他並忠告「各黨新聞記者」，應當「不作過激之談，亦不作過偏之論」，「斷不能以國家根本利益供政略之犧牲」。〔註46〕在民初報刊黨爭激烈的漩渦之中，同樣不乏有識之士的冷靜反省。有人尖銳指出：「未幾南北意見濱起，報紙之功用，純爲私黨之利器，互相攻訐，互相詆諆，而全國報紙，遂無復虛心討論之心矣。國民黨以宋案之波折，日日以媾成大獄

〔註44〕「毀黨造黨」爲章士釗最有代表性的政治觀點。然而該說提出後，響應者寥寥無幾。章士釗對此十分失望：「凡記者所持論，最歡迎嚴重之批評，今同業不能餉吾以此，乃於論文外捏造黑白，誣及記者之尋常細行⋯⋯是亦可惜之事也。」（行嚴：《可惜》，《民立報》，1912 年 7 月 31 日。）

〔註45〕笑：《黨中不需汝良友也》，《時報》，1912 年，7 月 28 日。

〔註46〕于右任：《答某君書》，于右任：《辛亥文集》，上海：復旦大學出版社，1986年，第 237～238 頁。

爲事。政府自知其理屈也，百計以彌縫之，故二次南方之革命，未始非報紙激成之。一言可以喪邦，其信然歟。」〔註 47〕民初軍政要人蔡鍔也十分反感民初報刊囿於黨見亂象。可以說，章士釗的報刊角色觀念正是這種反省聲浪的代表。相對來說，章士釗的報刊論述更集中、更深入，他並努力將之融入到其報刊實踐之中。

1884 年，鄭觀應在他的《盛世危言》一書中，就對報刊在西方議院制度下的角色做了較爲深入的描述。在他看來，報刊主要就是一個議院制民主社會的信息樞紐。通過報刊，國民可以及時獲取政治和社會信息，瞭解議員政見，並藉此判斷議員之良莠，使眞正「英奇之士」、「才智之民」能夠在公舉中脫穎而出〔註 48〕。值得注意的是他同時強調了報刊「秉筆者」「據事直書，實事求是」、「一本眞胝」的「主持清議之權」。戊戌變法失敗後，流亡日本的梁啓超也從憲政視野闡述了報刊的政治和社會角色，他主張報刊應該以「公益」爲目的，提出了報刊「凡論說及時評皆不徇黨見」〔註 49〕的主張。章士釗在民初對報刊政治和社會角色的設想，與鄭觀應、梁啓超的論述在精神要旨上是頗爲接近的。所不同的是，鄭觀應主要只是在一般意義上分析了報刊之於議院制民主政治的意義。他雖然也談到了「秉筆者」須「實事求是」的內容，但他並未將議院制下報刊與政黨的關係納入其考察視野。他的報刊論述很大程度上帶有對西學的引介性質，沒有也不可能在當時的背景下行諸實踐。而章士釗則在批評民初報刊黨爭現象的同時，也對政黨政治環境下報刊之應然角色進行了深入闡發。

民國初年，中國政治在形式上已經具有了西方近代政黨政治的某些特徵。然而中國並未走上民主政治的正軌，許多報刊先後捲入政黨惡鬥的漩渦之中，成爲政黨或政客相互攻訐的私器。對於當時的報刊現實，章士釗有著清醒的認識。他希望在中國發展西方世界開始走向成熟的政黨政治，而報刊之理想狀況，也應以西方政黨政治下健康運行之報刊業作爲範本：報刊宗旨在於闡明「公理」，不爲私利、黨見所囿；報刊當自守其獨立之立場，其對政

〔註 47〕劉陔：《致〈甲寅雜誌〉記者函》，《章士釗全集》第 3 卷，文匯出版社 2000
　　　　年版，第 163 頁。
〔註 48〕見李濱：《中國近代報刊角色觀念的發展和演變》，嶽麓書社 2011 年版，第 56
　　　　～57 頁。
〔註 49〕梁啓超：《國風報敘例》，《飲冰室合集·文集（二十五上）》，中華書局 1988
　　　　年版，第 25 頁。

黨的支持與否,完全取決於自身對「公理」的判斷和認同。簡言之,報刊主要就是要充當相對獨立於政府、政黨的社會言論機關。在民初的報刊實踐中,他也努力堅守這一報刊理念。梁啓超雖然明確提出了「不徇黨見」的主張,對報刊應有之獨立品格有一定認識。但他畢生所從事的報刊活動又很大程度上屬於機關報實踐的範圍。並且他的新聞論述焦點更多的集中在「新民」、「向導」和輿論監督等方面。由此觀之,民初章士釗的報刊角色觀念,又標誌著國人對報刊與政黨政治之應然關係有了更深入的認識。他始終強調並極力踐行的報刊「獨立」理念,更是標誌了近代國人對於報刊自身價值的一種自覺。

第三節　小結

　　辛亥革命後,中國並未走上民主政治的正軌。民初,許多報刊先後捲入政黨惡鬥的漩渦之中,成爲政黨或政客相互攻訐的私器。對於當時的報刊現實,章士釗等人有著清醒的認識。他們希望在中國發展西方世界開始走向成熟的政黨政治,而報刊之理想狀況,也應以西方政黨政治下健康運行之報刊業作爲範本。報刊宗旨在於闡明「公理」,不爲私利、黨見所囿;報刊對政黨的支持,要憑藉「正大之主張」,而不應作無謂的意氣之爭。在章士釗看來,報刊主要就是要充當相對獨立於政府、政黨的社會言論機關。

　　民初章士釗等人的報刊論述,一方面是他們針對當時報界的不良現實所做的批評和反省,另一方面也體現了他們對西方近代報刊與政治之關係的深入觀察。自康梁辦報以來,報刊與政治團體的結合成爲一種普遍現象。孫中山等革命派更將報刊視爲政黨實現其政治目標的宣傳工具,要求報刊服務於「主義」的宣傳。對於報刊與政黨的關係,梁啓超較早進行了反省。他明確主張報刊應以「公益」爲目的,而「不偏於一黨派」,但他的論述焦點並不在此。流亡日本後,他的報刊角色觀念更多的體現在「新民」、「向導」和輿論監督等方面。章士釗則對報刊在政黨政治情境下與政黨之應然關係做了深入闡述。

　　康梁以來的大多數辦報者,往往身兼政治家和報人雙重身份。因此他們的報刊實踐往往是他們政治實踐的一部分。他們對報刊角色的定位也不避免地與他們的政治思想和實踐結合在一起。如梁啓超強調「新民」,對民眾進行國民教育,以爲立憲改革奠定社會基礎;孫中山強調黨義的灌輸宣傳,以爲

革命凝聚人心，積累力量。相對而言，章士釗主要不是以一個政治家的身份來開展其報刊論述的。他更多的是站在社會的立場來審視報刊在國家政治中的角色功能。但是章士釗也並非一個服務社會大眾的專業的新聞工作者。與此前的報刊理論家一樣，章士釗對報刊角色的論述，主要是以報刊言論作爲話語焦點。議論時政，影響政治仍然是章士釗的報刊思維定勢。章士釗試圖將報刊實踐從具體的政治實踐中脫離出來，以維持一種相對超然的態度，但他總體的思維目標和方向仍然是政治的。在這種意義上，章士釗不能算是政治家報人，卻仍然屬於政治報人。他的報刊實踐和理念，可以說是被疏離於中國政治核心場域之外的知識分子試圖通過報刊參與政治，發揮建設性能量的一種嘗試。這對於民國「黨報」實踐和觀點之外的「黨外」辦報論政支流的形成，也具有深刻影響。

第八章　民初新聞職業化視野下的報刊角色觀

　　民初，新聞職業化獲得長足發展。報刊業擺脫政治家辦報的基本模式，以市場交換的方式迅速壯大。與此同時，一批職業化報人嶄露頭角。專業化的新聞研究和教育也開始起步。蔡元培回顧清末以來我國報刊業逐漸發展至民初新聞學初具雛形時指出：「凡學之起，常在其對象特別發展以後，烹飪、裁縫、運輸、建築之學舊矣，積久而始有理化；樹藝、畜牧之業舊矣，積久而始有生物學、農學；思想、辯論、信仰之事舊矣，積久而始有心理、論理、宗教諸學；音樂、圖畫、雕刻之術舊矣，積久而始有美學。以此例推，則我國新聞之發起（昔之邸報與新聞性質不同），不過數十年，至今日而始有新聞學之端倪，未爲晚也。」〔註1〕在新聞職業化的視野下，報刊的角色也獲得了新的闡述。

第一節　報業演變與學理沉澱

　　傳教士的旨趣在於傳教，並不以辦報爲職業。鴉片戰爭以後，香港和上海的商業報紙迅速興起。1858 年初，孖剌報館在香港創辦了第一份中文商業報紙《香港船頭貨紙》，主要刊登商情、船期和廣告，以香港鋪戶爲發行對象。1864 年該報更名爲《香港中外新報》，新聞的比重明顯增大，「新聞紙」的特

〔註 1〕 蔡元培：《〈新聞學〉序》，《徐寶璜新聞學論集》，北京：北京大學出版社 2008年版，第 41 頁。

質增強。香港的德臣報館也在 1861 年 7 月和 1871 年 3 月先後辦有中文報紙《香港新聞》和《中外新聞七日報》。上海在 19 世紀 60 年代以後，商業報紙也逐漸發展起來。最早的中文報紙爲 1861 年 11 月創辦的《上海新報》。1872 年 4 月，《申報》創刊。此後，《字林滬報》和《新聞報》也相繼創辦，上海的中文商業報紙很快進入繁盛期。外人在華也創辦有外文商業報紙。但中文報紙直接面向華人，所聘主筆，也逐漸多由華人充任。這就使它的在華影響自然要較外文報紙爲大。商業報紙的引入，也帶來了新的報刊觀念。一是報刊的時效性觀念增強，中文報刊逐漸從月刊、周刊發展出日報。二是信息觀念增強，促進了報刊向「新聞紙」方向發展。《上海新報》的發刊詞指出：「大凡商賈貿易，貴乎信息流通。本館印此新報，所有一切國政軍情，市俗利弊，生意價值，船貨往來，無所不載。」商業報刊以營利爲宗旨，必然要慮及讀者的需要。這就強化了報刊的讀者觀念，使之不斷適應讀者需要調整內容、版式等，開展報刊業務改革。《申報》創刊時，其告白中已明顯流露出近代的新聞價值觀：「凡國家之政治，風俗之變遷，中外交涉之要務，商賈貿易之利弊，與夫一切可驚可鄂可喜之事，足以新人聽聞者，靡不畢載，務求其眞實無妄，使觀者明白易曉。」〔註 2〕強調「可驚可鄂可喜」、「足以新人聽聞」，已可見出作者對報刊受眾的閱讀心理亦有一定認識。

來華外報的創辦催生了一批寄身於報界的中國報人。最早參與外報編輯工作的中國人當推鴉片戰爭之前的梁發。十九世紀六、七十年代以後，在外報中任主筆的華人逐漸增加。如《香港中外新報》先後有黃勝、伍廷芳等參與編輯工作；《中外新聞七日報》則由陳藹亭編輯；甲午戰前，《申報》聘請的華人主筆先後有蔣芷湘、何桂笙、錢昕伯、黃協塤等。早期託身於報界者多出於無奈，對報刊「職業」缺乏眞正的認同。姚公鶴曾記述了當時任報館主筆的沈任佺的窘況：「昔日之報館主筆，不僅社會上認爲不名譽，即該主筆亦不敢以此自鳴於世。吾鄉沈任佺君，光緒初年即就滬上某報之聘，轉輾蟬聯，至光緒末年而止，然對人則囁嚅不敢出口也。」〔註 3〕在十九世紀末中國社會對於報館仍未有廣泛認可的背景下，進入報館者多爲落拓文人。而他們對報刊的認識，又多帶有傳統的社會政治眼光。如早期《申報》在論述報刊的益處時，即具有這種特點。其《〈申江新報〉緣起》在分析了報刊「多見博

〔註 2〕 《本館告白》，《申報》，1972 年 4 月 30 日。
〔註 3〕 姚公鶴：《上海閒話》，上海：上海古籍出版社 1989 年版，第 131 頁。

聞而便於民」之外，又特別強調了報刊的上下通達功能：「惜乎聞於朝而不聞
於野，聞於此而不聞於彼，雖有新聞而未能傳之天下。尤可異者，朝廷以每
日所下之訓諭，所上之章稟，咸登『京報』，爲民表率，而民間無一事一聞以
上達於君。所謂上行而下效者，其果何心乎？夫『京報』以見國家之意，而
民亦宜皆有意；苟民之意不達於上，而上所爲治理者，其何能如乎民心乎？
是故新聞者，眞可便民而有益於國者也。」〔註4〕在《整頓報紙芻言》中，該
報列舉了報刊之「利」有四：通曉海外情形，有益於交涉；秉筆直書，使清
廉者自勵，貪墨者忌憚；通上下之情；傳播各地貨物行情，有利於行商坐賈。
該文同時強調建言獻策的必要性：「此種惡劣文人，嫉之者指爲斯文之蟊賊，
近數載內，往往有之，亦或巧肆詞鋒，公存叵測，於朝野上下之弊病，指示
不遺，任意將中國底情，和盤托出，而問以病何以藥？弊何以除？則又若寒
蟬之噤而不鳴，不復略陳一策，惟是蒙頭蓋面，謂宜效法東西洋。噫，是直
欲驅中國四百兆人民，盡變爲東西洋黎庶而後已，試問將朝廷置之何地乎？」
〔註5〕由此觀之，則這一時期寄身外報的華人主筆或編輯也多少具有政治報人
對報刊的一般看法：視報刊爲政教工具，強調其在政治改良中重要的助益功
能。這與傳統文人士大夫強烈的政治參與感和功利心是一致的。報刊固然自
有其政治功能，但從《申報》的這些論述看，與西方近代大眾傳播意義上報
刊的政治角色已相距甚遠。

受外報的啓發，少數國人也開始自己動手辦報。如艾小梅、王韜、黃勝、
容閎等。很難說這一批主動而爲的辦報者對報刊「職業」的認同比託身外報
者更高。以王韜爲例，其對報刊的認識，突出強調的是其通達上下的政治橋
梁功能。在王韜看來，以當政者言之，報刊是「博采輿論」的工具；以辦報
者言之，報刊是建言陳情的平臺。而王韜反觀自己的人生歷程，最爲看重的
是「才子」、「名士」、「魁儒碩彥」等社會角色而非「報人」：「夫人生爲才子，
壯爲名士，晚年爲魁儒碩彥，學問與年俱進，則其造詣亦隨境而俱深。『錦心
繡口』四字，猶是才人本色，與蒙之年齒境遇，似不相符。」〔註6〕甲午戰後，
康、梁以報刊推動變法運動，開啓政治家辦報潮流。他們對報刊的認識，更

〔註4〕　《〈申江新報〉緣起》，《申報》，1872 年 5 月 6 日。

〔註5〕　《整頓報紙芻言》，《中國新聞事業文選》，北京：中國人民大學出版社 1999
　　　　年版，第 17 頁。

〔註6〕　王韜：《與楊甦補明經》，《弢園文新編》，上海：三聯書店 1998 年版，第 292
　　　　頁。

多了一層政治宣傳的色彩。儘管他們極大地提高報人的社會地位，尤其是戊戌政變後，梁啓超等改良派報人流亡海外，西學西報知識大漲，他們的報刊論述也更合乎近代政治與新聞思想之標準。但其辦報旨趣終究在於政治。梁啓超總結自己的言論活動說：「好攘臂扼腕以譚政治。政治譚以外，雖非無言論，然匣劍帷燈，意固有所屬，凡歸政治而已。」〔註7〕孫中山等革命派對報刊的使用則主要是強調從革命宣傳的需要出發，「革命」報人與「職業」報人之間同樣有十分明顯的區別。相對來說，民初章士釗對報刊的論述倒更具有近代報人的專業意識。他突出重視報刊的獨立性，強調以昌明「公理」、「眞理」爲報刊活動的根本宗旨，這與本來意義上報刊的大眾傳播角色已有頗多契合之處。只是章所沿襲的，主要仍是政治報人的一貫傳統。章士釗考察報刊的視角，主要就是以近代政黨政治的理論和實踐爲出發點的。

戊戌政變後，康、梁等改良派的報刊在國內遭到封殺。但以贏利爲目的的商業報刊因相對遠離政治而未被波及，得以穩步發展。《申報》、《字林滬報》和《新聞報》等外商大報延續了自己的發展步伐，《指南報》、《奇聞報》和《消閒報》等消閒小報也悄然進步。城市經濟的繁榮促進了報刊的廣告收入；市民階層的形成使報刊的讀者群日益壯大；晚清社會振蕩刺激了大眾的信息需求。這些都爲商業報刊的發展提供了廣闊空間。19世紀末，《大公報》、《京話日報》、《時報》、《時務日報》、《京報》等民辦報刊得到迅速發展。這些報刊的主辦者早期大都受維新改良思想的影響，但往往又是獨立於政治團體之外的自由知識者。故他們的報刊既區別於黨派報刊，又具有濃厚的政治批判色彩和社會責任意識，並不以贏利爲主要目的。英斂之創辦《大公報》的主要目的是爲了「開風氣，牖民智，挹彼歐西學術，啓我同胞聰明」〔註8〕，這與改良派的報刊啓蒙主張並無二致。《大公報》以「敢言」著稱，在報刊言論上強調「有益於國是民依、有裨於人心學術。」彭翼仲的《京話日報》多次申明：「我們這《京華日報》是一個膽大妄言，不知忌諱，毫無依傍，一定要作完全國民的報」，「凡衙門八旗的弊病，明說暗說，毫不容情」，「應該爭論的刀放在脖子上還是要說。」〔註9〕當然，他們對報刊的新聞性、報刊立場的獨

〔註7〕 梁啓超：《吾今後所以愛國者》，《飲冰室合集·文集》三十三，第52頁。

〔註8〕 英斂之：《大公報序》，《大公報》，1902年6月17日。

〔註9〕 轉引自方漢奇：《清末的〈京華日報〉》，《方漢奇文集》，汕頭：汕頭大學出版社2003年版，第271～272頁。

立性等也有認知和強調。《大公報》宣稱:「本報循泰西報紙公例,知無不言。以大公之心,發折衷之論;獻可替否,揚正抑邪,非以挾私挾嫌爲事。」〔註10〕汪康年指出:「報紙者代表輿論之機關也,既爲輿論之代表,則其一言一語,皆將爲社會所信仰。夫以社會所信仰,而不自保其名譽,自尊其資格,自重其價值,而信筆書之,率臆言之,人將不信我。烏呼!可吾知各報必不如是也。」〔註11〕強調「循泰西報紙公例」、「以大公之心,發折衷之論」,以及對報刊名譽的重視,已然體現了這些報人對報刊職業在一定程度上的自覺體認。這也顯示了他們正從以政治爲本、辦報爲用的基本模式中走了出來,逐漸認識到報刊的獨立價值。

　　民初,臨時約法對出版自由的肯定促進了報刊的大量興辦。民國元年,全國報紙激增至 500 多家。「癸丑報災」一時使報紙數量減少,但洪憲之後又很快上昇。在政黨和政客報刊之外,職業化的新聞事業得到了長足發展。《申報》、《新聞報》等商業化大報向現代企業方向發展;而《京報》、《社會日報》等民間報刊也很快開闢出一片天地。隨著報刊政論的衰落,新聞報導得到了加強和發展。消息的比重增大,專電得到廣泛運用,新聞通訊也受到普遍重視。與此同時,新聞教育和研究開始起步,湧現了一批頗有影響的新聞記者。黃遠生、邵飄萍、林白水等即爲其中代表。他們大都有較好的新聞學修養,以新聞報導和採訪等業務工作而享譽報界。至此,報刊業作爲一種專門職業遂初告成型。

　　報刊專門職業的形成,大概有以下因素的推動:一是因爲康有爲、梁啓超和孫中山等政治人物對報刊的倚重和他們出色的報刊宣傳極大地提高了報刊工作的社會聲譽,而這無疑促進了報刊業作爲專門職業的社會認同和報人自我的心理認同;二是民初雖然不時有北洋政府對報館的封禁和對報人的迫害,但全國的政治力量並不統一,加之言論出版自由的觀念在知識分子中深入人心,從而爲報刊業的職業化提供了基本的政治空間和政治氛圍;三是民初民族經濟的發展進一步促進了報紙的商業化傾向,國內政局動蕩和世界大戰爆發刺激了人們的新聞需求。報刊業的職業化發展必要的市場條件也得以形成。

　　值得一提的是清末民初國內對新聞學的引進和研究。1903 年,上海商務

〔註10〕　《大公報出版弁言》,《大公報》,1902 年 6 月 18 日。
〔註11〕　汪詒年:《汪穰卿先生傳記》,北京:中華書局 2007 年版,第 185 頁。

印書館即翻譯出版了松本君平的《新聞學》，該書又名《歐美新聞事業》，主要介紹報館各機構的職能和各新聞從業者在報業管理、採訪、寫作等方面的工作，並就歐美主要國家新聞業的現狀一一進行了評述。該書並較早提出了「職業之新聞記者」的問題，主張國家應對新聞記者制訂一定的職業標準：「國家對此職業，正須立一道德精神之標準，並授以證書，而後可日就範圍。蓋以其有擁護社會國家，評論政治法律之權。故爲新聞記者，正不可無新聞博士之地位也。況世之新聞事業，應立專門教育之學問，無容疑矣。」〔註 12〕1913 年，美國新聞記者休曼的《實用新聞學》的中譯本出版。該書爲西方實用新聞學著作，主要介紹了美國報紙的進化史、新聞從業者的日常業務工作及其責任、新聞法和版權法等方面的知識。徐寶璜在其《新聞學》中曾對松本君平的觀點予以肯定評價：

> 自各國民權發達以來，國內大事，多視輿論爲轉移，而輿論又隱爲新聞紙鎖操縱，如是新聞紙之勢力，益不可侮矣。至其爲禍爲福，則視乎人能否善用耳。能善用之，則日本松本君平氏論新聞紙之言，並非虛語。其言曰：「彼如豫言者，謳國家之運命；彼如裁判官，斷國民之疑獄；彼如爲大法律家，制定律令；彼如大哲學家，教育國民；彼如大聖賢，彈劾國民之罪惡；彼如救世主，察國民之無告痛苦，而與以救濟之途。」〔註13〕

隨著留洋考察、求學交往的增多，國人對西方新聞學的接觸範圍更爲寬泛，瞭解也更爲深入。加之國內新聞實踐型態與歐美、日本等國漸趨接近，這也爲國人對西方新聞學的引進提供了更多動力。徐寶璜在其《新聞學》序言自陳，該書「取材於西籍者不少」，據筆者統計，單就該書附錄介紹，其所參考的有關西方新聞學書籍達 30 種，論文有 68 篇。邵飄萍的《實際應用新聞學》對日本、美國的新聞學論著也有頗多借鑒吸收。

國人也開始有對新聞學的探討。1917 年，商務印書館出版了姚公鶴的《上海閒話》，其中即有《上海報紙小史》一文；同年，包天笑的《考察日本新聞記略》在商務印書館出版；1919 年，徐寶璜的《新聞學》出版。新聞學術的

〔註 12〕 【日】松本君平：《新聞學》，《新聞文存》，北京：中國新聞出版社 1987 年版，第 105 頁。
〔註 13〕 徐寶璜：《新聞學》，《徐寶璜新聞學論集》，北京：北京大學出版社 2008 年版，第 47 頁。

引進和研究，對於近代報刊從業者的職業認定和對報刊職業規範的認知具有重要的促進作用。源自於西方的「新聞學」的創建本身就反映了人們對新聞職業的獨立性和內在規律的一種積極探求。早在辛亥革命前，許多政治報人的報刊論述中，即已常常引用和借鑒西方新聞學中的相關概念和觀點作爲立論依據。民初，黃遠生、邵飄萍、林白水等職業化報人的報刊論述和實踐中更有與西方專業的新聞學學理趨於一致的傾向。

第二節　新聞職業化視野下的報刊角色觀

　　民初以新聞職業化的視角來審視報刊的角色，以黃遠生、邵飄萍、徐寶璜等的論述最具代表性。黃遠生、邵飄萍同爲民初最爲著名的職業報人；徐寶璜則是民初最爲重要的新聞研究和教育者。

　　一、黃遠生的報刊角色觀。黃遠生（1885～1915），原名黃基，字遠庸，筆名遠生，江西九江人。黃遠生 1904 年中進士後，即東渡日本官費留學，專攻法律。1909 年學成回國，任郵傳部員外郎兼參議院行走和編譯局纂修官等職。公事之餘他還從事報業活動，經常爲京、滬報刊撰寫國際時事評述。辛亥革命後棄官，專門從事新聞工作。1912 年，他創辦《少年中國周刊》，正式開始了其記者生涯。此後他又主編過梁啓超的《庸言》月刊，擔任過上海《申報》、《時報》、《東方日報》的特約記者和北京《亞細亞報》的撰述，同時還經常爲《東方雜誌》、《論衡》和《國民公報》等報刊撰稿。在從事新聞工作的四五年時間裏，黃遠生寫作了大量的新聞通訊和時評政論，對當時民眾矚目的重大問題都進行了及時而深入的報導。其自創的「遠生通訊」影響極大。

　　黃遠生堪稱中國近代第一位有影響的職業記者。「遠庸文章典重深厚，胎息漢魏，洞朗軒闊，辭兼莊諧，尤工通訊，幽隱畢達，都下傳觀，有紙貴之譽。」〔註14〕黃遠生首先對「職業」有著較爲明確的認識。在《官迷論》一文中，他對國人崇尚官僚「職業」進行了尖銳的批評：「以數千年專制之毒，世主既以官僚爲唯一羈縻之具，而全國職業勞小利大而威武最盛者既莫如官，則全國之爭趨如鶩者固已宜矣。」〔註15〕他並多次提出「神聖職業」

〔註14〕錢基博：《現代中國文學史》，長沙：嶽麓書社 1986 年版，第 483 頁。
〔註15〕黃遠生：《官迷論》，《遠生遺著‧卷一》，上海：文海出版社 1986 年版，第 31 頁。

的概念，主張國家和社會的改造，當自改造個人開始，而要改造個人，提倡「神聖職業」是重要一環。〔註16〕從「職業」的視野出發，黃遠生在北京亞細亞報週年紀念號發表的《祝之與詛之歟？》中，對報刊工作做了以下界定：「有所謂報者，文明機關之一也。爲之言者曰：報之發達，與文明之發達爲比例。又有言曰：某事某物之發達，與文明之發達爲比例。故遠生者，作報人之一，亦即文明人也。凡作報者，皆文明人也。凡作文明機關者，一切皆文明人也。」黃遠生所指的「文明機關」，與政治報人的報刊觀念已有明顯區別，「文明」相對於政黨或政治，其內涵要寬泛得多，而且更側重於指向社會文化層面，這就大大地弱化了報刊業在近代一直被沾染的政治色彩。他明確指出了其所主張的報刊職業與袁世凱御用報紙《亞細亞報》報人之所從事者的不同：「北京亞細亞報諸君之忠於其業，非吾之謂也。彼將誠有耳目喉舌之用者也。」黃遠生明確將他所從事的報刊工作與附庸於政客，專事政治宣傳和鼓吹的「工作」區分開來，體現了他對報刊工作的專業、獨立性質的自覺認同。在他看來，報刊工作的職責即主要在於采集和傳播新聞，而不應受外界之干涉：

> 報館之訪員出外爲報館訪得好新聞回來，而報館將其交與官吏懲辦，則此後必無人肯代此報館訪新聞矣。今我報館之訪員代我報館訪得的確靈捷之好新聞回來，而陸軍部派憲兵來要求我報館交出訪員，譬如我今日要求陸軍部將打勝敵國之士兵捆綁起來交與敵國將其殺害。請問汝陸軍部肯乎不肯乎此？我北京日報之訪員能訪得此等好新聞，回來我報館應當增其薪俸，斷無交與陸軍部之理，如果謂不交訪員便要封報館，我情願封報館，決不交訪員。〔註17〕

將訪員採寫新聞與士兵打仗相比，則這一工作已頗具「天職」的意味。訪員採寫新聞，乃是盡其天職，是天經地義之事。故報館對於從事職業工作的訪員，自然有保護的義務。

眞實、客觀、公正是近代新聞職業工作的基本業務原則。在西方新聞職業化過程中，這些原則屢次被報人提及。「報紙的營利化使其失去了自稱爲『社會的木鐸』的作用以及左右輿論的資格，轉而產生了報紙『不偏不黨』、客觀

〔註16〕黃遠生：《懺悔錄》，《遠生遺著·卷四》，上海：文海出版社1986年版，第191頁。

〔註17〕黃遠生：《北京日報與憲兵營》，《申報》，1914年5日23日。

報導的態度。」〔註18〕1896 年，阿道夫・S・奧克斯在《紐約時報》的辦報方針中寫道：「要不偏不倚，無私無畏的提供新聞，不論涉及什麼政黨、派別或利益；要使《紐約時報》的各欄成爲探討一切與公眾有關的重大問題的論壇，並爲此邀請各種不同見解的人參加明智的討論。」〔註 19〕民初，在新聞職業化的視野下，黃遠生也對眞實、客觀和公正等原則進行了系統論述：

> 吾曹此後，將力變其主觀的態度，而易爲客觀。故吾曹對於政局，對於時事，乃至對於一切事物，固當本其所信，發揮自以爲正確之主張，但決不以吾曹之主張爲唯一之主張，決不以一主張之故，而排斥其他主張。且吾曹有所主張，以及擷取其他之主張之時，其視綜合事實而後下一判斷之主張，較之憑恃理想所發揮之空論，尤爲寶貴。若令吾人所綜合事實，尚未足令吾人下筆判斷之時，則吾人與其妄發主張，貽後日之懺悔，不如僅僅提出事實，以供吾曹及社會異日之參考資料，而決不急急於有主張，蓋吾人此後所發表者演繹的理論，決不如歸納的事實之多。以今日大勢，固之指導吾人趨於研究討論之途，決不許吾人逞臆懸談騰其口說故也……以是吾人造言紀事，決不偏於政治一方……以是吾人所綜合之事實，當一面求其精確，一面求其有系統……以是吾曹不敢以此區區言論機關，據爲私物，乃欲以此裒集內外之見聞，綜輯各種方面之意見及感想，凡一問題，必期與此問題有關係之人，一一發抒其所信，以本報爲公同論辨之機關，又力求各種方面最有關係人士，各將其所處方面之眞見灼聞彙爲報告，以本報爲一供給參考材料之寶庫。〔註 20〕

儘管黃遠生在此提出的報刊主張，包括「客觀」、強調提供事實而不急於發表意見、不偏不倚、不黨不私、「精確」全面等，在當時西方新聞界大多已成共識，這裡甚至可以看到黃遠生的觀點與奧克斯有頗多相似之處。但在民初報刊職業化過程中卻具有重要的開拓性意義。「辛亥革命後，中國報人開始放棄

〔註18〕【日】稻葉三千男、新井直之主編：《日本的報業理論與實踐》，北京：新華出版社 1985 年版，第 33 頁。

〔註19〕【美】邁克爾・埃默里等：《美國新聞史》，北京：新華出版社 2001 年版，第273 頁。

〔註20〕黃遠生：《本報之新生命》，《遠生遺著・卷一》，上海：文海出版社 1986 年版，第 103～105 頁。

以前的那種新聞觀，即辦報方式與政黨政治的命運過於緊密的聯繫在一起，毫無自身發展的前途。早期代表是黃遠生。」〔註 21〕以黃遠生的觀點看，報刊就不再是近代政治報人所看重的促進政治運動的宣傳機關，而應當是一個社會性的新聞機構：報刊與政治鼓吹保持清醒的距離，報導真實全面的事實為公眾提供參考，同時也為各方意見提供論辨和交鋒的場所。美國新聞學者 Frank Luther Mott 在他的《美國新聞事業史》中談及職業化的獨立報紙出現的原因時指出：「這種變遷的主要理由是重點的推移，由社論的時評與偏於新聞的報導轉到更廣泛的新聞範圍及更密切的人類興趣。這種新聞觀念的改變將報紙由政客方面攫去轉移到記者手中了。」〔註 22〕新聞職業化以後，報刊業作為社會職業之一，作為「文明機關」之一，其服務對象擴大到整個社會公眾。同時報刊業的主辦者也由政治人物過渡到職業的新聞工作者。這樣報刊就自然以一種社會的、專業的立場來處理其與公眾的關係。在這種前提下，報刊更多的是新聞信息的服務者、公眾意見的溝通者。而不是某一政治運動的宣傳者，更不是輿論的創造者。

對照黃遠生與梁啟超、章士釗等人的報刊主張是頗有意思的。梁、章都先後提出過報刊獨立的主張。梁主張報刊「不偏於一黨派」；章士釗反對囿於黨見，並以「獨立」命名其創辦的周報。但梁又認為報刊可以代表「公益」而為「輿論之母」，章士釗則反復強調報刊闡明「公理」、「真理」的職能。故他們的報刊活動，很大程度上以宣傳為基本格調。對於形而上的「公益」和「公理」，黃遠生已不再那麼篤定記者能夠掌握。「以事到今日，吾人已深知一社會之組織美惡，決非一時代一個人一句部之所為，在此大機軸中，一切材料及動靜，無不為其因果，而向者之徒恃政論或政治運動以為改革國家之道者，無往而非迷妄，故欲求癥結所在，當深察物群，周知利病，譬如吾人自命為醫，若於病者之臟腑脈絡，不曾一一診察解剖，徒執局部以概全身，而妄謂吾方實良，罪在病者不治，則世人未有不駭然笑者，故於政治的記述以外，凡社會的理論及潮流，與社會事實，當為此後佔有本報篇幅之一大宗也。」〔註 23〕他主張報刊應該做的是全面記載各種大事、潮流，而不應急於

〔註 21〕 【澳】特里・納里奧：《中國新聞業的職業化歷程》，《新聞研究資料》第 58 輯。
〔註 22〕 【美】Frank Luther Mott：《美國新聞事業史》下冊，臺北：臺灣教育部 1975 年版，第 374 頁。
〔註 23〕 黃遠生：《本報之新生命》，《遠生遺著・卷一》，上海：文海出版社 1986 年版，第 133 頁。

妄下論斷。這裡既體現了黃遠生在「眞理」、「公益」等問題上有了更深刻的認識，同時也再一次反映了他對新聞職業工作一般規律的熟稔。只提供事實材料，不發表觀點，讓受眾在新聞傳播的有機運動中去做出自己的判斷——這正是西方新聞職業化以來人們逐漸形成的業務共識。爲了報導事實，提供「資料」，黃遠生還提出了「四能」的主張：「新聞記者有四能，（一）腦筋能想，（二）腿腳能奔走，（三）耳能聽，（四）手能寫。」這實際上是對記者職業素養的基本要求。

黃遠生也提到過報刊輿論監督的問題。他寫作的大量時評、政論和通訊本身就起到了很好的監督作用。梁啓超也較早提出過監督政府的主張。但在報刊作爲輿論機關的具體性質上，黃與梁是有著鮮明區別的。梁所說的監督政府，與其說是出於代表國民「輿論」，毋寧說是代表國民「公益」。因爲「世界貴有豪傑，貴其能見平常人所不及見，行尋常人所不敢行也。」〔註 24〕而且健全輿論之形成，亦必借助於報館。故其精英主義色彩是十分濃厚的。而如上文所引，黃遠生更多地強調了報刊的論壇職能：彙集各方面的觀點事實，以公眾參考和判斷。在此，報刊眞正站在社會而非政黨、政治勢力的立場，以獨立的輿論機關的姿態來溝通社會各界，以達到「爲民生社會請命」〔註 25〕的目的。

二、邵飄萍的報刊角色觀。邵飄萍（1886～1926），原名鏡清，後改爲振青，浙江東陽人。邵飄萍 13 歲即考中秀才，後入讀浙江高等學堂。1912 年，他出任《漢民日報》主筆，後又爲《時事新報》、《申報》、《時報》撰稿。1914 年，爲躲避袁世凱勢力的迫害，邵飄萍赴日本留學，並繼續爲京滬報紙提供東京通訊。1918 年，邵飄萍接連創辦了「北京新聞編譯社」和《京報》。邵飄萍重視新聞教育。同年春，他與蔡元培一起創辦「北京大學新聞學研究會」，並舉辦講習會。1926 年 4 月 26 日，奉系軍閥政府以「勾結赤俄，宣傳赤化」的罪名將其殺害。

邵飄萍是繼黃遠生之後又一位蜚聲全國的記者。其所創辦的《京報》一度是在北方甚至全國最有影響的報紙之一。邵又是中國新聞學研究和教育的較早拓荒者和踐行者，對新聞職業有著明確而堅定的理解。其對報刊業的認識和理解，代表了當時職業記者群體的最高水平。邵飄萍有留日經歷，並曾

〔註 24〕 梁啓超：《輿論之母與輿論之僕》，《飲冰室合集·專集》二，第 83 頁。
〔註 25〕 黃遠生：《平民之貴族奴隸之平民》，《遠生遺著·卷一》，上海：文海出版社 1986 年版，第 3 頁。

應日本大阪《朝日新聞》之聘，擔任該社特約記者，對日本的新聞業有較多瞭解。其報刊論述自然有日本新聞思想的影響。邵飄萍明確將報刊工作視爲一種專門職業。他指出，中國新聞事業幼稚腐敗的原因之一，就是當時的新聞從業者無堅定正確的職業觀念：「一方面充當報館訪員（或訪事）之人物，大半皆缺新聞學上之知識，且並非有何訓練與修養，不欲以此爲永久固定之職業；亦有視爲不得已之一種過渡生活，在秘密中探訪消息，不居報館訪員之名義者。凡此種種，既不爲政治上、社會上各方面之所重視，即自身亦不認識所居地位之重要及與國家社會有如何重大之關係。」〔註26〕從這段話看，邵飄萍所認定的合格的新聞職業理念，需具有兩個認識條件：一是有新聞學的專門知識；一是對新聞職業要有自覺的認同，並意識到這種職業所具有的社會意義。對於新聞職業，邵飄萍傾注了極大的熱情。張季鸞回憶邵飄萍說：「余交飄萍久，常歎弗如，夫新聞記者之資格，首爲忠於職務，此亦余所願能，而精力與勇氣，則不逮遠甚。」〔註27〕可見，邵飄萍正是新聞職業工作的忠實踐行者。

邵飄萍明確將新聞事業定位爲社會公共機關。他指出，新聞事業「與全社會之人皆有關係」，因此必須以社會爲本位，以社會大多數人的利害爲標準，唯如此方能樹立「威權」，增高聲價，方能以「全社會爲後盾」，獲得「突飛發展」，永遠立於不敗之地。同時，報刊要反映社會及國民的思想，「代表國民輿論」。這就要求報刊之活動，當以事實和「眞理」爲準，而不能由「辦理新聞社之個人或團體所可因一己或少數人之感情、利害關係而任意左右之。」〔註28〕邵飄萍這種強調新聞事業的社會性，要求報刊保持與政府、資本的相對獨立性的主張，與黃遠生的觀點是一致的。他以其親身經歷強調這一立場：「振清從事新聞記者之生活，今十有三年矣。此十三年中，無論何黨何派及其重要分子皆曾與爲平等友誼之周旋，至今未與何黨何派成立如何深切之關係。且自始立志欲以新聞記者終其身，故亦絕對未就政府機關之何種官吏」，「當無論何黨何派登臺之際，每與其中比較優秀之人物接洽新聞，以

〔註26〕邵飄萍：《實際應用新聞學》，北京：北京大學出版社 2008 年版，第 15～16頁。

〔註27〕榆林張熾章：《追悼飄萍先生》，《邵飄萍新聞學論集》，北京：北京大學出版社 2008 年版，第 246 頁。

〔註28〕邵飄萍：《新聞學總論》，《邵飄萍新聞學論集》，北京：北京大學出版社 2008年版，第 104 頁。

局外旁觀者之好意，希望其於國家一致的成功，不惜加以相當之讚助；然苟見其惡德暴露，則立時可以自由批判，並無與相始終之連帶責任。」〔註29〕邵飄萍在回顧其《京報》創辦之經歷時，同樣闡述了他對報刊作為社會公共機關的認識，並表達了他從事此種性質之報刊事業的旨趣：

> 愚個人既素無黨派關係，更不欲以特殊勢力為報紙之後盾。根基薄弱，而言論尚較自由。蓋《京報》創刊之志趣，非有政治之目的，惟以愚個人既樂從事於新聞之業，欲以《京報》供我國新聞之試驗，為社會發表意見之機關。故《京報》言論所注重者，不獨政治問題，外交教育與夫社會上之種種事業，《京報》每順世界進步之潮流，為和平中正之指導。崇拜真理，反對武力，乃《京報》持論之精神。〔註30〕

強調報刊的獨立性質和公共性質，拒絕辦報的政治目的，將辦報視為「新聞之業」，這種觀念明顯區別於政治家辦報的報刊思路，也與章士釗的具有明顯政治動機的報刊思想不同。在此，邵飄萍對報刊的使用和思索，主要是出於社會、文化的視角。

　　值得一提的是，邵飄萍較早論及了報刊的「營業性」與「公益性」的問題。如上所引，邵飄萍指出新聞事業與全社會之人皆有關係，則「人人皆屬股東」，社長、主筆不能不以大多數股東的利害為標準而定事業之方針。這樣，報社之中雖然有社長、主筆、股東、記者社員等分工，與營利性的公司相似，但畢竟不同，而又必須具有「公益性」的特質。邵飄萍批評西方新聞事業的商業化傾向時說：「各國新聞事業所以傾注全神於營業方面者，乃商品說主張之結果，也以進化之順序言之。由政論本位而為消息本位，由一人一派機關而為廣告貿易會社，似為進步所必經之階級。但自新聞紙之完全商品化而後，以發行為手段，以多攬廣告為目的。其種種大規模之設備，不可無鉅額之資本，於不知不覺之間已捲入資本主義之漩渦……以營業本位為理想的經營方法，未免為偏於資本主義之見解也。」〔註31〕他指出，要避免新聞事業以營業為本位所導致的缺陷，就須將之置於「法人組織」之下來進行經營。他相

〔註29〕邵飄萍：《邵飄萍選集（下）》，北京：中國人民大學出版社1988年版，第152頁。

〔註30〕邵飄萍：《〈京報〉三年來之回顧》，《中國新聞事業文選》，北京：中國人民大學出版社1999年版，第173～174頁。

〔註31〕邵飄萍：《新聞學總論》，《邵飄萍新聞學論集》，北京：北京大學出版社2008年版，第202頁。

信通過嚴密的監督，必能使新聞事業「純以公益爲目的」〔註 32〕。邵飄萍在這裡對如何保障報刊業公共性的探討，主要是針對其過分商業化傾向而提出的，在民初人們普遍關注的是報刊如何避免政治干涉的背景下，這無疑具有一定前瞻性。在《新聞學總論》中，邵飄萍還就保障新聞記者之生活、地位和人格，以防「資本主義之專橫」進行了探討。他贊同新聞記者爲「布衣之宰相，無冕之帝王」的說法，要求新聞記事要抵抗強權，以眞理和事實作爲標準，確守第三者之地位〔註 33〕。從這些論述來看，邵飄萍報刊社會性、公共性的關注要比黃遠生更爲具體，也更爲深入。

邵飄萍進一步對報刊的新聞性做了深入闡述。「報紙之第一任務，在報告讀者以最新而又最有興味，最有關係之各種消息，故報紙之最要原料厥惟新聞。」〔註 34〕由此，以邵飄萍的觀點，則報刊爲專業的新聞機構的地位就是顯而易見的。黃遠生也有類似的看法。邵飄萍的不同之處，在於他更進一步對報刊應爲怎樣的「新聞」機構進行了探析。黃遠生主張報刊要全面記載大事和潮流，爲公眾提供參考材料，隱然指出了報刊報導的應是具有重要性的事實。邵飄萍則從傳播交流的一般意義上做了明確而具有普遍性的闡述。這就是他較早對西方新聞價値理論做了系統介紹和分析。如上文所引，邵飄萍在強調報刊「第一任務」是報導消息的同時，也對消息做了限定：必須「最新而又最有興味」、「最有關係」。在《實際應用新聞學》中，邵飄萍引用美國新聞學者格蘭赫德的觀點深入闡述新聞價値的以下標準：愛讀者之人數；時機之適當與否；距離遠近之關係；興味之集中與變遷。這種標準立足於受眾的興趣和需要，具有強烈的服務和交流意識。他也指出了新聞價値減少的原因：新聞中含有廣告意味；揭發人的陰私；有害社會風俗。以新聞價値爲參照，在《實際應用新聞學》中，邵飄萍還對「裸體新聞應記之項目」進行了逐項介紹。應該說，邵飄萍在新聞學理上所做的這些推進，對於時人認識新聞規律，同時也更進一步認識報刊的社會角色是具有重要意義的。邵飄萍對新聞價値的深入分析，標誌著國人對新聞傳播學理的探索向前邁進了一大步。

〔註 32〕 邵飄萍：《新聞學總論》，《邵飄萍新聞學論集》，北京：北京大學出版社 2008年版，第 202 頁。

〔註 33〕 邵飄萍：《新聞學總論》，《邵飄萍新聞學論集》，北京：北京大學出版社 2008年版，第 116 頁。

〔註 34〕 邵飄萍：《實際應用新聞學》，《邵飄萍新聞學論集》，北京：北京大學出版社 2008 年版，第 15 頁。

從以上兩個方面的分析看，邵飄萍實際上同樣強調了報刊作為社會性新聞機構的角色。只是相對於黃遠生，邵飄萍對報刊的社會性（公共性）和新聞性的分析更加具體深入。因而也更具有新聞專業主義的理論雛形。

邵飄萍還立足於報刊的新聞性質，對其社會教育作用進行了論述。報刊所記載之新聞，能不斷滿足人們獲取新知的要求。它以事實為材料，日日為受眾提供必要知識和研究資料，與人終身相伴，不斷促進其修養的提高。而報刊言論也可引讀者於「觀察綿密判斷公平」之途。因為報刊言論預先有所偵查預審，而又注重以事實為證據，足令讀者同情信仰。他還指出，當大眾對重大問題的意見出現武斷偏激之時，報刊不僅負有指導糾正之責，而且尤其應該根據事理，澄清社會大眾的錯誤看法。所以報刊對於社會大眾，又不能採取完全迎合的立場〔註 35〕。對於報刊的教育作用，清末改良派即有大量闡述。然而他們更多是立足於宣傳，其終極目的是要作用於政治實踐。而邵飄萍則主要是從新聞信息的傳播角度來引申和論述的。他更多強調的，也主要是報刊教育作用的社會意義。這裡也凸顯了他對報刊的主要社會角色，作為社會性新聞機構的認知。

三、徐寶璜的報刊角色觀。徐寶璜（1894～1930），字伯軒，江西九江人。1912 年畢業於北京大學，後赴美國密歇根大學攻讀經濟學、新聞學。1916 年回國，先任北京《晨報》編輯，繼任北京大學教授。1918 年與蔡元培發起成立北京大學新聞學研究會，被推為副會長、新聞學導師和會刊《新聞周刊》編輯主任。1920 年起，徐寶璜先後在民國大學、朝陽大學等校教授新聞、經濟等方面課程，並擔任平民大學新聞系主任。1930 年 6 月病逝於北京。徐寶璜最先在國內開設新聞學大學課程，所著《新聞學》一書，也是中國最早的新聞學理論專著。作為新聞學術的最早拓荒者之一，徐寶璜對於中國新聞業的推動，以及人們對報刊認識的轉變，都具有較大影響。黃天鵬高度評價說：「在一二十年以前，新聞記者在社會上認為無聊的文人，新聞紙一般認為遣閑的讀品。先生眾醉獨醒，大聲疾呼，以改造新聞事業為己任。於是，國人始知新聞事業之價值，新聞記者乃高尚的職業。新聞界風氣的轉變，這是先生提倡的效果啊！」〔註 36〕

〔註 35〕 邵飄萍：《新聞學總論》，《邵飄萍新聞學論集》，北京：北京大學出版社 2008 年版，第 107～109 頁。
〔註 36〕 黃天鵬：《〈新聞學綱要〉序》，《徐寶璜新聞學論集》，北京：北京大學出版社 2008 年版，第 177 頁。

作爲我國較早的新聞學者，徐寶璜對報刊的認識相對來說更爲系統、全面，也更具專業的學理意識。徐寶璜將報紙直接定位爲新聞紙：「新聞紙之名詞，在英文爲 Newspaper，國人亦簡稱之曰報紙，曰報章，或曰日報。內容完備之報紙，所登載者，新聞而外，尚有社論、文藝、插畫、廣告等件，材料豐富，門類極多……然新聞紙之根本職務，爲供給新聞，有新聞而無他件，不失其爲新聞紙也。有他件而無新聞，則仍呼之爲新聞紙者，必無人也。」〔註37〕近代政治報人的辦報傳統，是以「言論紙」作爲整體面貌的；新聞紙的出現和發展則見證了報刊業職業化的歷程。以新聞紙定義報紙，標誌著國人對報紙新聞屬性的認可，同時也反映了「言論紙」向新聞紙轉化的顯著進程。將新聞置於報刊活動的本體地位，邵飄萍已有所論及。徐寶璜進一步對「新聞」做了具有學科建構性質的探討。一是定義新聞：「新聞者，乃多數閱報人所注意之最近發生之事也。」〔註38〕強調新聞應注意的兩點：必須爲最近發生之事；必須爲大多數閱報人所注意之事。這實際上是以新聞價值來限定新聞。他特別羅列了能使人注意的精彩之事：著名人物之姓名；事情之稀奇；人命之損失；財產之損失；著名機關之名稱；動人情感之事；關係閱者之事。他指出，凡事有一種精彩，即具有新聞之價值。價值之高低常以注意人數之多寡來衡量。而同一新聞之價值大小，又取決於不同的時間和距離〔註39〕。新聞價值是新聞學的一個核心概念，講究新聞價值是新聞傳播工作的一條基本規律。報刊作爲一種職業，其必備的專業性也主要體現在這一點上。對「新聞」、「新聞價值」等概念的深入分析，是建構新聞「專業」的基礎性工作。二是他對新聞業務工作進行了系統介紹，包括新聞的采集、編輯、「造題」、通信等。

在 1919 年出版的《新聞學》一書中，徐寶璜對上述問題做了更深入的闡述。例如關於新聞題目之製作，徐寶璜分析了「題目之目的」和「題目之分類」後，特別依據新聞和新聞價值原理對題目製作「應注意之點」做了業務層面上的分析：

〔註37〕 徐寶璜：《新聞學大意》，《徐寶璜新聞學論集》，北京：北京大學出版社 2008
年版，第 3 頁。

〔註38〕 徐寶璜：《新聞學大意》，《徐寶璜新聞學論集》，北京：北京大學出版社 2008
年版，第 3 頁。

〔註39〕 徐寶璜：《新聞學大意》，《徐寶璜新聞學論集》，北京：北京大學出版社 2008
年版，第 7 頁。

（一）、在未造題目之前，應先將新聞中之重要事實，清清楚楚明明白白看出來。

（二）題目當以此重要事實爲根據，既不可張大其詞，亦不可加以評論。

（三）題目當根據於撮要中之事實，因如此則一新聞之詳記，雖因故槪被削去未登，而其題目仍可無須改編。況一新聞中之重要事實，又大抵於其撮要述出耶？

（四）引人注意之新聞精彩，應於正題中提出之，因正題之字，不僅大於新聞之字，且常大於附題與分題之字而又居於前，故占極優勢之地位也。

（五）正題之意思如已明瞭，且已盡述新聞中之重要事實也，則可無須另有附題或分題……

（六）題目中切不可用含糊之字。因不惟使新聞之內容難明，且足減少其爲廣告之價值也……

（七）新聞題目，與書名有別。書名僅略示書中之內容，至新聞題目，則須表示一定之動作，使人一望而確知其意義……

（八）新聞題目，不宜用發文式表出之。因按理新聞紙乃以供給新聞爲職務，不應登載未經證實之傳言也。

（九）應謹防毀人名譽之紀載，以免生出訴訟……〔註40〕

圍繞新聞題目製作方法這一業務問題，徐寶璜分析甚詳。而其核心思想，是標題製作要清晰、明確地突出新聞事實中之重要和精彩部分。這實際上就將新聞價值原理貫徹在對日常新聞業務的分析之中。在《新聞學》中有大量篇幅是介紹新聞日常業務問題，徐寶璜都很好地將新聞學理與業務分析結合起來了。再如對報刊創造輿論的職能的分析，徐寶璜的論述也與梁啓超等的「輿論之母」說有著較爲明顯的區別。徐寶璜認爲，「創造輿論」的方法，包括「登載新聞」、「訪問專家或要人，而發表其談話」、「發表精確之社論，以喚起正常之輿論」。徐寶璜的論述突出強調了刊布新聞在「創造輿論」中的首要地位：

〔註40〕 徐寶璜：《新聞學》，《徐寶璜新聞學論集》，北京：北京大學出版社 2008 年版，第 95〜97 頁。

　　　　一爲登載眞正之新聞，以爲閱者判斷之根據。群眾心理，對於
幾件大事，常有一定之善惡判斷。如營私舞弊，拍賣國家權利，均
舉世所謂惡行也。急公好義，舉世所謂善行也。世如果有營私舞弊
或拍賣國家權利之人，新聞紙只須標其劣績，振筆直書，「和盤托
出」，則輿論自必起而攻之，不待新聞紙之鼓動。〔註41〕

報導事實，讓公眾自作評價，這是「新聞紙」影響輿論最重要的手段。將登
載新聞作爲「創造輿論」的第一手段，正是基於對報刊新聞屬性的基本判斷。
即便是發表社論，徐寶璜也強調其寫作必須建築在新聞事實的基礎之上：「新
聞既爲多數閱者所注意之最近事實，故詳言之，社論第一須以事實爲材料，
第二須以多數閱者所注意之事實爲材料，第三須以最近之事實爲材料。」〔註
42〕這與梁啓超所論述的「向導」、「變駭爲習」，孫中山所提倡的「先覺」覺「後
覺」觀點相比，徐寶璜顯然已從宣傳視角轉換到了新聞視角。在徐寶璜看來，
事實是輿論的基礎。報刊供給事實，這就對健全輿論的形成，乃至最終對社
會的改良進步，都具有重要意義。在北大新聞研究會的一次演講中，他指出：
「蓋社會中之分子對於社會中之事情，或其他分子求得良心之判斷，須以事
實爲根據。而最能供給各種事實於社會之全體者，當推報紙。吾國民權可望，
日益發達，將來社會各事，必多視輿論爲轉移。然若無報紙供給各種正確、
詳細的消息於社會，則縱有輿論，必多爲不健全者，於事無益。中國近年來，
事無眞是非，人無眞毀譽，即多因報紙所登之新聞多非事實，並有許多事實
因報紙採訪之不力，未公於世耳。」〔註43〕《新聞學》一書在新聞價值的論
述上，徐寶璜進一步認爲要判斷其大小主要取決於「注意人數多寡與注意程
度深淺」〔註44〕，並介紹了歐美新聞社提高新聞時效性的方法：用敏捷的傳
信方法；增加發刊次數；隨時改版等。

　　徐寶璜同樣強調報刊的社會性和公共性。在闡述報刊的職務時，徐寶璜

〔註41〕徐寶璜：《新聞學》，《徐寶璜新聞學論集》，北京：北京大學出版社 2008 年版，
　　　　第 49～50 頁。

〔註42〕徐寶璜：《新聞學》，《徐寶璜新聞學論集》，北京：北京大學出版社 2008 年版，
　　　　第 98 頁。

〔註43〕徐寶璜：《中國報紙之將來》，《徐寶璜新聞學論集》，北京：北京大學出版社
　　　　2008 年版，第 128 頁。

〔註44〕徐寶璜：《新聞學》，《徐寶璜新聞學論集》，北京：北京大學出版社 2008 年版，
　　　　第 62 頁。

也認為報刊具有代表輿論、創造輿論等職能。就代表輿論言之，政治報人也有強調。但他們更多的往往是以主觀認定的「公益」為前提來進行倡議的。如梁啟超便是如此。他主張的報館代表國民監督政府，與其說是代表國民「輿論」，毋寧說是代表國民「公益」。因為「世界貴有豪傑，貴其能見平常人所不及見，行尋常人所不敢行也。」〔註45〕何況健全輿論之形成，亦必借助於報館。而徐寶璜明確反對「僅代表一人或一黨之意思」的機關報活動，認為機關報活動不足以代表輿論。故報刊編輯應該「默察國民多數對於各重要事之輿論，取其正當者，著論立說，代為發表之」〔註46〕。這裡報刊工作者的社會角色就發生了變化：不再是推動意見自上而下的宣傳灌輸者，而是民間聲音的忠實反映者。他們也發揮自己的主動性，對民間意見進行篩選，但其傳播的聲音畢竟來自社會大眾。徐寶璜之所以反對報刊為「一人或一黨」之私產，是因為他將報刊視為應社會之需要而產生的一種社會事業，從根本上說屬於社會公共機關：

> 新聞紙因應社會之需要而有上列四種重要職務，故為社會之公共機關。其宗旨尚純正，態度取穩健，新聞貴敏確，持論期弘遠，廣告宜慎重，然後乃能指導輿論，代表民意，增進商業，增進民智與民德也。新聞紙既為社會之公共機關，故其記者亦為社會之公人，責任匪輕，處之宜慎，遇事當求其真，發言應本乎正，本獨立之精神，作神聖之事業，信仰取得，權威自立，尊嚴立見。世有誤認報紙為文人遊戲三昧之筆，舞文弄墨之場者，有誤認報紙為達到個人目的之武器，藉以博官臘賄者，有誤認報紙為一人一派之機關，其均可返矣。〔註47〕

從社會需要的角度來闡述報刊的公共性，強調報刊的公器性質，這是十分深刻的見解。報刊是否立於社會之前，以滿足社會之需要，決定著新聞業能否獲得社會信任，並能否被視為「神聖」、「權威」、「尊嚴」之事業。若報刊懷有不良動機，隱匿真相、顛倒是非，貽害社會，則「一旦大白，徒墜身價而已」。他進一步指出，「視新聞紙為社會公有之記者」，其刊佈消息，必力求正

〔註45〕梁啟超：《輿論之母與輿論之僕》，《飲冰室合集‧專集》二，第83頁。

〔註46〕徐寶璜：《新聞學》，《徐寶璜新聞學論集》，北京：北京大學出版社2008年版，第49頁。

〔註47〕徐寶璜：《新聞紙與社會之需要》，《徐寶璜新聞學論集》，北京：北京大學出版社2008年版，第150頁。

確和完整；對於正當之議論，必給予各方以平等發表的機會；而其自身的議論，也務必誠實。〔註48〕

　　徐寶璜對報刊屬性的論述主要包括新聞性和社會性（公共性）兩個方面。以徐寶璜的觀點看，報刊同樣應該屬於一種社會性（公共性）的新聞機構。蔡元培曾對徐寶璜的《新聞學》予以高度評價：「伯軒先生游學於北美時，對於茲學，至有興會，歸國以來，亦頗究心於本國之新聞事業。今根據往日所得之學理，而證以近今所見之事實，參稽互證，為此《新聞學》一篇，在我國新聞界實為『破天荒』之作。」〔註49〕徐寶璜對報刊角色的論述，也始終貫徹了他自西方引入的新聞學理，同時又契合民初新聞職業化發展的實踐語境，思維綿密，將時人對報刊角色的認識，提升到了一個更為專業的高度。

第三節　小結

　　民初，以新聞為手段向社會提供信息服務的新聞職業日趨成型。政治上的不統一為報刊業的獨立提供了空間；商業經濟的發展、國際國內局勢的動蕩等刺激著社會的信息需求，為報業獨立發展提供了市場條件；報刊從業者聲譽提高以及西方新聞學的進一步引進促進了人們對新聞職業的認同。

　　在新聞職業化的視野下，人們對報刊角色的認知也具有了新的內容。黃遠生將報刊工作視為「神聖職業」，其基本的職能是采集和傳播新聞。記者從事該項工作，乃是盡其天職，不應受外界干涉。黃遠生又進一步闡述了報刊職業的專業特質。這包括客觀公正、不偏不倚，全面真實地報導事實等。他並從專業角度對報刊發表空洞議論提出質疑，認為提供事實和資料，不妄下論斷才是最可靠的。在黃遠生處，報刊就是一個專業地采集和傳播新聞，服務社會的「文明機關」。邵飄萍有明確的新聞職業意識，並積極從事傾注極大熱情。在他看來，健全的新聞職業觀念，必須具有新聞學的專業修養，同時要有自覺的心理認同。他重點論述了報刊業作為一種社會職業，「與全社會之人皆有關係」，必須以社會為本位，反對將報刊作為某一人某一派之私器；只有以「全社會為後盾」才能獲得長久發展。因此報刊業又必然具有公共性。

〔註48〕徐寶璜：《新聞事業之將來》，《徐寶璜新聞學論集》，北京：北京大學出版社2008年版，第151頁。

〔註49〕蔡元培：《〈新聞學〉序》，《徐寶璜新聞學論集》，北京：北京大學出版社2008年版，第41頁。

同時，邵飄萍引入西方近代新聞價值原理，對報刊業的新聞性也做了較早的深入分析。黃遠生只是間或提及報刊應報導具有重要性的事實，對新聞價值問題有所涉及。而邵飄萍則明確對報刊報導什麼樣的新聞做了闡述：「報紙之第一任務，在報告讀者以最新而又最有興味，最有關係之各種消息，故報紙之最要原料厥惟新聞。」〔註50〕這就在一般意義上限定了大眾傳播中「新聞」必備的特質：「最新」、「最有興味」、「最有關係」。這實際上揭示了新聞價值的基本內涵。因此，邵飄萍對報刊工作的內部規律做了進一步探析。報刊作為社會性的新聞機構，在邵飄萍這裡得到了更明確深入的理論闡發。徐寶璜則以新聞學者的身份，對報刊的社會性、新聞性做了系統的學理分析。他對「新聞紙」、「新聞」、「新聞價值」等概念做了較為嚴謹的定義，並將新聞價值原理貫徹到新聞各項業務工作的分析之中；他從報刊與社會需要的關係角度論述了報刊的社會性。報刊作為社會性的新聞機構的角色，在徐寶璜處得到了更具學理性質的闡述。

　　從新聞職業的視野來考察報刊的角色，在中國近代新聞思想的發展史上是具有顯著意義的。這意味著真正從報刊傳播自身規律來思考報刊的地位、意義和價值，意味著新聞業的自覺。清末自傳教士來華辦報以來，報刊的意義總是浮著於其他社會和政治實踐之上的，報刊被視為政治溝通管道、思想啟蒙和宣傳工具、政黨政治之社會補充輔助機關等。而黃遠生、邵飄萍和徐寶璜等人對報刊角色的論述，則使報刊作為社會性的大眾傳播工具、專業的新聞機構的角色得以凸顯出來，並逐漸影響社會公眾對報刊角色的認知。

〔註50〕邵飄萍：《實際應用新聞學》，《邵飄萍新聞學論集》，北京：北京大學出版社2008年版，第15頁。

第九章　結　語

第一節　簡要回顧

　　隨著中國近代社會的發展，近代士大夫和知識分子不斷尋求解決近代中國危機的應對之道。對西方世界瞭解的加深也促進了他們救國救民方略的深化。近代報刊角色觀念的發展，主要就與他們的這種探索同步。中國近代報刊角色觀念的發展和演變，一直與雙重特殊情境聯繫在一起。一是自鴉片戰爭以後，中國一步步陷入沉重的民族危機和社會危機，救國救民成為思想界的第一主題。加之中國傳統士人和知識分子強烈的「救世」、「經世」情懷〔註1〕，更使這一主題彰顯得特別鮮明。一是向西探求成為解決危機的共同取向。西方的政教文化成為近代思想界主要的取法對象和思想來源。

　　中國近代報刊角色觀念的引入，來華傳教士起到了重要的推廣和轉換作用。為傳教而辦報，為追求效果而改進報刊的內容和方法，是傳教士來華辦報的一般經歷。尤其是以林樂知、李提摩太等為代表的《萬國公報》傳教士群體積極參與了改造中國以應對近代危機的討論。在這一過程中他們也提出了舉辦近代報刊的倡議，並切合中國國情和文化心理，對報刊可以在中國政治社會機構中具有的角色進行了中國化闡述。傳教士們援用中國傳統的「諷諫」、「清議」、和「教化」等思想，將報刊視為統治者進行政治和社會治理的

〔註 1〕　「君子之為學，以明道也，以救世也」（《亭林文集》卷四，《與人書》二十五）；
　　　　　「如明道定心以為體，經世宰物以為用，則體為真體，用為實用」（《二曲集》
　　　　　卷十六《書牘上》）

一個輔助性工具。一是肯定報刊作爲社會教化機構的地位，二是強調報刊作爲政情溝通橋梁的角色。可以說，這種表述完全是適應中國現實政治和社會體系而做出的一種話語策略。應該說，傳教士報人的策略是具有一定效果的。在早期維新思想家和戊戌時期康梁等人的報刊論述中，都可以找到與傳教士報人相似的論述。

傳教士的報刊角色闡述，典型地體現了文化傳播的交互性特徵。中國的現實國情、傳播對象的接受能力和關切等，作爲社會和歷史語境制約著外來思想的傳播方式、以及開放性闡述的限度。早期維新思想家親受晚清劇變之震撼，又是對西方世界有較爲深入瞭解的先進群體。他們已開始意識到洋務運動的局限，並漸次提出了師法西洋政教的主張。倡議辦報即爲他們變革藍圖中的一個重要內容。他們通過各種途徑對西學西報有所認識。他們主張創辦報刊的一個主要動機，就是基於對中國社會輿情隔閡、民智不開、信息閉塞等弊端的深刻認識，欲藉報刊以改良之。「強中以攘外」，「報館足翼政教」等主張的提出，就包含了他們強烈的救亡心態。他們對報刊角色的論述都統率於助益中國政治和社會的良性運行，以克服共同體危機的思想主題。從論述的重點看，報刊被他們視爲溝通政情從而參與國家治理的重要手段。作爲時代先聲，早期維新思想家對報刊角色的設計也具有時代的深刻烙印。他們的思想闡述本身就具有上書諫言的君臣倫理氛圍，而政治現實、社會文化也是重要的牽制因素。何況他們中許多本身就深陷於舊的傳統之中，對西學西報的「誤讀」就成爲自然之事。解決近代危機的需要影響著他們思維的方向；而政治、文化等具體情境以及個人的局限則在一定程度上決定了他們接受和創造性發揮西報知識的水平。用「附會」的辦法來介紹報刊的一般知識，成爲他們的常見方式。「鄉校」、「謗木」、「諫鼓」、「輶軒采詩，樂覽諷刺」等詞語在他們的報刊角色論述中十分普遍。

戊戌時期，康、梁等一方面諫言辦報，一方面開闢了辦報以推進政治運動的宣傳模式。其時洋務運動的局限已完全顯露。實施變法維新成爲時代的思想主題。甲午戰敗刺激著中國思想界，另一方面也有限地改變了中國的政治氛圍，使變法維新的宣傳得以開展。康、梁等人最早的西學知識即來源於傳教士的工作。而傳教辦報傳教的方式也對戊戌時期的維新派有重要的啓發。「開耳目」、「開風氣」是康、梁等人在戊戌時期辦報的基本主張。報刊作爲政治團體的思想啓蒙和政治宣傳工具的角色，由此而得以突出體現。自此，

報刊與中國近代政治運動和政治團體的結合就成爲一種普遍現象。戊戌變法的主要內容涉及到中國政治、軍事、經濟、文化等多個領域的改革，其核心是要建立君主立憲制度。由此也可以見出康、梁等人的西學知識較之早期維新思想家已有很大進步。然而，當時一般官僚和士大夫階層對報刊的成見和認知水平並沒有明顯改變。康、梁等人對報刊角色的描述，仍然與古代的政情溝通方式聯結起來。但是隨著西學西報知識的大量湧入，他們對報刊的認識也包含了更多新鮮內容。如嚴復表述了他對西方政黨報刊的認識；譚嗣同運用西方近代民權思想考察報刊活動，得出了「民史」、「民口」的觀點。總體看，康有爲、梁啓超、譚嗣同和嚴復代表了這一時期士大夫知識分子對近代報刊角色認知的最高水平。

　　戊戌變法以後，康、梁等改良派流亡海外。梁啓超取代康有爲的地位成爲改良派的思想領袖。對西方社會和政治理論的大量攝取，海外無所顧忌的言論環境，使梁啓超能夠更充分自由地描述他對報刊在國家社會中所處角色的設想。日本新聞學者松本君平的《新聞學》更成爲他報刊論述的思想來源。梁啓超一方面從改良宣傳的政治需要出發繼續強調了報刊的宣傳工具角色，並開始從近代輿論學的角度來思考報刊宣傳與國民思想觀念變化的關係。另一方面在立憲政治的視野下，梁啓超在《清議報》時期開始就將報刊明確置之於獨立於政府的地位，並對報刊作爲社會輿論機關的地位展開了論述。同時他的觀點實際上又具有強烈的精英主義色彩。他所言的報館代表國民監督政府，與其說是代表國民「輿論」，毋寧說是代表國民「公益」。與此同時，梁啓超對西方政黨報刊也有了更加直接深入的認識，並多次發表他對政黨報刊的看法。梁啓超從事的報刊活動一開始即帶有黨派性質，而且隨著清末改良派向近代政黨的逐漸過渡，這一特徵日趨明顯。然而梁啓超的報刊論述中卻始終含有欲超越黨派偏見的取向。義和團事件之後，隨著治理危機的加深，清廷不得不擺出立憲改革的姿態。這就鼓勵了國內改良派對立憲政治的探討，並嘗試以立憲政治的視野重構報刊與政府、民眾的關係，使之從君臣之倫的秩序中解放出來，充當更多的監督政府之輿論機關角色。總體上，戊戌變法後改良派的報刊角色論述，主要包括兩個方面，一是沿襲了此前的看法：報刊是啓蒙和宣傳工具（梁啓超進一步從近代輿論學的角度將報刊定位爲「向導」）；二是從立憲政治的視野肯定報刊作爲輿論監督機構的角色。

　　以孫中山爲代表的革命派同樣重視報刊的宣傳工作。在革命組織建設的

同時，革命派相繼創辦了大量宣揚民主革命的報刊。革命派報刊宣傳的根本目的是要推動革命，借助報刊將革命的主義灌輸到民眾之中，從而積聚革命力量。「革命報之作，所以使人知革命也」。革命派中許多人長期在海外活動，對西方的報刊實踐有親身觀察和瞭解。松本君平的《新聞學》也爲于右任等革命派人士所熟知。作爲政治對手的康、梁等改良派人士的報刊宣傳活動，也爲革命派帶來了啓發和推力。但是辛亥革命以前，革命派對報刊的論述，主要集中在報刊對「主義」宣傳，以及機關報宣傳技巧和效果等方面。可以說革命派的報刊論述，大多數情況屬於革命機關報「理論」的範圍，他們對西方憲政背景下的報刊理論的借鑒，是較爲有限的。當然，于右任等人也提出過十分類似於改良派的報刊主張，但很大程度上這些主張的提出實際上又是一種言論策略，以爲革命報刊在國內的存在提供掩護。革命作爲中心目標和最高追求，決定了革命派對報刊論述的基本方向和主要關切。在革命派處，報刊主要被視爲革命鬥爭的宣傳工具。而在辛亥革命之後，孫中山的報刊角色設計更有黨化的傾向。

民初，政黨活動十分活躍。許多報刊淪爲政治鬥爭的工具。以西方近代政黨政治理念爲視境，章士釗等人對報刊的政治和社會角色做了深入闡述，突出強調了報刊作爲獨立的社會言論機關的立場。他對民初許多報刊淪爲政黨、政客攻訐工具的現象十分反感。章士釗不僅指出了西方近代報刊與政黨政治「相依爲命」的辯證關係，同時對報刊「如何」參與政黨政治也有一貫見解，認爲理想的報刊，當自守其獨立之立場，其對政黨的支持與否，應該完全以自身對「公理」的判斷和認同爲基礎。章士釗大量政論集中論述了政黨政治運行的應然模式，而報刊則主要被視爲政黨政治環境下一個社會性輔助和補充機構，它以刊載和傳播獨立的社會言論的方式作用和推動政黨政治的良性運行。

民初，職業化的新聞事業獲得長足發展。政治上相對寬鬆的環境，報刊業職業化發展必要的市場條件更加充足，社會對報刊職業的認同大大提高。而西方新聞學理的引進以及國內新聞研究教育的萌芽也爲報刊業職業化發展提供了基本的知識和規範。從職業化的立場出發，黃遠生、邵飄萍等真正以「新聞記者」的身份來關注和報導政治時事，注重向大眾傳播重要的新聞事實，而非灌輸某種政治觀念。徐寶璜則最早在中國大學從事新聞學專業教學，並最先出版新聞學專著。他們主要將報刊視爲社會性的新聞機構。

　　本書對近代報刊角色觀念的考察，只是凸顯一條「主旋律」式的發展和演變軌迹。議報者的視角不同，報刊就會呈現不同的角色。只能從他們議報的主要動機去把握他們對報刊主要角色的看法。以下是筆者對中國近代報刊主要角色觀念發展和演變的簡要梳理：

發展階段	議報主要動機	對報刊角色的主要看法
傳教士對報刊角色的闡述	向中國建言，以擴大基督教的影響	政治和社會治理的輔助機構（社會教化機關，政情溝通橋梁）
早期維新思想家的報刊角色觀	闡明師法西洋政教的主張，「強中攘外」	政情溝通渠道（「清議」平臺；「泰西民政之樞紐」；「泰西文治之法」）
戊戌變法時期改良派的報刊角色觀	闡明變法主張和方略	思想啓蒙和政治宣傳工具（「去塞求通」之器；「助人日新之具」）
戊戌變法後改良派的報刊角色觀	闡明立憲主張和方略	思想啓蒙和政治宣傳工具（「新民」「向導」）、輿論監督機構
革命派的報刊角色觀	闡明革命方略	鼓吹革命的工具，報刊與黨義結合
民初政黨政治視野下的報刊角色觀	闡明政治和社會治理方略	對政黨政治的社會性輔助和補充機構
民初新聞職業化視野下的報刊角色觀	新聞職業的業務探討	社會性的新聞傳播專門機構

第二節　基本結論

　　從本書的研究看，中國近代報刊角色觀念的發展和演變，主要有以下幾點值得注意。

　　一、近代社會變遷深刻影響報刊論述的主要方向、關切焦點和現實表達，從而一定程度上決定了報刊角色觀念的表現形態。議報者議報的主要動機，往往直接受到他們所處時期中國社會所面臨的突出社會矛盾的影響。鴉片戰爭以後，救亡自強成爲中國思想界的普遍主題。來華傳教士之辦報建議，即是針對國人的現實關切而展開論述的。傳教士之所以積極建議辦報，強調辦報的種種好處，是因爲這一主張已經能夠在部分中國上層官員和先進士人階層中產生積極的回應。由於西方的衝擊，中國社會逐漸了產生的呼籲「變新」之聲。傳教士因勢利導，以擴大其傳教的效果和影響。因此來華傳教士的報刊角色論述，從根本上說是爲當時中國的社會情境所決定的。早期維新思想家們對報刊角色的認定，更是與中國的民族、社會危機結合在一起。師法西

洋政教，強中攘外是他們報刊闡述的基本動機，他們的報刊角色論述即是他們維新思想之一。甲午兵敗後，中國民族危機進一步加深，使維新呼籲轉向變法實踐。報刊遂成為康梁領導的維新政治運動重要輔助手段。改良派的報刊論述，也重點強調了報刊的啟蒙和宣傳角色。他們直接參與辦報，開政治家辦報之先河。近代報刊在政治運動中的機關報角色由此初具雛形。戊戌之後康梁等流亡海外，其政治行動的基調仍是變法改良。他們繼續利用報刊作為維新立憲運動的宣傳機關，同時又以精英主義的意識來審視立憲政治下報刊的角色。孫中山等革命派走的是革命救亡的道路。辦報是他們革命手段之一，政治機關報理論在他們那裡得到進一步闡發。民初政黨惡鬥、報刊附庸於政黨、政客的現象使章士釗等人更進一步以西方政黨政治的視野來考察和論述報刊的角色。隨著新聞職業化的發展，部分報人自覺將報刊與政黨和政治運動拉開距離，報刊作為社會性新聞機構的角色逐漸得到人們認同。

從社會變遷的角度來看報刊角色觀念的演變，可以見出中國近代政治和社會的需求是推動報刊思想家們認定報刊角色、開展報刊論述的根本原因。這就注定中國近代的報刊思想，在相當時期內都不屬於「市場新聞學」的範圍，而似乎更多地類似於政治思想史的一個分支。中國近代社會變遷尤其是政治變遷的階段性特徵，在近代報刊角色觀念發展和演變中也能找到呼應。從社會變遷的角度考察，甚至可以發現民初新聞職業化報刊角色觀念的勃發，主要不是此前人們對新聞「規律」不斷探討的結果，而更多是民初社會各項條件逐漸成熟促進了職業化新聞事業迅速發展、中西文化交流更為暢通無礙的結果。

二、中西文化融合是近代報刊角色觀念建構的重要型態。中國近代的報刊思想，最初是由傳教士介紹和引入的。但是正如本章第一節所言，傳教士所闡述的報刊思想，是順應中國的現實和需要而進行了中國化改造。這一方面體現在他們「比附」的話語策略上，另一方面更體現在他們實際地將報刊融入中國本土政治和社會實踐的理論努力之中。在他們看來，報刊可以充當社會教化機關，也可以成為政情溝通的橋梁。這種觀點既合乎中國傳統的政治和社會治理思想，同時也的確可以成為清朝應對近代國內外局勢轉換的一個文化方略。這從眾多改良派人士對此頗以為然，並在他們的改良主張中紛紛提出與傳教士相似的建議即可以見出。當然，從嚴格意義上說，傳教士對報刊角色的中國化闡釋並不能屬於文化交流的範圍。文化交流應當是一種對

等、雙向的互動。稱之爲外來文化的本土調適或許更爲恰當。發生在近代中國本土的中外文化「交流」，大都具有這種非對稱的性質。此後的改良思想家，以及清末革命派也都立足於現實的政治和社會需要，去闡釋他們的報刊理論。他們通過各種途徑獲得西學西報知識，但都不約而同將之與各自的政治主張和政治實踐融合起來，使之成爲解決中國現實問題的思想觀念形態。當然，在這種西方報刊觀念、實踐的中國化解讀、闡述中也不能排除由於知識觀念結構懸殊而形成的誤讀現象。值得指出的是，隨著近代中外交往的加深，國人對西學西報知識的把握逐漸透徹。民初，人們對西方報刊理論的闡發和運用已更趨成熟、準確。從這一點看，近代報刊角色觀念的演變過程，也是一個向西方報刊思想漸趨接近的過程。

三、隨著近代中國社會的變遷，人們對報刊角色的認知和闡述也逐漸由「中國化」轉向「世界化」。思想交流的結果不可避免地打上交流雙方的烙印。近代中國與外界的思想文化交流，是在西方衝擊的總體態勢下發生的。近代中國內部思想的演變，常常可以看到中國的社會需要、文化傳統與西方引入觀念的交互作用。外來觀念的生命力來自於它對本土的適應性以及其被本土化調適的力度。然而，近代中國社會在整體上也體現了從傳統向近代轉換的趨勢。清末的改良和革命，也可以說是國人謀求近代化的一種努力。儘管方式不一，但都以師法西方政教制度爲最終目標。最初，來華傳教士對報刊角色的闡述更多體現了「中國化」的特徵，他們對報刊的傳通功能的分析基本上局限於中國近代的政治和社會交流格局之中；在闡述方式上常常借引中國傳統的相關話語資源。早期維新思想家中，鄭觀應、何啓和胡禮垣等人的報刊角色論述更多的是對西學知識的介紹，當他們分析報刊在中國社會之角色功能時，也常常使用傳教士已經使用的比附策略。而王韜的報刊角色論述更具有本土特色：主要視報刊爲清議的傳播平臺。早期維新思想家著重論述了報刊的政情溝通職能；而清末改良派和革命派利用報刊推動政治運動，突出強調報刊的宣傳職能。這與他們對中國現實處境的認知及其提出的應對方略密切相關。因而這一階段的報刊思想和實踐，就與當時西方新聞業主流趨勢有較大的距離。但戊戌變法後改良派和革命派對報刊角色的闡述已經從「君臣之倫」的等級秩序，從「清議」、「諷諫」的傳統思維中解脫出來，並挖掘報刊傳播廣泛，迅速及時等作爲大眾傳播工具的角色功能，以服務於政治目標。這樣，報刊角色觀念在近代化的進程中邁出一大步。尤其是戊戌變法後

梁啓超等改良派廣泛吸收西學新知，以憲政視野分析報刊角色，使其報刊觀念更具有近代學理。民初章士釗以西方政黨政治的理論和實踐爲參照，突出強調了報刊作爲獨立的社會言論機關的角色，呈現出與逐漸成形的黨報模式分庭抗禮的取向。如果說章士釗主要是從政黨政治的角度闡述報刊作爲社會言論機關的角色的話，黃遠生、邵飄萍和徐寶璜等則更多的是從新聞職業的角度對報刊作爲社會性的新聞機構做了初步的業務分析。民初，中國的政治在形式上具有了西方近代政黨政治的某些特徵；報刊業的職業化發展必要的市場條件也得以形成；在文化思想上，中國社會對西方世界的瞭解和接受程度也絕非往日可比。對於報刊實踐來說，中國與西方世界儘管差距尙遠，但畢竟走上了同一軌道，因而具有了很多「近代」特質。因此，直接借引西方新聞學相關理念而無需「中國化」轉換，已成爲民初報刊思想家們展開報刊論述的常見現象。隨著中國社會的近代化，西方的新聞理念更具有普適性了。

參考文獻

一、史料、年譜、文集類

1. 《〈察世俗每月統計傳〉序》，《察世俗每月統計傳》，嘉慶丙子年卷首。

2. 《中國近代報刊史參考資料》，中國人民大學新聞系 1979 年印行。

3. 《東西洋考每月統計傳》影印本，中華書局 1997 年版。

4. 李提摩太：《中國各報館始末》，《時事新論》卷 1，上海廣學會 1898 年版。

5. 戈公振：《外資經營的中文報刊》，《中國近代出版史料》初編，中華書局 1957 年版。

6. 張之洞：《張之洞全集》，河北人民出版社 1998 年版。

7. 李提摩太：《新政策》，《萬國公報》第 87 冊，光緒二十二年三月。

8. 中國史學會主編：《戊戌變法》，神州國光社 1953 年版。

9. 鄭觀應：《鄭觀應集》，人民出版社 1982 年版。

10. 《新聞紙略論》，《東西洋考每月統計傳》，道光癸巳十二月。

11. 《萬國公報文選》，三聯書店 1998 年版。

12. 范禕：《萬國公報第二百冊之祝辭》，《萬國公報》第 200 卷。

13. 林樂知：《中西關係論略‧論謀富之法》，《萬國公報》第 358 卷。

14. 顧長聲：《從馬禮遜到司徒雷登》，上海人民出版社 1985 年版。

15. 林樂知：《譯民主國與各國章程及公議堂解》，《萬國公報》第三百四十卷。

16. 中國史學會編：《洋務運動》，上海人民出版社 1961 年版。

17. 邵作舟：《邵氏危言》，上海商務印書館 1898 年版。

18. 《申報》，1978 年 2 月 19 日。

19. 何啓、胡禮垣：《新政眞詮》，遼寧人民出版社 1994 年版。

20. 陳熾：《陳熾集》，中華書局 1997 年版。

21. 宋恕：《宋恕集》，中華書局 1993 年版。

22. 郭嵩燾：《郭嵩燾日記》，湖南人民出版社 1982 年版。

23. 馮桂芬等：《採西學議——馮桂芬 馬建忠集》，遼寧人民出版社 1994 年版。

24. 陳虬：《陳虬集》，浙江人民出版社 1992 年版。

25. 王韜：《弢園文錄外編》，上海書店出版社 2002 年版。

26. 王韜：《弢園尺牘》，中華書局 1959 年版。

27. 《循環日報》，1874 年 2 月 5 日。

28. 《循環日報》，1874 年 2 月 12 日。

29. 鄭觀應：《盛世危言》，遼寧人民出版社 1994 年版。

30. 康有爲：《康有爲政論集》上下冊，中華書局 1981 年版。

31. 梁啓超：《飲冰室合集》，中華書局 1988 年版。

32. 丁文江、趙豐田編：《梁啓超年譜長編》，上海人民出版社 1983 年版。

33. 唐才常：《貶舊危言——唐才常 宋恕集》，遼寧人民出版社 1994 年版。

34. 《翼教叢編》卷六，上海書店出版社 2002 年版。

35. 梁啓超：《〈飲冰室合集〉集外文》，北京大學出版社 2005 年版。

36. 《鄂督張飭行全省官銷時務報箚》，《時務報》第 6 冊。

37. 譚嗣同：《譚嗣同全集》，中華書局 1981 年版。

38. 《湘報館章程》，《湘報》第 27 號，1898 年 4 月 26 日。

39. 嚴復：《嚴復集》，中華書局 1986 年版。

40. 嚴復：《論世變之亟——嚴復集》，遼寧人民出版社 1994 年版。

41. 《譯書彙編》第二年第 12 期，1903 年 3 月 13 日。

42. 丁文江、趙豐田：《梁啓超年譜長編》，上海人民出版社 1983 年版。

43. 麥孟華：《論中國國民創生於今日》，《清議報》第六十七冊。

44. 張枬、王忍之等編：《辛亥革命前十年間時論選集》，三聯書店 1960 年版。

45. 鍾叔河主編：《走向世界叢書》，嶽麓書社 1985 年版。

46. 長與：《立憲政治與輿論》，《國風報》第 13 期。

47. 麥孟華：《論中國國民創生於今日》，《清議報》第六十七冊。

48. 申報館編：《最近之五十年——申報館五十週年紀念》，申報館 1923 年版。

49. 梁啓超：《飲冰室主人自說》，江蘇人民出版社 1999 年版。

50. 鄒容：《革命軍》，華夏出版社 2002 年版。

51. 秋瑾：《秋瑾女俠遺集》，中華書局 1929 年版。

52. 孫中山：《孫中山全集》，中華書局 1981 年版。

53. 孫中山：《孫中山先生演説全集》，臺灣文海出版社 1966 年版。

54. 于右任：《于右任辛亥文集》，復旦大學出版社 1986 年版。

55. 劉延濤編：《于右任先生年譜》，臺灣商務印書館 1981 年版。

56. 湯志均編：《章太炎年譜長篇》，中華書局 1979 年版。

57. 章太炎：《章太炎全集》，上海人民出版社 1984 年版。

58. 章太炎：《章太炎選集》，上海人民出版社 1981 年版。

59. 章士釗：《章士釗全集》，文匯出版社 2000 年版。

60. 蔡鍔：《蔡鍔集》，湖南人民出版社 1983 年版。

61. 宋教仁：《宋教仁集》，中華書局 1981 年版。

62. 黃遠生：《遠生遺著》，文海出版社 1986 年版。

63. 邵飄萍：《邵飄萍新聞學論集》，北京大學出版社 2008 年版。

64. 徐寶璜：《徐寶璜新聞學論集》，北京大學出版社 2008 年版。

65. 張靜廬輯注：《中國近代出版史料》，中華書局 1957 年版。

66. 【日】松本君平：《新聞學》，《新聞文存》，中國新聞出版社 1987 年版。

67. 李大釗：《李大釗文集》，人民出版社 1984 年版。

68. 張之華主編：《中國新聞事業文選》，中國人民大學出版社 1999 年版。

69. 楊毓麟：《楊毓麟集》，嶽麓書社 2001 年版。

70. 【德】花之安：《自西徂東》，上海書店出版社 2002 版。

二、論著

1. 賴光臨：《七十年中國報業史》，中央日報社 1981 年版。

2. 陳玉申：《晚清報業史》，山東畫報出版社 2003 年版。

3. 方漢奇主編：《中國新聞事業通史》，中國人民大學出版社 1992 年版。

4. 徐培汀等：《中國新聞傳播學説史》，重慶出版社 1994 年版。

5. 童兵等：《20 世紀中國新聞學與傳播學·理論新聞學卷》，復旦大學出版社 2001 年版。

6. 金冠軍等主編：《中國傳播思想史》，上海交通大學出版社 2005 年版。

7. 樊亞平：《發現記者：中國新聞從業者職業認同研究》，中國人民大學 2009 年新聞學博士學位論文。

8. 唐海江：《清末政論報刊與民眾動員》，清華大學出版社 2007 年版。

9. 趙建國：《分解與重構：清季民初的報界團體》，三聯書店出版社 2008 年版。

10. 黃天鵬：《新聞學名論集》，上海聯合書店 1930 年版。

11. 【美】張灝：《梁啓超與中國思想的過渡》，江蘇人民出版社 1995 年版。

12. 【美】徐中約：《中國近代史》，世界圖書出版社 2008 年版。

13. 【美】柯文：《在傳統與現代性之間——王韜與晚清改革》，江蘇人民出版社 2006 年版。

14. 【日】小野秀雄：《各國報業簡史》，臺北正中書局 1959 年版。

15. 【英】馬丁·沃克：《報紙的力量——世界十二家大報》，新華出版社 1987 年版。

16. 【美】費正清：《美國與中國》，世界知識出版社 1999 年版。

17. 【美】勒文森：《梁啓超與中國近代思想》，四川人民出版社 1986 年版。

18. 【英】柯林伍德：《歷史的觀念》，商務印書館 1997 年版。

19. 陳引馳編：《梁啓超》，上海三聯書店 1997 年版。

20. 【美】史化慈：《尋求富強：嚴復與西方》，江蘇人民出版社 1990 年版。

21. 賴光臨：《中國新聞傳播史》，三民書局 1978 年版。

22. 胡太春：《中國近代新聞思想史》，山西人民出版社 1987 年版。

23. 李秀雲：《中國現代新聞思想史》，中國社會科學出版社 2007 年版。

24. 李秀雲：《中國新聞學術史》，新華出版社 2004 年版。

25. 【美】勒文森：《儒教中國及其現代命運》，中國社會科學出版社 2000 年版。

26. 羅志田：《權勢轉移——近代中國的思想、社會和學術》，湖北人民出版社 1999 年版。

27. 郭廷以：《中國近代史綱》，中國社會科學出版社 1999 年版。

28. 王汎森：《中國近代思想與學術的系譜》，河北教育出版社 2001 年版。

29. 史靜寰：《狄考文與司徒雷登》，珠海出版社 1999 年版。

30. 《思想史研究》編輯委員會：《什麼是思想史》，上海人民出版社 2006 年版。

31. 【美】張灝：《中國近代思想史上的轉型時代》，《二十一世紀》，1999 年 4 月，第 52 期。

32. 【美】盧茨：《中國教會大學史》，浙江教育出版社 1987 年版。

33. 朱維錚：《〈萬國公報文選〉導言》，《萬國公報文選》，三聯書店 1998 年版。

34. 【英】馬禮遜夫人編：《馬禮遜回憶錄》，廣西師範大學出版社 2004 年版。

35. 熊月之：《西學東漸與晚清社會》，上海人民出版社 1994 年版。

36.【新加坡】卓南生：《中國近代報業發展史》，中國社會科學出版社 2002 年版。

37. 郭公振：《中國報學史》，上海古籍出版社 2003 年版。

38.【法】皮埃爾·阿爾貝等：《世界新聞簡史》，中國新聞出版社 1985 年版。

39.【日】佐藤卓己：《現代傳媒史》，北京大學出版社 2004 年版。

40. 胡道靜：《上海新聞事業之史的發展》，上海通志館 1935 年版。

41. 蔣夢麟：《西潮》，臺北中華日報社 1961 年版。

42. 姚公鶴：《上海報紙小史》，《中國近代報紙發展概況》，新華出版社 1986 年版。

43. 姚公鶴：《上海閒話》，上海古籍出版社 1989 年版。

44. 曾虛白：《中國新聞史》，三民書局 1966 年版。

45.【日】佐藤慎一：《近代中國的知識分子與文明》，江蘇人民出版社 2006 年版。

46. 賴光臨：《中國近代報刊與報人》（上下冊），臺灣商務印書館 1980 年版。

47. 徐興慶：《王韜與日本維新人物之思想比較》，《臺大文史哲學報》，2006 年 5 月第 64 期。

48. 蕭公權：《中國政治思想史》，遼寧教育出版社 2001 年版。

49. 姚公鶴：《上海閒話》，上海古籍出版社 1989 年版。

50.【澳】特里·納里奧：《中國新聞業的職業化歷程》，《新聞研究資料》第 58 輯。

51.【美】徐中約：《中國近代史》，世界圖書出版公司 2008 年版。

52.【美】費正清編：《劍橋中華民國史》，中國社會科學出版社 1994 年版。

53. 曾虛白主編：《中國新聞史》，三民書局 1984 年版。

54. 張朋園：《梁啓超與民國政治》，吉林出版集團有限責任公司 2007 年版。

55. 張朋園：《梁啓超與清季革命》，吉林出版集團有限責任公司 2007 年版。

56. 張朋園：《立憲派與辛亥革命》，吉林出版集團有限責任公司 2007 年版。

57.【日】陝間直樹編：《梁啓超·明治日本·西方》，社會科學文獻出版社 2001 年版。

58. 張朋園：《中國民主政治的困境（1909～1949）》，吉林出版集團有限公司 2007 年版。

59. 戈公振：《中國報學史》，上海古籍出版社 2003 年版。

60. 李劍農：《中國近百年政治史（1840～1926 年）》，復旦大學出版社 2002 年版。

61. 【法】盧梭：《社會契約論》，商務印書館 2005 年版。

62. 馮自由：《革命逸史》，中華書局 1981 年版。

63. 陳孟堅：《民報與辛亥革命》，正中書局 1986 年版。

64. 【美】費正清編：《劍橋晚清中國史》，中國社會科學出版社 1985 年版。

65. 胡道靜：《新聞史上的新時代》，世界書局 1946 年版。

66. 張玉法：《辛亥革命史論》，三民書局 1993 年版。

67. 馮自由：《華僑與辛亥革命》，中國社會科學出版社 1981 年版。

68. 姜義華：《章炳麟評傳》，南京大學出版社 2002 年版。

69. 陳萬雄：《五四新文化的源流》，三聯書店 1997 年版。

70. 錢基博：《現代中國文學史》，嶽麓書社 1986 年版。

71. 方漢奇：《方漢奇文集》，汕頭大學出版社 2003 年版。

72. 【日】稻葉三千男、新井直之主編：《日本的報業理論與實踐》，新華出版社 1985 年版。

73. 【美】邁克爾‧埃默里等：《美國新聞史》，新華出版社 2001 年。

74. 【美】Frank Luther Mott：《美國新聞事業史》，臺灣教育部 1975 年版。

75. 【美】張灝：《幽暗意識與民主傳統》，新星出版社 2006 年版。

76. 林語堂：《中國新聞輿論史》，中國人民大學出版社 2008 年版。

77. 許紀霖等編：《史華慈論中國》，新星出版社 2006 年版。

78. 熊月之：《中國近代民主學說史》，上海人民出版社 1986 年版。

79. 鄒魯：《中國國民黨史稿》，東方出版中心 2012 年版。

80. 熊月之：《西學東漸與晚晴社會》，中國人民大學出版社 2011 年版。

81. 【美】汪榮祖：《從傳統中求變》，百花洲文藝出版社 2002 年版，第 37 頁。

三、外文參考資料

1. Teng and Fairbank, China's response to the west：A Documentary Survey, 1839～1923, Cambridge：Harvard University Press, 1954.

2. RoswellS. Britton, The Chinese Periodical Press, 1800～1912（Taipei, 1966）.

3. Audrey wells, The Political Thought of Sun Yat-sun, Palgrave, 2001.

4. Aldrudge, M. and Evetts, J. Rethinking the concept of professionalism：the case of journalism. British Journal of Sociology 54（4）, 2003.

5. Benjamin Schwartz, Search of Wealth and Power：Yen Fu and the West, Cambridge, Harvard university Press 1964.

6. Chow Tse-tsung, The May Fourth Movement：Intellectual Revolution in Modern China, Cambridge, Harvard university. Press 1960.

7. Barker and Burrows, Press, Politics and the Public Sphere In Europe and North American, 1760～1820, Cambridge University Press. 2002.

8. Lauel Brake, ED King, etc. Newspaper Revolutionary, The British Library, 2012.

9. Carol Sue Humphrey, The Press of The Young Republic 1783～1833, Greenwood Press, 1996.

10. Willian A. Hachten, The Troubles of Journalism, Lawrence Erlbaum Associates, 2001.